浙江网络文学
访谈录

夏 烈 主编

叶 炜 周 敏 副主编

ZHEJIANG UNIVERSITY PRESS
浙江大学出版社
·杭州·

图书在版编目(CIP)数据

　　浙江网络文学访谈录/ 夏烈主编. —杭州：浙江
大学出版社，2024.8
　　ISBN 978-7-308-24188-5

　　Ⅰ.①浙… Ⅱ.①夏… Ⅲ.①网络文学－文学研究－
中国 Ⅳ.①I206.7

中国国家版本馆 CIP 数据核字(2023)第 170859 号

浙江网络文学访谈录

夏　烈　主编

责任编辑	牟琳琳
责任校对	吕倩岚
封面设计	周　灵
出版发行	浙江大学出版社
	（杭州市天目山路 148 号　邮政编码 310007）
	（网址：http://www.zjupress.com）
排　　版	浙江大千时代文化传媒有限公司
印　　刷	杭州钱江彩色印务有限公司
开　　本	880mm×1230mm　1/32
印　　张	9.375
字　　数	217 千
版 印 次	2024 年 8 月第 1 版　2024 年 8 月第 1 次印刷
书　　号	ISBN 978-7-308-24188-5
定　　价	78.00 元

序

曹启文

    中国网络文学走过的二十余年历程,其成就放大了一时代之文学的创新力和创造力,这是文学现场的时代回响。放在传统大文学的版图上考察,网络文学可能所占的份额不大,话语权不是很有分量,这也是属于成长中的问题,或者准确地说,是历史时间应该包容并给予充分等待的课题。这些年来,网络文学界的作家、专家、组织者以及业态的从业者,各自从不同的角度、不同的实践,来阐明、验证、解析这一大众文化新形态诞生的必要性、重要性以及必然性,成绩斐然,成果累累,成就显著。

    其中,一个最主要的命题,就是构筑网络文学评价体系。

    我的理解,网络文学的评价体系应该具备三要素——主体性、载体性和开放性。主体性就是指作家作品,尤其是作家个体;载体性是指网络文学发表、转化的载体,以及该载体所反馈的社会受众的阅读互动和体验期待;开放性是指时间轴的延伸,以及由此带来的变化、融合、起伏、发展。这三性对应着网络文学的特性特质。脱离作家个体个性和创作个案,就无法解析其作品的风格、风采和风貌,这点与传统文学、传统作家是一致的。与传统文学的发表载体比较,网络文学呈现出即时性、互动性和渗透性,是一种全新的模式。这种传播模式完全是颠覆性的,它改变了受众的阅读和观赏的习惯,并产生"大众互动文学创作"的现象,由此也丰富了网络文学的门类,推动了成千上万的码字者变成作家。二十多年的这一文化现象,如果站在历史长河来观照,只是短暂一瞬,网络文学刚刚起步。瞻前而顾后,随着人工智能的兴起,科技日新月异,时代阔步迈进,我们谁都不能下结论,今后十年、二十年乃至更长的时间里,网络文学会成为什么模样。正是基于这一认识,我们现在对网络文学的评价,可以有体系,但更要注重根系;可以有评判,但更要注重评析;可以有结论,但更要注重跟踪和记录。从某种意义来说,对网络作家的跟踪和记录,就是对网络文学发展史的数据搜集与建设,是对作家原生态的场景还原。只有在这个基础上进行学术性、学理性的研究,我们的研究成果才能更接近于"草根"形态的网络文学的本性与内核。

在中国网络文学研究领域,夏烈先生是一位立足网络文学创作一线的卓有成就的研究者。他是学者,也是出版人、组织者、策划者,是网络作家的朋友。他的研究方向和成果总是追随着网络文学的现场和轨迹,追随着网络作家的成长时空。已经出版的《大神们:我和网络作家这十年 星火时代》《故事与场域》,以及这本《浙江网络文学访谈录》,都体现了他的研究风格和追求。正如他说的,"我选择了从个人的叙事展开 2007 年以来的中国网络文学史的那些代表性局部,大的线索是时间的线性推进,每一章又布局了人物列传的折子式展开;人物和事件主要从杭州的网络文学事业版图入手,兼顾全国性的人、事。我认为自己在完成一部文学创作,同时也是一次网络文学史述"。

如果说《大神们:我和网络作家这十年 星火时代》是夏烈先生所构建的"网络文学史述"的开端,那么这本《浙江网络文学访谈录》就是"史述"新的推进和扩展。这里不仅有对网络作家的访谈,也有对网络文学组织者、评论者、出版者以及业态的从业者的访谈。读罢此卷,有如与新老朋友围炉而坐,品茗畅聊。侃侃而谈,信息量大;率性率真,直抒胸臆;再现场景,细节真切。

恍惚之中,我仿佛回想起2013年10月7日,就是受超强台风"菲特"影响余姚发大水的那个日子,天上倾盆大雨,地上积水过膝,我和臧军、夏烈卷着裤腿,蹚水去拜访烽火戏诸侯、天蚕土豆、梦入神机三位网络作家,在他们的合租房里听雨畅聊。交谈、交流、交心,谁说不能促成一件美好的事情?

是为序。

2024年6月

(曹启文,浙江省网络作家协会原主席,浙江省文艺评论家协会副主席)

目 录

作家说

组织者与研究者说

产业者说

作家自述

作家说

南派三叔访谈录

南派三叔,本名徐磊,1982 年生,浙江嘉兴人。浙江省网络作家协会副主席。2006 年开始网络文学创作,代表作品有《盗墓笔记》《藏海花》《怒江之战》《世界》《天才与疯子的狂想》等。其中,《盗墓笔记》被多次改编为影视剧、舞台剧。

采访者: 哪些人对您的创作产生了重要影响?这种影响又以什么方式呈现?

南派三叔: 有两个人对我的创作产生了重要影响。一个是我的初中语文老师潘老师,他是唯一一位支持我写作的老师。我清楚地记得有一次交作业的时候,我把随笔本和小说本搞混了,该交的随笔本变成了小说本。我发现交错本子后,很害怕,忐忑不安,因为小说本里面写了许多秘密,比如我喜欢谁、讨厌谁。我担心被叫家长,害怕母亲被叫到学校,与老师进行沟通。然而,没想到的是,小说本发下来后,我发现里面的错别字被改掉了,没有受到任何处罚。在本子最后,潘老师写了一句话:“如果你爱写作,就好好写。”后来,我在一次同学聚会上,给潘老师发了一条微信。"潘老师:当年的祝福,当年的希望,弟子铭记在心。如今,弟子幸不辱命,已经是作家了。"另一个是我的高中同桌。高中时期我遇到了一个生命中非常重要的朋友,也是我的同桌。那是军训期间,他望着操场地面上的一片积水。我很好奇,这个人似乎也不太合群,和我一样。于是,我去问他:"你在干吗?"他说:"你看,水中有天上的云,多么美啊!"从那时起,我认为他和我是一个类型的人。他非常优秀,我们老师对他的评价是"静如处子,动如脱兔"。后来,我把他变成了小说中的一个重要人物——张起灵。

采访者:您在什么情形下开始创作网络文学作品?

南派三叔:我的工作是国际贸易,2006 年左右国外的金融危机开始显现。我从事的是娱乐产业,我去美国考察时发现脱衣舞馆里已经没有人了,如今回头看,这是美国经济陷入窘境的征兆。因为娱乐行业受到冲击,我果断收缩公司规模。公司业务收缩后,我也没有想好该做什么事。在此情形下,我开始思考,为什么不重新捡起从小学六年级开始延续到整个高中时期的爱好呢?于是,我开始写作。我写的第一篇小说是外婆给我讲过的一个故事,写了 3000 多字。写完之后,我觉得我的创作欲望已经发泄得差不多了,我没想过在文学创作道路上能够走多远,因为我还是个小老板嘛。然而,意料之外的是,第二天看的时候,发现许多回帖,都在鼓励我继续写下去。那时我的虚荣心膨胀起来,我觉得我是一个天才。于是,我开始不停地写作。

采访者:您开始创作是在机缘巧合之下,您想通过创作表达什么吗?您的创作初衷是什么?

南派三叔:创作源于对人生的不满,希望在小说中实现人生价值。每个人都觉得自己与众不同,但其实不然,而故事可以实现现实人生中无法实现的可能性。所以,我的创作初衷与高尚的文学理想无关,许多人或许和我一样。不过,到了后来,等创作达至一定程度后,会思考文学、文字的意义,尝试创作不一样的东西,这个过程会持续很久。

采访者:从您开始在网上创作,到现在,已经十几年了,您认为现在网络文学的创作环境是否发生了变化?

南派三叔:刚刚写网络小说时,尽管作品质量很差,但获得很多好评,读者纷纷给予鼓励。现在则不然,如果你是新人,你的作品不是构思、酝酿、修改了许久,那么作品发表之后,往往会受到读者不留情面的批评,乃至攻击、谩骂,就是说读者"戾气"很重。

采访者:除了创作环境的变化,创作者心态也很重要。有人认为您刚开始创作的时候存在一些"失误",您怎么看待?

南派三叔:优秀的作品往往会尝试前人没有尝试过的结构、风格等,如《七星鲁王宫》从第一章开始一路狂奔到最后一章,连一个休息的口都没有,节奏非常紧凑,以至于一些读者"抱怨"说作品看起来很累。这在科班或研究小说的人看来是不可思议的,是错误的。然而,正是这些不可思议的"错误"形成了我的风格,形成了新的小说类型。

采访者:您的个人风格的确非常独特。在您的写作构思中,您如何搜集素材?您认为如何做有助于产生创作灵感?

南派三叔：小时候听家中长辈讲述了许多故事，后来阅读了许多学术论文。灵感本质上是不同学科知识的碰撞，只要你了解的学科与知识足够丰富，那么你就会产生灵感。这一点我做过试验。很多人说灵感枯竭，灵感是老天给的，其实不然，只要你涉猎的知识面足够广，灵感就会自行产生，且无穷无尽。

采访者：许多读者对您的作品评价非常高，认为《盗墓笔记》堪称经典。您如何看待网络文学经典化这个问题？您认为网络小说要具备什么条件才能经典化呢？

南派三叔：经典的本意是浓缩，当作品篇幅足够长，其价值就会被稀释。故而，我们要思考能够流传下来的大部头的经典作品，其篇幅最大能达到何种程度，因为经典要经历时间的考验。未来随着媒介的发展，网络文学成为文学经典的可能性还是存在的。不过，当下网络文学经典化面临的主要问题在于作品的篇幅。退一步讲，如《蜀山剑侠传》这样篇幅的作品算不算经典？再如公认的文学经典《史记》，《史记》用较短的篇幅，叙述了许多人的一生，信息量很大。如果我们换个概念，比如成为经典IP，那么我认为有很多网文作品能成为经典IP，伴随我们的成长，成为流行文化的一部分，一代代流传下去。

采访者：除了对网络文学经典化的期盼，您认为以网络文学成名的作家有向严肃文学转向的可能性吗？

南派三叔：当然有，我认识的不少网络作家都在逐渐转向严肃文学。因为人到了一定年纪之后，必然会去思考一些关键问题，这时你就会在作品中体现出这些问题。换言之，作家先有这样一个想法，然后去探讨，不管作品采用何种载体，不管通过哪些人物，都必然会有一股严肃气息。随着第一代网络作家年纪逐渐变大，富有严肃意味的文学作品会越来越多。

采访者：您在创作《盗墓笔记》的过程中遭遇过哪些困难？您是如何处理的？对您后来的创作产生了何种影响？

南派三叔：我的写作习惯是想到哪、写到哪，这样有助于写出精彩的情节，但由于缺少提纲，创作中可能遇到困难，没有头绪，卡住了，写不下去。曾有一次，创作中断了一年零八个月。因为人生短暂，没那么多时间可以浪费，所以我后来开始写提纲，尽管我认为这是一种创作上的退步。有了创作提纲，写起来就很稳定，但灵光一现的机会少了。

采访者：这么说您已经摸索出了适合自己的创作模式。您的创作成就是有目共睹的，您认为在创作上取得成功的原因是什么？

南派三叔：我从5岁开始听故事，小学开始写故事，到大学，再到我最终放弃事业去写《盗墓笔记》这本书，我这些年只干了一件事情——写作。我前半生没有干其他的事情，所以才有今天的成就。

采访者：爱情与死亡被认为是文学作品的两大母题，后者在您的作品中经常出现，前者却几乎从未出现。有读者据此认为您似乎不太擅长情感方面的描写，您是否认同这一看法？

南派三叔：小时候被外婆照顾过一段时间，长达五六年之久。每当我睡不着的时候，外婆就会一边拍着我的身体，一边给我讲，"在一个雷雨交加的夜晚，在村子外面的池塘里放着的那具棺材里面,发出了……"。后来,我去照顾弟弟妹妹们,为了让他们安静下来,我也开始讲故事。这样,我脑海中形成了一种故事快感,但这种快感并未建立在爱情故事之上——直到现在我的爱情经历都非常单薄——而是建立在悬疑惊悚类故事基础上,我对这类故事特别感兴趣。

采访者:创作偏好是很正常的,作为男性作者,您在写女性角色时,是否有难以下笔的感觉?

南派三叔:实事求是地讲,我不太会写女性角色,我也是近些年来才真正意识到女性角色和男性角色的差异。起初写女性角色的时候,大体就是写一个女性的外貌,且还是用男性视角进行写作。由于缺乏深刻了解,笔下的女性角色往往呈现出奇异的形象,缺乏灵魂,甚至让读者产生"你是否对女性有恶意"这样一种认识。实际上,这并非恶意,根源在于不理解,无法把握女性的荣光。对我来说,成为女性,才能了解女性,但是我不可能成为女性。这也是我觉得许多网络小说在性别写作方面产生问题的原因之一,双方缺乏理解,很难达成共识。我希望写好女性,因为写好女性是对作家提出的一个基本要求,但我还无法做到。

采访者:您的创作题材更多是偏向想象类的,您是否考虑创作现实题材作品?

南派三叔:其实我一直在创作现实题材作品。不过,由于这些作品缺乏出版与影视化的机会,所以不为读者所知。因为出版商要考虑作品收益,在幻想类与现实类作品之间,他们倾向于出版南派三叔的幻想类作品。除非这部现实题材作品具有非常高的价值,不应埋没于世,但显然我的作品不具有这么高的价值。当然我可以在努力创作后,尝试出版,但若市场反响不好,这不仅使得以后的现实题材作品更难出版,而且于我名誉有损。简单地说,我的作品的市场定位是幻想类,所以我会谨慎考虑现实题材作品的出版事宜。

采访者:从开始创作《盗墓笔记》到这部作品完结,您的创作心态是否发生了变化?

南派三叔:在我看来只有悲剧是永恒的,具有无穷的魅力,悲剧因能给人留下深刻的印象而被人记住。所以,我起初的想法是希望这部作品拥有一个悲剧的结尾。定格在悲剧的状态上,然后我转身离去,和这部作品告别,留下可以流传几十年甚至更久的余韵。然而,随着时间的流逝,年岁的增长,我逐渐意识到被人长久记住也是一种负担,或许可以在特定的时间点上给人物一个好的结局,让读者产生往事已了的感觉,从此再也不用去思考这个故事。基于此,我给了自己一次机会,重新选择与构思故事的结尾。我希望看过这个故事的读者,在看到这个结局后可以长呼一口气说"这段岁月结束了"。这也是我希望向过去告别时应具有的一种仪式感。当我用一个悲剧把所有人拴在这个故事上的时候,其实我也用一个悲剧把自己拴在了过去的岁月中,没有未来,永远走不出去。故而,我做了这么一个决定,结束它的创作,告别过去,拥抱未来。

采访者:现在看来您的选择是正确的,也给大家留下了很深刻的印象。接下来谈一谈创作之外的更多问题,同人创作是现在很常见的现象,您怎么看待《盗墓笔记》中的同人 CP

(Character Pairing 的缩写,指人物配对)问题?

南派三叔:同人 CP 并非一个新鲜的话题,其发展大体经历了三个阶段。第一阶段,同人是小众化的存在,同人作者创作的基本倾向是自娱自乐。第二阶段,同人作品越来越多,同人作品的传播速度很快、声势浩大。但是,也出现了很多争吵,如逆 CP、拆 CP,不同作品体系的粉丝越来越多,圈层的复杂程度让人难以理解。面对这一现状,我采取了一个策略,大家开心就好。第三阶段,我在《重启》上线之前,大概有两年没登录微博。我的心态已经变了,不再是大家在议论什么,我就去了解一番,事实上我已经脱离了外界的评价体系。因为开心是自己找的,不开心也是自己找的,所以干吗给自己找不痛快。

采访者:看上去您在这方面的心态还是很乐观的,我想这其实和您与读者良好的互动关系也是有关的。您从创作之初就收获了大批"死忠粉",那么您怎么看待粉丝与作者、作品的关系?

南派三叔:这是一个需要宏观思考的问题。我们知道柯南·道尔写《福尔摩斯》时,家中窗户曾被人枪击,因为他把福尔摩斯的结局写得非常悲惨,超出很多读者的预料。这并非柯南·道尔一个人的经历,史蒂芬·金等许多知名作家都有类似经历。我们很难甚至无法审问此种行为的内在逻辑。作者只是写小说的,读者是看小说的,粉丝与作者、作品之间产生的复杂的情感纠葛很难解释,但又普遍存在。基于此,我的观点是视其为一种荣耀,如果你没有和读者相爱相杀的经历,也没有和作品形成相爱的关系,那么你是一个好作家吗?换言之,自己安慰自己,让自己释怀,有点"精神胜利法"的意味。当读者与你的作品产生了强烈的情感关系,那么你可能已经达至你曾崇拜的作家所取得的文学成就的程度,这于我而言是一种褒奖,是对我的一种认同。当时间过得足够久,如一百年、两百年,后人可能不会记得这些冲突、情绪的细节是什么,但很可能视其为文学界发生的一个小小的传奇故事,作为茶余饭后的趣谈。所以,对于粉丝与作者、作品的关系,坦然接受就好。

采访者: 从您开始创作到现在,您对粉丝的认识是否发生了变化? 粉丝对您的态度有没有发生变化?

南派三叔: 一代粉丝或读者受其生存、生长的社会文化环境的影响,往往具有共性特点。最开始的读者阅读《盗墓笔记》后形成自己的认识,非常理性地去讨论问题,读者之间交流的多是情节、写作问题,有时甚至会出现非常深刻的讨论。随着时间的推移,第二代读者开始阅读《盗墓笔记》。相较第一代读者,第二代读者比较自由,束缚较少,没有太多沉重的东西。他们倾向于享受作品、作家的签售、与作家之间的互动调侃及形成的默契,同时他们也没有特别强烈地表达自己的愿望。最新的粉丝即第三代读者,一个典型特征是表现出强烈的个人意识、个人愿望,如我希望作品是什么样。当读者的表达欲望足够强烈时,他们会形成对作品第二次、第三次的理解。从早期我是一个写书、卖书的人,读者是一个买书、读书的人,变成我们都在故事中,形成默契而不言破,而现在的读者则考虑是否把事情说破,更加在意他自己想说什么。现在的网络环境由于大家都在表达个人看法,信息量非常大。

采访者: 前面您谈到不擅长写女性,那么您怎么评价女频网络文学?

南派三叔：女频网文我看得较少，了解也不深。从技法上来讲，女频网文作品对人物关系描写得更深入一些，能让我获得丰富的阅读体验。不过，女频网文作品的细节之处，我可能会遗漏。因为我在长久的阅读、写作、学习过程中形成了自己的注意力敏感点或关切点，女频网文作品的细节之处常常不在我的关切范围之内。此外，女频网文中女性角色的选择和男频网文中差异非常大，所以阅读女频网文时，作品中女性角色的选择常常无法让男性读者产生代入感。正是基于这种现实，才有了男频与女频两种频道的区分。作者与读者往往自觉地分流到两个频道中去，或创作或阅读相应频道的作品。

采访者：虽然您不擅长写女性人物，但是《盗墓笔记》吸引了不少女性读者，您认为原因何在？

南派三叔：文学元素是没有性别的，如动作元素、惊悚元素。有人说女生不爱看恐怖片，但我所了解的女生几乎都爱看恐怖片，越害怕，越喜欢看。所以，文学元素既可以适合男性读者，也可以适合女性读者。不过，价值观是有性别之分的，比如一些作品被称为"种马文"，一个男生被许多女生喜欢。此类作品的读者接受状况我没做过太多调查，但我的直觉是传达这种价值观的作品应该不太会受到女性读者的喜欢。《盗墓笔记》的价值观非常中性，并没有宣扬男性或女性的威权，而是以冷静的笔调讲述一个悬疑故事。也就是说，《盗墓笔记》的元素不排斥某个性别，而是同时向两性读者开放。这是《盗墓笔记》能够吸引不少女性读者的主要原因。我所了解到的类型比较中性、没有价值观问题而又不受女性欢迎的一些悬疑小说，主要原因在于语言表达与情节逻辑的生硬。这些作品我也不喜欢看，因为我喜欢在看到精彩情节的同时，又看到一些人物关系。当作品既拥有复杂的人物关系，又包含真挚的情感，其实女性不会因作品是恐怖小说而予以排斥。所以，我觉得大部分作品能做到这点，就已经很好了。

采访者：现在网文作者持续迭代，或许很多网文作者已经不是想通过写书的方式来吸引读者了，如今许多网文作者创作的目的之一是影视化。有人认为是否适合影视化是网文有别于传统文学的一个重要特征，您怎么看？

南派三叔：我听许多同行表达过类似看法，但这是一个错误的认识。网文影视化是近些年发生的事情，早期网文是为了游戏化而创作。此种认识与大的文化和经济环境有关。中国内容经济处于什么阶段，亦即某种文化在某个时期特别流行，那么从事内容制作或创作的人，往往就会产生这种认识，即周边文艺门类的创作都是为了服务于流行文化，以便更好地转化为经济效益，就如游戏盛行之时，部分人认为网文就是为了游戏而创作。

采访者：对于您的作品被改编为电影、电视剧、话剧、漫画、游戏等，您有什么想法呢？您最满意的改编作品是哪一部？您认为好的影视改编作品应具备哪些特征？

南派三叔：尚未有令我非常满意的影视改编作品，也许要很久以后才能出现。影视改编的最佳状态是小说消失，改编作品独立浑融，自成一体。遗憾的是，这种情况尚未出现，许多基于小说改编而来的影视作品具有鲜明的原著印记。

采访者：您是否担心自己创作的作品引起读者的审美疲劳？

南派三叔:据我观察,大概每十年中有两到三年,大众会厌烦幻想类作品,回归现实类作品。所以,我们会注意到每隔一段时间便会出现一些非常优秀的现实题材作品,极其精彩,引人思考。但是,现实主义的思潮也会很快过去,所以不用担心大众读者会对某种类型的作品产生审美疲劳。纵观中国文学史,幻想类作品从未长久远离读者的阅读视野,清朝有《子不语》,往前追溯,历朝历代都有志怪类小说。因此,我觉得大众读者的文学趣味虽然会变,但却有周期性,幻想类作品因满足了读者的想象而总有一席之地。

采访者:您的《盗墓笔记》火了之后,很多读者津津乐道于小说中的情节,很多读者甚至去了长白山。很多热播剧或畅销书对受众的行为产生了较大的影响,您怎么看待这种现象?

南派三叔:我当年受到《灌篮高手》的影响去打篮球,我相信许多人和我一样。因为受到某些文学作品或某种文化现象的刺激,许多人选择做某件事,这是一种常见现象。就网络文学而言,我想许多看过网文之后选择创作的人,是由于看故事时产生的愉悦与心有灵犀而产生了创作动机。许多人开始创作时是没有收入的——网文行业遵循金字塔规律——只有顶端的人才有高收入。很多人是出于爱好而创作,而此种爱好并无不妥之处。

采访者:您的《盗墓笔记》也受到很多海外读者的喜欢,您认为中国网络文学作品在海外受欢迎的原因有哪些?

南派三叔:文学作品是理解一种文化的捷径。随着综合国力的日益提升,中国在当今世界的影响力越来越大,吸引了越来越多的目光。海外读者会对中华文化产生好奇心,好奇中国人为何会创造出一个又一个奇迹,好奇一个民族传承延续五千年的合理之处与优越之处。理解中国,需要理解中国文化,而文学作品则是探寻中国文化的捷径。网络文学作品反映了中国许多领域的价值观与行为准则,具有鲜明的特质。通过阅读网络文学作品了解中华文化特质、满足好奇心,成为网文在海外受欢迎的一个重要原因。中华文化基因以一种通俗易懂的方式在网络文学作品中得到传达,海外读者通过这些作品看到了另外一种可能性,理解一个民族、一种文化的合理性与优越之处的可能性。

采访者:段廷军　夏烈

烽火戏诸侯访谈录

烽火戏诸侯,本名陈政华,1985 年生,浙江杭州人。浙江省网络作家协会副主席,所著小说涵盖现代都市、武侠仙侠、东方玄幻等题材,尤善以细节动人心,被誉为网文"文青派"代表作家。代表作品有《陈二狗的妖孽人生》《老子是癞蛤蟆》《桃花》《天神下凡》《雪中悍刀行》《剑来》等。

采访者:您出生于浙江省淳安县,能谈谈浙江这块土壤对您的写作的影响吗?这种影响在您的作品中有何体现(如小说人物、生活背景等)?您选择在杭州发展主要是出于什么考虑?

烽火戏诸侯:浙江对我的影响还是很大的,老话说一方水土养一方人,半点不假。在我看来,任何一个作家的文学作品,尤其是初期作品,都是一种对家乡、童年的追本溯源,最成熟的某部作品,大概也会是某种意义上的落叶归根。之所以选在杭州定居,一来距离老家淳安县近,二来大学是在浙江工商大学读的,再者杭州自古就是一个文气很重的灵秀之地,而且生活节奏又不太快,在这里写作,只要不懒,多看书,常练笔,就容易出好作品。

采访者: 地方文化与网文写作这个话题,挺有意思的,其实浙江省有许许多多网文作者,您认为怎么样才能在创作好作品的同时,适当地融入浙江文化?

烽火戏诸侯: 我认为不管是玄幻作品还是现实作品,浙江都有取之不尽用之不竭的文学素材。在我看来,不管是什么小说题材,每部作品的精神内核、气质都是与现实生活相通的。就像我现在创作的古典仙侠作品《剑来》,就是参加浙江省作协的采风活动,亲眼见到铸剑打铁的场景,突然迸发出的灵感,当时就特别想要写出一部与剑、与瓷器有关的小说。所以网文作者,还是需要多走出书房。在这个信息撷取无比轻松的时代,除了读万卷书,不敢说一定要行万里路,多走走,肯定是有益于写作的。我个人建议,每到一个地方,条件允许的话,最好购买几本地方县志。

采访者: 真是个好建议! 据我了解,您大学时期读的是公共管理专业,是因为什么开始了网文小说的写作?

烽火戏诸侯: 可以说是个偶然,开始写作纯粹是个人的兴趣爱好,因为从小喜欢看书,有买书癖,看多了,就想要自己写写看。没想到一写就是这么多年,写作成了自己的一份热爱。

采访者: 对于网友们来说,《雪中悍刀行》是让您破圈的作品,里面的名言名句、经典人物,至今仍广为流传,您想过这本书会爆火吗? 回想这些年,在写作的心态上有什么改变?

烽火戏诸侯: 其实我没想到成绩会那么好,一开始只是单纯想要写一本"不一样"的作品,跟自己以往的作品不一样,也要跟所有其他作者的作品都不一样。说到写作的心态,我对待写作,除了将其看作事业而非职业之外,还始终秉持着一个观点:但问耕耘,莫问收获。

采访者:您的写作心态真的很好,这是不是跟您喜欢读书有关?大家都知道您喜欢阅读各种书籍,哪些作家作品对您的创作产生了较大影响?您如何看待阅读与写作之间的关系?

烽火戏诸侯:中国传统文学名著看得比较多,外国作品看得不多,比如最近就在系统阅读一些掌故类的作品,以及茅盾文学奖获奖作品,想要看清楚差距在哪里,以及差距有多大。谈到阅读与写作,我觉得作为网络文学作者,对待传统文学经典作品,可以尊敬,但是不必畏惧,尤其不能觉得遥不可及。没有心气的作者,写不出有长久生命力的作品。

采访者:很多读者发现在《雪中悍刀行》中,不少人物都有历史原型,这大概就是您热爱阅读的体现。这种在历史人物基础上"二设"的写法,有什么经验和我们分享吗?

烽火戏诸侯:我觉得最重要的一点是不能一味照搬,得化用。否则就是搬书工了,属于一种低劣的炫技。而最上乘的,是借鉴历史,然后创作出完全属于自己的"历史人物",这些角色深入人心,被他人借鉴,角色就成了某种历史人物。

采访者:您心目中的理想生活是什么样子呢?

烽火戏诸侯:我心目中理想的生活,大概就是两个字,从容。很喜欢一个说法,"今日无事"。当然还是要努力码字,尽量保证相对稳定的更新,可如果在文本质量和更新速度之间,必须要二选一,那就选择前者。不更新的时候,还是要保证阅读量,不是看网文,而是看实体书。用手机看书,跟翻阅实体书,是截然不同的两种阅读体验,后者看似效率比较低,其实转化率更高。码字是为了更好地生活,而生活不是只有码字。

采访者:《雪中悍刀行》里面有一个人物——剑神李淳罡,一句"剑来"让人印象深刻。此处的"剑来"和小说《剑来》有什么联系呢?

烽火戏诸侯:《剑来》的书名就是这么来的。我觉得李淳罡那句"剑来"非常精彩,后来就选择用《剑来》作书名。

采访者:《剑来》旁征博引,网友对此褒贬不一,您怎么看?

烽火戏诸侯:对我个人来说,创作每一部作品,从来不是一种单纯的内容输出,而是双向的,既写书又看书,必须保证自己不被掏空。旁征博引被读者一眼看出,说明化用得不够,写作功力不够。

采访者:再回到这本小说的内容吧,我们注意到,很多读者对于书中"竹子"这个意象印象很深刻。《剑来》中的陈平安对竹子特别喜爱,是想以此展现陈平安的个性特征吗?

烽火戏诸侯:是的。我一直坚信文学创作,尤其是长篇小说,需要讲逻辑,需要思维缜密,所谓的浪漫主义色彩,不是长篇小说的真正底色。讲好一个故事,与讲好一个道理,都很难,都需要循序渐进,厚积薄发。在我老家,从书房看出去,就正对着山上的一大片竹林,所以我从小就喜欢竹子,自然也就运用到了写作中。

采访者:我们知道您的作品非常丰富,《狗娘养的青春》《陈二狗的妖孽人生》《老子是癞蛤蟆》是您创作前期的代表作,而《桃花》《雪中悍刀行》《剑来》是后期的作品,很明显地可以看到,前后风格差异很大,请问这种风格的转变是基于什么原因?

烽火戏诸侯:我认为一个作家的写作风格,很大程度上可以归结于当时写作的状态和作品呈现出来的精气神,当然也和年纪、社会阅历、阅读经历都有不同程度的关系。

采访者:在您的作品中,我们可以看见小人物的奋斗挣扎,其中是否有您自己的影子?

烽火戏诸侯:这个倒是没有的,其实我一直刻意保持与作品的距离。

采访者:我们很好奇,您写作中有没有遇到过困难,或者所谓的瓶颈期,这个时候您一般会做些什么?

烽火戏诸侯:创作的瓶颈期每个作家都会经历,我一般会允许自己休息一段时间,进行大量阅读。我也很注意平时的阅读积累,这帮助我更好地提高自身的写作能力。

采访者:《雪中悍刀行》在 2021 年已经被搬上了屏幕,《剑来》的影视化是不是也指日可待了呢?

烽火戏诸侯:《剑来》很早就进入影视改编环节了,不过听说编剧团队已换了好几拨。我跟腾讯视频的朋友调侃,"《剑来》这么优秀的文学作品,改编难度大一点是很正常的事情"。

采访者：目前市场上有些网文IP改编不成功，您怎么看待这类现象呢？

烽火戏诸侯：我一直坚信编剧是决定网文IP成功与否的最关键因素。许多网文IP的影视化改编，之所以成绩一般，可能不单单是编剧的文学素养高低的问题，整个编剧团队内心认不认可这部作品，也是资本方必须重视的一个重要因素。再就是编剧团队懂不懂网文的精髓，能否真正搞清楚一部网文作品的长短板所在，哪些是必须保留的，哪些是可以绕开的，又有哪些内容是可以在原先基础上进行优化的，以及知不知道观众的审美取向，愿不愿意主动打破一些旧有套路化的改编模式等等，都可能影响一部网文作品影视化成功与否。

采访者：您之前说过"网络文学也是文学"，身为网络文学大神级作家，您是如何处理网络文学商业性和文学性之间的关系的？

烽火戏诸侯：我认为从商业性和文学性的关系来看，一部网络文学作品，距离传统文学经典的标准越近，它的商业化运作就会拥有越多的可能性。所以这不是一个"平衡"问题，之所以会出现叫好不叫座的情况，其实还是作品本身不够好，文学底子不够扎实，另外可能也缺少一些必需的写作技巧。

采访者：您现在是浙江省网络作家协会副主席、杭州市网络作家协会主席，您对杭州以及浙江的网络文学的发展前景，有没有什么具体的设想？您如何平衡日常的事务性工作和自己的网文创作的？

烽火戏诸侯：我很看好浙江网络文学的发展前景，由衷希望

21

我们浙江的网络文学能够持续发展,始终站在整个文学浪潮的潮头位置,更希望能够出现一批可以跟传统文学经典作品打擂台的优秀作品,相信一定会有的。此外希望浙江和杭州的网络文学评论力量可以强大起来。

我只参加那些必须参加的社会性事务。作家的立身之本,肯定是作品。不立任何人设,尽量弱化作家的符号性,用优质作品去跟整个社会对话,长远来看,是一个更加省心省力的选择。

采访者:昆仑中文网、番茄小说网、疯读小说等都在大力发展免费阅读,你认为网文行业未来在免费与付费的道路上,会何去何从?

烽火戏诸侯:我其实不是特别喜欢免费阅读,但是如果这是势不可当的潮流,就争取让自己和自己的作品做个特例。我觉得可能头部作家的头部作品,对免费还是付费阅读,都已经相对钝感了,因为其价值已经脱离了网文订阅模式。但是对于中层作者和刚入行的新作者来说,免费阅读是一种巨大的伤害,因为他们会被推荐、流量这些资本层面的因素所裹挟。这只是我的个人见解,观点可能未免狭隘。

采访者:您从事网文行业多年,对于想入行或者正在行业内的人,有什么建议?

烽火戏诸侯:我建议最好有一个比较纯粹的出发点,比如真正热爱写作本身。再退一步说,如果相信"我靠作品挣钱,通过挣钱反过来证明我的作品有价值",也是不错的。只是觉得写网文收入高的人,一旦真正进入这个写作门槛确实不高、却竞争无比激烈的行业,很容易就会碰壁,写作状态难以持久。

采访者:您对网络文学的未来发展有什么看法?

烽火戏诸侯:我个人的看法是,比起前几年的热热闹闹,网络文学 IP 化最近两年已经相对低迷,但是熬过五年,未来可能会出现一部或者多部能够打通全产业链的作品。所以大体上,还是需要作家埋头写作,未来可期。

采访者:史晗玮　张琳琳　周敏

蒋胜男访谈录

蒋胜男,1973 年生,浙江温州人。温州大学人文学院研究员,二级编剧。全国政协委员,中国作协全委会委员,浙江省网络作家协会副主席。中宣部文化名家暨"四个一批"人才,国家"万人计划"哲学社会科学领军人才。1999 年开始网络文学创作,代表作品有《芈月传》《燕云台》《天圣令》《太太时代》等。

采访者:浙江这些年网络文学发展十分迅猛,逐渐从野蛮生长的状态转变到了有组织、有规模的发展。您作为浙江人、温州人,家乡的文化环境、地理位置等对您的创作产生了哪些影响?

蒋胜男:首先,浙江明清时期就是文风兴盛之地;其次,浙江处于中国改革开放的前沿,经济起步较早,连使用电脑也领先一步。这二者的结合,某种意义上也使得浙江的网络文学走在了全国前列。我们成立了全国第一个省级网络作家协会,设立了第一个网络文学奖项,创建了中国作协网络文学研究院与中国网络作家村等。可以说,浙江的种种先人一步,对中国网络文学的组织发展起到了很大的推动作用。

我是温州人，很多人只知道温州是改革开放的先行地，认为温州"经济行，文化不行"，我觉得太片面。没有地域文化影响思维方式，如何去搞经济、开思路？温州在民国期间人才辈出，我之前做戏剧编剧的时候，温州的戏剧创作在全国是处于领先地位的。不久前有个统计，温州的网文作者数量在全国市一级排名第三，我觉得这就很说明问题了。

采访者：您从1999年开始创作网络文学作品，您的创作几乎伴随着网络文学从蹒跚学步到如今蓬勃发展的整个历程。您能给我们谈谈网络文学创作平台这些年最大的变化吗？

蒋胜男：1999年，我开始在"清韵书院"网站发表自己的网络文学作品，至今已有20多年。这个网站现在已不存在。当时许多网络作者都在那里"贴文"，比如江南、沧月、今何在。在那个年代，上网的人还不多，在网上玩文学的更是小众，很多人不能持久，因为写小说要付出很多的时间和精力，而在当时不仅没有稿酬，作者还要倒贴买电脑的"巨资"和上网费。不但没有名利，常常连基本的署名权都难以保证，辛苦写出的文章，一转眼就被盗版，或盗转，经常连作品名和作者名都被转丢了，或者是被"改头换面"。后来有不少人因为无法靠写网文养家糊口，就选择了离开。

1999年到2004年是一个转折，那会儿开始有一些网络文学作品出版了，作者开始收到稿费。虽然当时出版是稀有的机会，但这确实使网络文学的发展推进了一步。原来的社区由BBS变为网站的形式，原创作者在网站集结，带来巨大的流量，出现更多的跟帖、更多的互动，甚至一部分读者也开始变成作者，参与其中。一部分作者开始有收入了，虽然比较少，但确实是一个飞跃。

2004 年网吧的兴起让更多受众有机会接触网络文学。2008 年引进付费模式之后,资本再次加速了网络文学的发展。如今,又有各种移动终端、电子阅读器等科技产品的加持,不得不说网络文学见证了二十年来科技发展带来的这场媒介革命。

但我觉得其中最大的变化应该是网络受众的扩大,从一开始网络只在大城市高校、机关、网络公司及媒体使用,到后来网吧盛行,一直到村村通网络,但同时也出现相对的"文化降维",更多作者和文章瞄准最大人口基数的受众,而平台为了追求流量和 KPI(Key Performance Indicator 的缩写,指关键绩效指标)也极力助推。这是转型期会遇上的问题。如何能够设置适当的引流区,让更适合精品创作的作者能静心创作,打破网文"有高原无高峰"的遗憾,是个值得讨论的课题。

采访者:从 BBS 到网站、从小众到大众、从免费到付费,网络文学经历了巨大的变化,也面临着更大的挑战。您觉得在这场网络文学的变革中,您自身有发生什么变化吗?

蒋胜男:我很早就介入互联网进行创作,我全程参与了这场媒介革命,可以说是最早的一批网络作家。无论免费还是付费,BBS 还是网站,对于创作者来说,我们同样在不断创作故事,和千里之外的人同喜同悲,共享内心。

采访者:这些年来,有许多优秀的网络作家脱颖而出,创造出了一批兼具可读性和艺术性的作品。您作为这批优秀作家中的佼佼者,这些年来也一直坚持创作。《天圣令》是您的新作,这部作品是在《凤霸九天》的故事基础上改动的,您能谈一下这两部作品的不同吗?

蒋胜男:《天圣令》这部小说虽然是在《凤霸九天》故事基础上改动的,但二者其实存在很大的差别。《凤霸九天》动笔较早,写完《芈月传》和《燕云台》以后,距离最初写作这个故事已经十来年了。这十来年中,我的思维方式、创作思路都有了很大的改变,于是我分别在2015年、2016年、2020年进行了重新打磨、提升修改。

采访者:能具体说说做了哪些修改吗?

蒋胜男:从原来的两卷本到现在的四卷本,虽然是一样的故事,但是内核已经完全改变了。《凤霸九天》是一个逃难的孤女成为宋朝武则天的故事,而《天圣令》的故事探讨的是宋朝建立初期,天下仍不稳定,宋朝如何防止重蹈五代十国的覆辙,避免重复君王过了三代必亡国的宿命的故事。

采访者:您笔下的女性角色,比如芈月、萧燕燕等,大多性格刚毅,有着"大女主"的特质。是什么样的初衷促使您创作这类女性角色与女性故事呢?

蒋胜男:因为过去我们的"大女主"文艺作品太少,甚至到现在,大量的所谓"大女主"故事其实只不过是玛丽苏、甜宠剧,是所谓"待我拱手河山讨你欢"的小女生幻想,用虚幻和欺骗让女人安居于从属地位,最终无力掌握自己的命运。我觉得,只有将主角置于最艰难的环境中,置于生死之间,让他(她)只能倚仗自己,才能够真正使一个人蜕变,不管是男人,还是女人。

过去我们只有男人戏,家国天下,如果女人辅助了男人,那就是正面角色,如果女人妨碍了男人,就是反面角色。女性的对错是以是不是对男性有用来作为判断标准的。然而,这个时代不一样了。改革开放以后,互联网发展以后,女性在社会中扮演的角色越来越重要,很多女性走到了中心位置,在家庭中也是唯一的继承人,全家的顶梁柱。这时候,让女性再看以前的影视剧,她是无法认同的,她需要对标新的参照系。

采访者:当今时代,是什么在推动着您的创作?

蒋胜男:这个时代、这个社会的女性需要一个参照系,让她知道遭遇爱情失败时该怎么做,结婚之后如何保持自己的独立价值。因为生而为人,不仅仅是要成为某人的妻子、某人的母亲,她还是一个独立的人,在社会中、在单位中、在朋友圈中有自己的独特存在价值。而这样的参照更多的是精神上的。是时代的浪潮在推动着我的创作。

采访者:您的作品具有厚重的历史感,您一直在用女性形象来讲述中国历史,这十分不同于主流的历史叙事。您可以具体谈谈吗?

蒋胜男:我的历史观其实一直意在强调女性也是历史的重要组成部分,推动并影响着历史的进程。《芈月传》中的芈月、《燕云台》中的萧太后,《天圣令》中的刘娥,这些人在我们原来的史书、戏文、小说当中,其实都处在边缘化的状态。这些本应该受到重视的历史女性,通过作品发出声音,都是"惊雷"的声音,这些声音都影响着整个中国历史的进程。这种影响从大的层面来讲非常有意义。原来写历史的是男性,读历史的也是男性,所以形成了以男性为视角的历史叙事观。但在中国漫长的历史当中,其实有很多优秀的女性也发挥了非常积极的作用。通过小说写作，还原那一段历史，让我们实实在在地看到这样一些女性在中国历史当中的痕迹，我觉得这是特别值得我们去关注的。

采访者：这样一种女性叙事使她们得以被看见，并可以在这种讲述中成长、强大、成功。您会按照完美的形象去塑造她们吗？

蒋胜男：完美的人物和故事反而不真实，任何一个在文学史上留下名字的人物，都带着极大的自身特性。如果不够自私，郝思嘉就不会让人记住；如果不够狠心，希斯克利夫就没有存在感。而《天圣令》中，有争议的地方可能是刘娥在生命最后时刻对宋仁宗说的那番话，虽然跟传统的记载不一样，但我觉得更真实。

采访者：您对《天圣令》中的人物有感到不满意或遗憾的地方吗？

蒋胜男：这个故事里的人物都有自己的优点和缺点，除了主角，另外还有几个女性人物我在写的时候是很为她们遗憾的。一个是汴京小姑娘四丫，她的死对《天圣令》中涉及女性人身权与财产权的部分有很大的影响。另一个是皇后郭熙，她本来是个对自我的道德要求比周边的人更高的人，但却因为宫闱生活和内心欲望的驱使而异变。还有一个是贵人陈大车，一个爱美食和文学的自由灵魂，生而逍遥，死而豁达，最终影响了许多人。

采访者：近几年，很多网络作家开始转向现实题材的创作，您在创作《太太时代》时，与之前历史题材小说的创作有什么共通之处？

蒋胜男:我觉得对历史的演绎,就是对现实的反馈。我想创作的共通之处就在于这些故事都在书写时代和历史洪流中的人,他们的挣扎和选择,他们如何突破现实的藩篱,跨越重重阻碍实现自我。

采访者:您在创作过程中有哪些新的感受呢?

蒋胜男:《太太时代》以女主角江晓岚为线索呈现 ABC 俱乐部的女性群体。我们之前的文学作品中,女性更多是作为恋人、妻子、母亲、女儿的形象出现,或为爱情烦恼,或因为婆媳关系而流泪,或因为原生家庭而无助。就算写个职场剧,也是女性为办公室政治和爱情烦恼。但其实在现实生活中,女性已经远远不只充当这些角色。作为独生子女长大的女性,可能是家庭的唯一继承人。她也可能是单位的负责人,是承担社会职能的人。她的生活层面不只在家庭,还有职场,还有社会。

许多反映改革开放的文艺作品呈现改革开放初期"鸡毛换糖"艰难求生的故事,我称之为"改开 1.0"版本,虽然不乏精品力作,但对于现在的 90 后、00 后读者却太遥远。而反映改革转型期、面对国际动荡的"改开 2.0"的作品却比较少。《太太时代》以 2008 年金融风暴为背景,展现其对民营企业的巨大影响。书中的"鹿州"被称为改革开放的晴雨表,这些在传统思维教育中长大的女性,在时代转型期不断适应中国社会日新月异的变化,刚柔并济,勇于迈入男性把持的商业领域,在时代变局下不断提升自我,突破世俗,创造财富,找到属于自己的社会价值和人生价值,练就女性全新的生存本领。

这个故事虽然写的是 2008 年的金融风暴,但背景也可以是疫情,或者是任何时候我们无法预料的变故。时间不同,事件不同,但是我们在突如其来的"黑天鹅"事件面前,携手互助,重建信心的内心历程,是相同的。

采访者:您在微博里发起了"故事背后"这一话题,是为了和读者进行互动吗?

蒋胜男:我上微博只是松松脑子,然后看看热点新闻,主要就是有个窗口可以观察更多的社会众生相。文学即人学,读经典与前人的作品,但你不能重复前人已经创作过的人物啊,所以还是要从现实生活中找更多"人"的范本。

采访者:读者的反馈会给您带来不同的创作思路吗?

蒋胜男:我还是会比较关注读者的反馈的。我在创作早期的时候,和读者互动比较多,现在则更多地在自己的小群中与老友们交流。有时候他们会发现我笔下某一段或某个人物的亮点,我可能会被提醒,然后对这个亮点多下点笔墨。但是对于过于主观化的意见,我主要还是顺从自己原有的创作意图,不会因他人的意见而改变。创作首先娱己,然后才能娱人。不能娱己的创作是没有灵魂的。

采访者:这些年网络文学的繁盛也反哺了影视业,您的很多作品都经历影视化改编这一过程,您也亲自担任了《芈月传》《燕云台》等电视剧的编剧,您认为作家与编剧的不同体现在哪些地方?

蒋胜男:其实并没有什么不同,我是戏剧编剧出身,所以转换的时候没什么问题。不管是小说还是影视作品,最重要的就是讲好一个故事,树立几个给人留下印象的人物。小说和影视剧之间的区别可能就是格式转换、思路转换有个适应期,但这种差别只是形式而已,最重要的是内核。

在技术层面,就我个人的体验来说,那就是影视剧本创作更快捷一点,可能我创作影视剧本的速度是创作小说的 1.5 倍。只要适应了格式,其实影视剧本创作的难度比小说小,因为小说需要作者自己用文字进行情景渲染,但影视剧的话你只要有个提示,就由服化道工作人员去完成了。小说的情节转换,需要作者进行大量的铺垫,但影视剧可能换个场次就切过去了。

采访者:可以讲一下您在改编过程中遇到的困难吗?

蒋胜男:剧本创作不难,难的是要听各方意见进行修改,有时候意见不统一,几方面意见逻辑冲突,或者意见表达不完整,修改几次可能对方还没有一个确定的思路,这就让编剧很心累了。甚至有可能到了现场拍摄的时候又临时进行修改,修改的片段跟故事的逻辑有冲突,这是一件为难的事情。剧本的难度,主要在这些地方。找到一个合适的稳定的团队也很难,一旦团队中出现短板,就会是"木桶理论"的结果。

采访者:您怎样平衡作家和编剧的身份呢?

蒋胜男:不用平衡啊,本来就是相辅相成的工作。剧本创作使小说中的细节更丰满了,给配角留的戏份也多了。而因为一直在创作小说,也不会像职业编剧一样陷入剧情模式化的倦怠。

采访者:随着越来越多的改编剧的出现,侵权问题也渐渐走入了大家的视野。您关于著作权制式合同的议案,是因为与《芈月传》出品方的著作权冲突吗?

蒋胜男：并不仅仅是因为这个。我在这个过程中，发现许多作者都面临着作权被侵犯的现状，所以站出来为业界发声。当时我作为全国人大代表，视野不能局限于几个案例，更要由个体的小问题推广到业界的大问题。制式合同只是我寻找的一个方案，希望多方面推进，推动全社会对知识产权保护的关注与支持。

这些年来，我陆续提交了多项与知识产权保护相关的建议，从多方面为知识产权的推进进行不懈努力。

采访者：滑芮　姜悦

流潋紫访谈录

流潋紫,本名吴雪岚,1984 年生。浙江湖州人。作家,编剧,教师。2003 年考入浙江师范大学行知学院汉语言文学系,2005年末开始业余写作。2007 年因作品《后宫·甄嬛传》名动网络,被誉为浙江 80 后作家群的领军人物之一。代表作品有《后宫·如懿传》《久悦记》等。

采访者:您的《后宫·甄嬛传》是在读大学期间创作完成并出版的,能谈谈您在大学时期的创作经历吗?

流潋紫:我刚来到浙师大的时候,就感觉校园里的文学氛围很浓,每个男孩子女孩子都爱写、愿意写。浙师人比较含蓄,写了都藏着掖着,不太愿意与人分享,所以那个时候老师给我们最多的鼓励,一是要多写,二是写出来的文章要拿出来试着去投稿。对我而言投稿这一步是大三时才迈出去的。那个时候感觉传统文学是高高在上的,作为大学生胆子很小,就选择了在网站上发表自己的文章,选择的题材和自己就读的汉语言文学专业相关,我很喜欢古典文学,所以就选择了甄嬛传这个题材。

34

采访者：有许多读者好奇，《后宫·甄嬛传》涉及的知识面很广，冷知识很多，您是如何做到的？

流潋紫：我虽然毕业于中文系，但是我选修过影视文学、儿童文学，我还上过专门的新闻班。另外，我读的书比较杂，在专业书之外，还看一些服饰和古代首饰的研究资料，每次去故宫博物院的时候，都会买很厚的明清首饰资料来研究。我比较幸运，认识了负责奥运会服装设计的陈同勋老师，拍摄《如懿传》时我们已经是第二次合作了，然后又遇到了负责化妆的邢敏正老师，我从他们身上汲取了很多知识。我觉得更多地参与到拍摄的过程中对于编剧来说也是一个很大的提升。

采访者：您是从什么时候开始喜欢文学的？古典文学的修养和熏陶来自哪里？

流潋紫：我从小看曹雪芹的《红楼梦》不下十几遍，深深为曹雪芹的才华所倾倒，至今最喜欢的小说还是《红楼梦》。可以说《红楼梦》是我文学写作之路的启蒙之作，因此对《红楼梦》的敬意在我的作品中无处不在。此外，亦舒作品中独立、现实、坚毅的女性形象对我的创作影响很大。

采访者：您最早在哪里发表作品？

流潋紫：读大学的时候，男友给我建了一个博客，取名叫"蔷薇静放"，那时我学会了写博客，开始在个人博客上写写小文章。2005年下半年我大学三年级，开始将之前写得比较满意的一些短篇小说修改整理并向杂志投稿，希望能贴补生活费。

发表在《恋爱　婚姻　家庭》2006年第1期上的小文《鸭架

粥》，或可算我正式发表文学作品的标志。说实话当时并没有什么预期，写作之于我更多的是兴趣，不过当时心中应该也有小小的希望，希望自己有朝一日能成为某杂志的专栏作者，而今能成为长篇小说的作者以及电视剧的编剧是当时没有想到的。

采访者：您如何评价网络作为文学写作及传播的平台？

流潋紫：因为网络小说发表的门槛较低，大量写手、作者或因为爱好、或因为梦想，参与其中，笔耕不辍，其中不乏优秀的作品。我相信依托网络发表、传播的当代大众文学，必将因其创作群体庞大、传播方式广泛等特点而影响深远；未来更多的名家、大家将会从网络文学网站或论坛中走出，而不是传统的杂志和期刊。网络小说改编成电视剧有其特殊的优势，比如优秀的网络小说往往预先培养了一大批忠实的读者，这批读者比较容易转换为观众。

采访者：在您的创作生涯中，最大的感想是什么？遇到最大的创作困难是什么？

流潋紫：因为《甄嬛传》的走红，很多人说我年少成名，一切都蛮顺利的。其实对我来说，写作就像是走在一条路上，忽然看见路边的花开得很好，那就去看看好了，喜欢写就去写。当老师才是我的方向，是我一直要走的路，我没有偏离过，写作对我来说是业余的。当时我开始写《后宫·甄嬛传》，没有规划，也不知道会写成什么样子，也不知能不能写完，我只是去写。小说放在网上，渐渐有了读者，渐渐读者多了。也曾因为读者的催促，日更 6000 字，写得疲惫不堪。后来自己想明白了，写作是私人化的表达，应该想写才写，不想写就丢下，没有必要为了满足别人而消耗自己。《甄嬛传》拍到一半的时候,约我写剧本的公司纷至沓来,各种各样的建议也纷至沓来:有让我别写小说写剧本的,有让我写好卖的现代戏的,有让我趁人气旺多写一点的。但我认为想写什么、什么时候开始写、要怎么写,都应该是由我自己做主的。我不需要听那些建议,毕竟我是有工资的人,学校每个月都发 3000 块工资给我。我又不着急,十年两本书,我为什么不自己选择题材?为什么不坚持自己?我为什么要跟着别人的节奏走?我为什么要被商业和资本操纵?所以我后来写《后宫·如懿传》的时候就是蛮传统的写作工程了,我全部按照自己的意思写完了才给出版社,因为不着急,所以不会被左右。写作对于我来说是可以随时停下的事情,我可能随时就不写了。如果我觉得我没有力量左右人物,我就不写。做编剧,我如果不能护得住我笔下的人物周全,就不会把他们交出去。

采访者:您觉得从作家到编剧,创作方式和身份有什么转变?

流潋紫:写小说包括剧本的前期状态都是个人的,封闭的。小说可以按自己的心意随性去写,有的东西可以含糊,留给读者去想象。但剧本每一个点都要明确,不然演员没法演。剧本交了,公司觉得满意就好。但导演介入后,要按导演的想法走一遍;演员介入了,要贴着演员的个性再走一遍,一遍遍修改对我来说很痛苦。《如懿传》的剧本从 2016 年 3 月开始调整修改,加减人物、增删情节,100 多万字的剧本,逐字逐句地调整,删了 10 多万字。小说里有很多文字我很喜欢,但为了拍摄的需要,必须得割舍,这个断舍离的过程是很痛苦的。作为一个编剧,我是有自己的原则的,他们觉得我很难被说服,比如有人劝我改本子,接受某个人物或者演员,我通常都会拒绝。因为小说是我写的,剧本也是我编的,我要保护我的人物,不是专业的诚恳的意见,我就不会轻易地妥协。我在坚持自己话语权的同时,也在合作中从优秀的同行身上汲取营养,在《如懿传》的拍摄过程中,我有很多意外的收获,这种收获甚至让我觉得《如懿传》播出后会有什么评价都变得不那么重要了。就像绣匠绣一个作品、一件衣服,绣的过程中我会听到各种人的要求和意见,但绣完了,我的工作就完成了,至于它穿在了谁的身上,穿得好不好看,和我没关系了。等这部剧开播以后,我就把我向外开着的门窗一一关闭起来,大家的看法对我来说不重要了。重要的是这个过程里我获得了什么。编剧是躲在幕后的人,幕后的人不应该走到台前来。在影视圈子里,人常常会被捧到天上去,变得得失心很重。在那样的环境下,保持距离才是保护自己。

采访者:很多读者感到很好奇,《后宫·甄嬛传》里面的爱情很复杂,涉及了很多东西,权谋、利益等等,可以说里面的人都是不幸福的。您方便谈谈自己的爱情观吗?

流潋紫:其实在《后宫·甄嬛传》里我常常引用两句诗——"愿得一人心,白首不相离",这也是我自己的爱情观。等闲离别易销魂,不如怜取眼前之人,我想要的是稳定安心的情感。大学期间我和男友谈恋爱的时候,我就知道,不出意外的情况下,就会和他结婚,我没有别的想法。后来毕业的时候,杭州的一家出版社已经录用我了,马上就要签合同了。但是那时候我男友在杭州的滨江区工作。我稍作衡量,觉得出版社离他工作的地方太远了,于是就找了滨江的一所学校,那时候滨江区看上去是很荒凉的。在情感上我很黏人,就希望和喜欢的人常常在一起,最好无时无刻不在一起，两个人越近越好，如果在出版社工作的话离他太远了，要倒至少三班公交车，我接受不了这么远的距离。

采访者：《甄嬛传》大火之后您还继续做老师，面对中学语文老师和知名编剧、作家这两个身份，您的重心是放在哪里呢？

流潋紫：在大学毕业前，《后宫·甄嬛传》已经出版，我应聘的学校很看重我的这段写作经历，却也担心我待不长久；毕竟和写畅销书的收入相比，教师的收入实在是太微薄了。但是我一直坚持做语文老师，电视剧《甄嬛传》播出之后，我也依然还在当语文老师。我身边很多朋友很好奇我为什么不去做职业编剧，不理解我为什么还要守着教师这份工作。他们没有看见的是，我其实花了很多的心血和时间在我喜欢的这份职业上。我大学四年学的东西，都是为了将来去从事老师这份职业，写小说只是非常偶然的一种所得。可能很多人觉得我很固执，我是一个有了目标就会头也不回地往前走，不会停下来的人。我喜欢当老师，从小就喜欢，也没有什么特别的原因，好像一堆五颜六色的球，你喜欢红的一样，报考师范学校就是为了毕业当老师。青春期的迷茫我从没有过，也很少受别人的影响。我喜欢孩子，也喜欢学校里的氛围，单纯。如果没有影视圈的那些事务，我就会学校、家庭两点一线，很安心，很踏实，就是踩着地生活的感觉。我喜欢这种脚下有地的踏实感。我不喜欢随机，不喜欢任何不稳定的东西，老师的工作就好比一个人细水长流地陪着你，而不是一下子给你泛滥的爱。

采访者：您很喜欢老师这份工作，作家的身份会给您从事这份工作带来困扰吗？

流潋紫：其实不会的，相反的，我的书拉近了我和学生之间的距离。我刚开始实习的时候，带的是初一年级，略有忐忑，怕孩子们对实习老师总有挑剔。第一堂课我走上台鞠躬的时候说了声"同学们好"，下面的同学却没有回答"老师好"，而是齐齐道："给小主请安。"这一声玩笑的请安，瞬间就消除了我们之间的距离感。孩子们的友善和认可我现在想起来仍然觉得温暖和快乐。

采访者：大学时期创作《后宫·甄嬛传》的契机是什么呢？

流潋紫：当时看了TVB的《金枝欲孽》这部电视剧，嫔妃们的宫斗争宠情节非常吸引我，后来这部剧看完了，还是觉得不过瘾，就想自己来写一些关于宫里的嫔妃的故事。我很喜欢读历史，看中国的史书发现，这是男人的历史，帝王将相都会有非常详细的记载。然而，只有极少数极其贤德或者祸国干政的女人在史书中留下些痕迹，这些历史上留名的女人，要么极善，要么极恶，都是非常单一的。女性常常被忽略，那些帝王将相背后的女人，只有冷冰冰的姓氏或者封号，连名字都没有，更不要说生平传记了，她们活了几十年，只是活了一个姓氏。所以我就想去写她们的故事，写这些普通女人的故事。每个坏女人都有她的闪光点，每个好女人也有她不堪的一面，我想写写她们的日常。一个从底层走到顶层的后宫的女人，在这个过程中其实是不快乐的，而不是大家表面上看到的，是被荣耀包围的。《孝庄秘史》的主题曲里面有一句歌词我特别喜欢，"你在那万人中央，感受那万丈荣光，看不见你的眼睛，是否会藏着泪光"。她们心里的寂寞和痛苦，是没有人了解的，这样充满故事的一生，在史书上却只有简短的一笔，所以我想把它呈现为一个详细的故事。宫廷剧可以有另一种写法,注重人性和小人物的命运,展现真实的后宫生活。

采访者:"甄嬛"这两个字,有什么来历吗?

流潋紫:因为我太喜欢蔡少芬了,她曾经演过一部电视剧,里面的正面角色叫甄宓,反面角色叫郭嬛,我觉得甄是一个很美好的姓氏,嬛是柔弱美丽的意思,适合用作女子的名字。

采访者:在《后宫·甄嬛传》第五部的封面上已经印上结局两个字,可是后来又有了第六部、第七部。读者反馈是否会影响您写作的计划?

流潋紫:一开始想以甄嬛的巅峰作为结局,可读者认为没有看到每个人的结局,所以又创作了第六部、第七部。网络创作还是比较容易受读者要求影响的。

采访者:您如何看待甄嬛在经历了那些关键事件后性格的转变?她最终用权力置换了爱情,您在设计甄嬛的最终选择时有什么用意吗?

流潋紫:用现在的话来形容,甄嬛起初其实就是一个文艺女青年。愿得一人心,白头不相离,那是她理想中的爱情和丈夫。但是她渐渐发现这种东西在宫廷里面是不可求的,从最开始"一心"的要求降低到"一点点真心"就好,最后却发现在这样的环境里面,连"一点点真心"都是不可得的,她觉得自己就是一个替身,她意识到自己爱的人保护不了自己的家族。外界对她的种种凌辱和践踏让她学会奋起反击,她的心计其实是在意识到"得不到夫妻间真正的爱情"这个事实后才产生的一种算计。她说:

"本来我们感情是很好的,但是夫妻之间也要用上心计的时候,很多事情已经变了。"我觉得宫廷是容不下真感情的,更多的是一种权谋,一种算计,一种自保。

采访者:甄嬛是您笔下的经典人物,您怎么理解这个人物呢?

流潋紫:虽然我常看偶像剧,但是我接受不了那种凭着运气、美貌或者说"头脑简单",男主角就特别眷顾她,她就一帆风顺地走到人生顶点的故事。这是不真实的,偶尔拍出来给人"造梦"是可以的,但是真实生活不是这样的。我觉得这样写其实是在误导女孩子,这是把生活当作童话。我特别想写一个真实的,但是又有一点残酷的故事,这就是现实。我们的生活就是这个样子的,不是梦,也不是童话,生活中会有挫折,只有真善美,只有说好话、做好事、存好心,是说不通的。人是两面性的,会被环境逼着去做一些自己不愿意的事情,人都是这样的。所以我塑造了甄嬛这样一个人物:她有智慧,有隐忍,当然也历经失败,而且不是失败了马上就可以爬起来;她也会失落,也有人的七情六欲。最后尽管甄嬛坐上了皇太后的位置,我并不认为她是成功的,因为这是她付出了善良、正直、美好换来的,她最后变成了深宫的怨妇,坐在华丽的宫殿里面,门掩起来,没有任何人跟她说话,她非常寂寥和痛苦。所有普通人能拥有的幸福,她都已经得不到了。我想告诉大家的是,后宫不是一个实现美梦的地方,它不是一个童话世界,必须有生存能力和智慧,你才能活下去。

采访者:有读者将《后宫·甄嬛传》视为"职场指南",您如何看待这种导向性?

流潋紫：甄嬛独特的人格魅力是她的法宝。甄嬛不仅智商高，而且情商高，她的本性是善良的，而且有正义感，她不势利、不自傲，她以心换心得到了良善之辈的支持和帮助。所以，我希望职场女性不要只看见表面的计谋和手段，不要把后宫剧看作权谋剧，而更应该学习甄嬛做一个有智慧、有内涵、有品格、有人格魅力的人。

采访者："戏说"历史的电视剧常为人诟病，在写作时，您对自己有怎样的要求？

流潋紫：我能做的是尽量尊重历史，而非还原历史。情节可以虚构，但背景和环境要有代入感。尽管我尽了最大努力，但难免会有错漏。毕竟我是个小说家，并非历史学家或考古学家。欢迎读者或观众指出我的错误，帮助我提高。

采访者：您写《后宫·甄嬛传》除了对历史的反思，是否包含对现实生活的警醒呢？

流潋紫：那时候很流行穿越剧，比如女主角穿越回古代，凭借现代人的知识去解决一些困难，我觉得这是一种谎言。我相信那个时代的女性应该是不自由的，受到重重的束缚。而且我特别想要告诉大家，我们现在所拥有的当下的幸福是最重要的，不要去逃避现实，活在一个虚幻的世界里。

采访者：《后宫·如懿传》的创作过程和《后宫·甄嬛传》相比有何不同？

流潋紫：《后宫·如懿传》的女主角如懿与甄嬛是有所不同的，她一早便深陷在权谋斗争中，忍辱负重，坚强生存在后宫，她是在经历世事波折后仍希望保有自己性格中属于自我的东西，最终却走向失败。我想写的是，关于一个人到达权力巅峰，她的得到和她的失去的故事。

《后宫·如懿传》采用第三人称，小说的视角更加广阔，人物也更加丰满和立体，呈现一幅后宫群像图。同时，这部小说以真实的历史为依据，不同于架空时代的天马行空，创作时会有戴着镣铐跳舞之感，这带给我全新的创作体验，相信也会带给读者不一样的阅读体验。

采访者：后宫里的女子大多很悲哀，其实皇帝也有很多身不由己的时候，如何看待这两部作品里皇帝的角色？

流潋紫：剧中饰演皇帝的陈建斌老师问过我：这么多嫔妃里面，到底谁是爱我的？我说，很多呀，像皇后和华妃都是爱您的。然后他就一直在摇头。其实我觉得皇帝也是很可怜的，他和嫔妃之间互相算计，谁也没比谁好多少，宫廷里面是容不下真情的。但在万人之上，在金字塔顶端，皇帝追求的就是这个金字塔的稳，他不会因为某个人、某件事而动摇，这就是皇帝跟别人不同的地方。他不能因为内心的情感、个人的想法就去替别人考虑，他甚至不能替他自己考虑，对他来说最重要的是守护皇家基业，这是他作为皇帝的责任。在这个错综复杂的环境里，皇帝其实也是其中的一环，他很多时候也是无能为力的。

采访者：后宫中每个女子有不同的命运，您是怎么做到人物形象特色鲜明的？

流潋紫：在写作中，会不自觉地将自己对人性的理解投射进去，我相信每一个人都是复杂、多面的，只有将这种复杂性、多面性、矛盾性展现给读者，才能让人印象深刻。

采访者：读者从您的作品中能够看到很深的文化修养和对历史的思考，您在这方面下了功夫吧？

流潋紫：现实中不会有武侠小说里那种因奇遇速成武林绝顶高手的传奇，必须经过长期积累的过程。读者对我的肯定，是和我长期的阅读积累分不开的，对我们中国的服饰文化、饮食文化、诗词文化等，我情有独钟，也特别喜欢看各类历史书籍，包括野史。

采访者：从您开始创作至今已经十几年了，您如何看待您的坚持和您的成功的关系？

流潋紫：一定要写自己想写的。很多人觉得甄嬛是成功的大女主，我不认为甄嬛是成功的，她失去了爱人，失去了一切，其实是彻头彻尾的失败者，但在世俗意义上，大家觉得她是成功的。既然这样，那我就写一个彻底失败的主角，于是写了《后宫·如懿传》。《后宫·如懿传》写出来之后被很多人拒绝。被资本拒绝在我意料之中，因为这是悲剧，没有观众要看，谁希望看到主角失宠、断发、寂寞孤独地死去？被演员拒绝也正常，因为里头只有两个男人爱她，其中一个她还不爱。有人和我说，改成喜剧我就演。还有人说，要多设置几个人爱她。大概我没那么缺爱，写不出这样的情节。不是别人要求你怎么写，你就要怎么写。每个人都可以坚持自己的本心。

采访者：漆嘉颖　倪小婷　姜悦

天蚕土豆访谈录

天蚕土豆,本名李虎,1989 年生,四川德阳人。浙江省网络作家协会副主席。凭借长篇玄幻小说《斗破苍穹》成名,成为 2009 年起点中文网白金作家。其小说多次被改编成影视、动漫作品。代表作品有《大主宰》《武动乾坤》《元尊》《万相之王》等。

采访者: 您的作品多刻画"废材少年"到盖世英雄的奋斗史,这些角色身上有您的影子吗?

天蚕土豆: 其实,这些身上充满着各种闪光点的主角,应该都是我自己幻想能够成为的人吧。

他们很优秀,我肯定没有他们那样出色,我只是把我钦佩的品格投注到了他们身上,同时也想让读者们从这些主角的奋斗史中能够获得一些激励,然后努力让自己成长。

采访者: 如果让您成为自己书中的一名角色,您会选择哪个? 能告诉我们理由吗?

天蚕土豆: 嗯,应该是萧炎吧。因为他最洒脱、最有活力,也因为当年写《斗破苍穹》的时候，我还是一个少年。至于现在嘛，则是多了点成熟，少了点中二气质。

采访者：提起天蚕土豆的名字，大家都会自然而然地想到《斗破苍穹》，它已经成为玄幻小说的范本，开创了"废材主角＋打怪升级"的经典模式，您能简单谈谈这种模式吗？另外，与书写这类题材的作家相比，您觉得自己的优势在哪里？

天蚕土豆：我所擅长的这类小说，在网文里面被称为"升级流"，主角克服一个个难关，一步步成长，从原本的籍籍无名成为这个世界最耀眼的存在。《斗破苍穹》讲述的是一个少年成长的故事，能够很好地抓取读者的心，让读者陪伴着主角一路成长。

此类题材的小说需要不断开辟新场景、接纳新人物，所以它有种抛弃式的特点，除了最核心的一些人物，不少在某个篇章里出现的人物会在主角成长、前进的过程中逐渐地被抛弃。这个特点导致了影视改编时，在配角人物的取舍与塑造上，增加了改编难度。

和书写同类题材的作家相比，我觉得自己对节奏感的把握稍好一点吧。这个节奏感，既是升级的节奏，也是故事推进时一张一弛的节奏。

采访者：您将《斗破苍穹》《武动乾坤》两本书与《大主宰》联系到一起，构筑了一个世界体系。而《元尊》可以看作是《大主宰》的前传。那么您的新作《万相之王》会不会与前作也有联系呢？

天蚕土豆：《元尊》的结尾，其实在创作之初我就已经决定了。当时我特别想写一下《大主宰》之前发生的一些故事，这也是因为我想将这些年创作的故事串联起来,我想用自己的文字书写一个庞大的幻想宇宙。

至于《万相之王》与前面几部是否有关联,暂时保密吧。

采访者：我们注意到您的不断尝试与创新,您如何保证源源不断的灵感来源,是否可以跟我们分享?

天蚕土豆：其实,也就多看、多想、多写吧。

多看,涉猎面要广,不要局限在网络文学的某个题材、某个类型,可以扩展到动漫、影视、游戏等方面,积极汲取新鲜的能量,敏锐抓取读者的口味。多想,开拓新思路,激发新灵感,寻找适合自己的创作方法。多写,不要怕错,用实践去验证自己的阅读、思考以及方法是否正确。

我每天在创作之余,都会涉猎大量的小说、动漫、影视或游戏。我挺喜欢看一些新人写的东西,或许某些地方显得稚嫩,但偶尔会有让人眼前一亮的东西,这同样也会激发到我的创作灵感。

写作,就是一个不断学习和成长的过程。

采访者：您在预告新作《万相之王》时表示会与以往作品有所不同,可以简单说说吗?

天蚕土豆：《万相之王》的确跟之前的几部作品不太一样。它的文风更轻松幽默一些,设定和背景方面糅合了东方、西方的多种元素。

采访者：新作的男主角叫李洛,这个名字是怎么来的?

天蚕土豆：哈哈,这个名字呢,其实是我的儿子的备用名之一。虽然后来没选上,但我觉得还不错,就拿来当《万相之王》男主角的名字了。

采访者:据网友统计,在《斗破苍穹》《武动乾坤》《大主宰》中,"倒吸一口气"出现了 1096 次,"恐怖如斯""喷薄而出""盈盈一握"等所谓的"土豆语"也反复出现。不知道您自己有没有注意到这个情况? 另外,您会不会遇到写作上的瓶颈,一般是怎么克服的呢?

天蚕土豆:这个情况我也注意到了,但是没有专门去做修改。一方面这是自身写作习惯与文字风格造成的;另一方面看见大家一直吐槽这个,也觉得挺有意思,打算继续保持下去。

会不会遇到瓶颈呢? 说实话,有很多。每当遇到瓶颈时,真是彻夜难眠。一般到了这个时候,我会拿出之前设定的小说大纲,一步步地理顺它。

采访者:您会在创作过程中吸取读者的意见吗? 怎么样平衡自己的写作初衷和读者的意见?

天蚕土豆:网络文学的特点之一,就是能够及时地收到读者的反馈。我是经常会看读者意见的。

不过,一般来说小说开始创作时,我就已经设定好大纲、主线等重要的东西,这些是不会随意更改的。但是在完善剧情细节的时候,会从读者反馈里找寻一些创作上的灵感,随时做细微的调整。

采访者:您的新作《万相之王》在各大平台的排行榜上都有着不错的排名,接下来有什么改编计划或者创作计划吗?

天蚕土豆：《万相之王》的相关改编已经在进行了，比如漫画、有声书，几乎算是同步连载。至于更进一步的动漫、影视、游戏等方面的改编，等文字内容稍多一些后，再来推进。

采访者：说到改编，就不得不提当下网文改编热潮不减，您的多部作品也进行了多种形式的改编，比如动漫、影视剧、手游等等，您觉得创作小说和改编小说有什么区别？

天蚕土豆：就我所创作的这种玄幻小说而言，我觉得如果改编成动漫、游戏，会有天然的加成，因为这类改编比较容易将其中的幻想元素、玄幻风格展现出来。

改编影视剧，真的需要对原著作品本身有极深了解且有着扎实功底的编剧才能够胜任，说起来真是难度不小呀。

采访者：您先前说过，想要打造东方风格的漫威世界，可以具体解释下如何打造吗？

天蚕土豆：简单来说，就是同一个世界观，同一条时间线，不同背景故事里的人物发生的一个个独立而完整的故事，但相互又有所关联。

就比如金庸先生的武侠世界，《天龙八部》《射雕英雄传》《神雕侠侣》《倚天屠龙记》这几部小说有着相同的世界观，只是时间线不同，每一部作品都有不同的主角和独立的故事。若是这些主角碰在一起，那会出现非常精彩的点。

我的《斗破苍穹》《武动乾坤》是同一世界观下的两个独立故事，《大主宰》则将它们统一到了"大千世界"这个世界观之下，不同的主角同时出现，为保护世界而并肩作战。到了《元尊》，则是讲述时间线上比这三部更早一些的故事。

采访者：东方有玄幻，西方有魔幻。《哈利·波特》《魔戒》等西方作品影响深远，在影视化改编方面更是成绩斐然。虽然我们也有相当多的优秀玄幻作品影响广泛，但相对而言我们在影视化改编和传播上还是有些逊色，您觉得造成这种差异的主要原因是什么呢？我们又该怎么缩小差距？

天蚕土豆：玄幻小说的粉丝基础广泛，有利于改编项目的启动。但在改编过程中，对原著精髓把握不住，内容删改过度，都会造成爽感降低，粉丝不买账。另外，版权管理混乱，无法有效统筹同一 IP 的诸多改编项目，不利于 IP 的广泛传播和生命延续。

怎么缩小差距，话题有点大啊。我觉得最基本的是要做到同一 IP 的统筹运营，改编时尊重原著精神。

采访者：改编过程中必定涉及版权问题，像您这种资深作者已经开始了公司化的运营，在全版权运营方面有什么心得吗？

天蚕土豆：自己开公司来运营版权，有个好处就是能够集中全部力量去推广自己的作品，可以实现作品运营价值的最大化。

采访者：据说生活中，您非常喜欢打游戏，您如何看待生活和写作的相互影响？

天蚕土豆：打游戏，其实算是我放松的一种方式吧。我这个人比较懒，不太爱出门，有时候写作时卡壳或者遇到瓶颈，就会选择打游戏放松放松，同时也找寻一下创作灵感。不可否认，生活和写作是相互影响的，许多的创作灵感来源于生活中的点滴细节，而作品中的一些观念等也会在现实里得到体现。

采访者:除了打游戏,您还特别爱看书对吧? 据说您还会去看新人写的玄幻小说,其中有没有特别喜欢的小说或作家,可以说说理由吗?

天蚕土豆:每天都会看书的,这已经成为生活的惯性了。喜欢新人的作品主要是偶尔会发现一些让人眼前一亮的创意,能够刺激我的创作灵感。

至于喜欢的小说或作家,有很多,每天我的书架都在增加。

采访者:谈到生活,您已定居杭州多年,您印象中的浙江是什么样的呢? 对您的文学创作有什么样的影响?

天蚕土豆:浙江给我的感觉,就是自古以来文气鼎盛,属于那种很有文化底蕴的地方。而且浙江对于网络文学很重视,浙江的网络文学走在全国前列,所以后来我选择在杭州落户。

采访者:网络文学的众多优秀作家都在浙江发光发热。作为浙江省网络作家协会的副主席,您是如何看待网络文学发展现状以及未来的发展的?

天蚕土豆:网络文学发展至今,粗略一算也有 20 多年了。不过就一种文化类型来说,依旧是新兴文化,还需要不断的调整与进化,去芜存菁,我相信未来的网络文学一定会更加耀眼,因为这是新时代这棵繁茂大树上面所结出的一颗果实。所以,我们不需要急着定义它的未来,未来的路还很长,我们拭目以待。

采访者:无论从作品质量还是从作品 IP 价值来看,杭州网络文学均居全国前列。身为其中一员,您能跟我们简单分析下杭州的成功之道吗?

天蚕土豆:杭州网络文学给我最大的感觉,就是海纳百川,它以独特魅力吸引着来自天南地北的网络作家。

在网络文学还没有完全被认可的时候,杭州已经以超前的眼光注意到了我们这个新兴群体,并且展现了最大的诚意,将许多网络作家吸引到这个城市,女为悦己者容,网络作家同样如此。

采访者:您曾谈到网络作家要有社会责任感和使命感,具体是指什么呢?

天蚕土豆:在中国作协和浙江作协的领导下,大力拓展对外传播渠道,实现文化出海,讲好中国故事,在世界范围内传播中华文明。

就个人而言,提高个人的学养、涵养、修养,坚持正确的世界观、人生观、价值观,恪守职业道德,摒弃低俗、庸俗、媚俗的低级趣味,讴歌真善美,鞭笞假恶丑,创作出具有正能量的精品。

采访者:在网文出海的大势下,您的作品《元尊》在海外好评如潮。无论是小说,还是同名漫画,都成为中国网络文学出海的成功案例。您能跟我们分享下心得吗?

天蚕土豆:网文出海,首先作品自身要具有竞争力,也就是说质量要有保证,更要拥有正能量,能够讲好中国故事。其次要监督翻译质量,尊重原著精神,我的《元尊》就有一个专门的术语库(包括角色名称、道具、招式、世界观等),能够极大提升翻译效率和质量。最后要选择合适的出海方向以及优质的平台。

采访者：我们一直在强调要树立文化自信，要在作品中传播中国文化，讲好中国故事。玄幻小说更多的是架空世界设定，与现实存在"次元壁"。如何在玄幻作品中有效传播中国文化，您有何高见？

天蚕土豆：玄幻小说并不是完全架空，可以说是依托中国文化构建世界观。尤其是近些年大行其道的东方玄幻，更是饱含了中国的元素与风格，人物的思考模式也贴近东方思维。这些玄幻小说写的就是中国故事，讲的就是中国文化。可以说，中国文化就是我们创作的文化土壤，要开出绚烂的花朵，则要求作家重视个人的文化修养，在一定的文化基础上，凝练出适合创作的文化元素，在作品里潜移默化地进行文化的传播。

采访者：励志、热血一直是您小说的主旋律，顽强拼搏的精神也一直鼓舞着不少读者，可以说您的小说是很多年轻人的成长读物。您认为网络小说给读者带去了哪些影响？作为网络作家，您认为应该如何传播正能量？

天蚕土豆：读者看网络小说，是闲暇时的休憩，也是疲劳时的慰藉。若是我们创作的小说能够带给他们一丝丝的生活感悟，一点点的前进指引，那便是我们这些网络作家最欣慰的事情。

传播正能量，从作品本身而言，不能粗制滥造，要做到讴歌真善美，鞭笞假恶丑；从作家本人而言，三观要正，职业道德要守，更要谦虚地向老一辈作家学习，传承中华文脉，做一个有担当、有情怀、有温度的网络作家。

采访者：如今您各种名誉加身，而且积极参加各种活动，这些给您带来什么样的影响呢?

　　天蚕土豆:我还是从前那个少年!在永葆初心的同时,我认为作家不应该局限于创作,还应该多进行交流探讨,闭门造车不可取。要想使网络文学有更为持久的良性发展,举办各种活动便是媒介之一,集百家之长也。

采访者:李梦娜　周敏

管平潮访谈录

管平潮，本名张凤翔，1977年生，江苏南通人。网络文学仙侠小说代表作家。浙江省作家协会副主席、浙江省网络作家协会副主席。2004年，在日本国立情报学研究所留学读博期间，利用业余时间撰写古典仙侠小说《仙路烟尘》，被粉丝奉为网文古典仙侠的开山之作。小说被多次改编成影视、动漫作品。代表作品有小说《仙剑奇侠传》《燃魂传》《仙风剑雨录》《血歌行》等。

采访者：您的第一部仙侠小说是《仙路烟尘》（出版时书名为《仙剑问情》），连载期间受千万粉丝追捧，大获成功，您创作《仙路烟尘》的契机是什么？

管平潮：我当时在日本留学，在日本国立情报学研究所读博，身处异国他乡，互联网又没有如今发达，感觉还是挺孤独的。

在那之前，我为写小说其实已经做了很好的储备，只需要一个契机，而去日本留学就是这样一个契机。

我从小就爱看书，各种古典名著对我都有影响。痞子蔡的《第一次的亲密接触》、今何在的《悟空传》，这些现在被认为是网络文学发端的作品,我在它们一开始发布时就看了,这让我成为中国网络文学的同龄资深读者。这些都为我开始网络文学创作做了铺垫,去日本留学一个星期后我就开始写《仙路烟尘》了。

采访者:您认为《仙路烟尘》为什么能大获成功呢?

管平潮:现在回过头来看,《仙路烟尘》算是成功的,根据读者反响,它在古典仙侠这个细分领域应该算是一个经典了。现在我跳出来总结它的成功经验,其一,它很真诚。我的写作态度很真诚,没有什么功利性的想法掺杂在其中。其二,它的文笔比较优美,将近200万字的篇幅,文笔一直保持精美,这是非常难得的。其三,它的故事也很真诚,我全力以赴地去讲一个壮烈的仙侠故事。其四,我觉得它确实吸取了中国古典文学、中国传统文化的优秀的元素,有一种中国古典文化的情怀在里面。

这里多说一句。我发现不少《仙路烟尘》的读者是我忠实的粉丝。有些读者从高中生到现在参加工作很多年了,一直在看我的小说。这样看来,我的小说陪伴了大家成长吧。

采访者:您的小说《仙剑奇侠传》是基于游戏的改编,能否谈谈当时接下游戏改编小说任务的初衷?

管平潮:我喜欢打《仙剑奇侠传》这个游戏。有感情因素在,我也很有冲动把它变成小说。如果单从经济角度来讲,接这本小说是很不划算的。

采访者:在改编过程中您遇到的最大困难是什么?

管平潮:困难可能来自读者的负面评价,不过对此我有所预料,并不太担心。因为我在写《仙剑奇侠传》之前已创作过两部作品,在网上也常跟读者互动,所以,我知道读者的反馈不总是唱赞歌的,也有很多尖锐的批评。作者要甄别正反两面的评论,去不断完善自己的作品。

采访者:您如何看待游戏和文学的互相转化?

管平潮:游戏的呈现方式与文学的呈现方式是不太一样的,文学可以更加多角度、立体地呈现故事。发掘人物的内心,对我来说比较困难,要投入更多的心血去深入挖掘游戏剧情及人物对话背后的心理活动,进行合理的延伸和发挥。

采访者:许多读者都很喜欢您的文笔,清新俊朗,娓娓道来。同时您又具有理工科的专业背景,您在网络文学创作中是如何融合文理两种思维的呢?

管平潮:理科的思维和知识储备,我觉得对写作还是蛮有帮助的。文科、理科两种思维对写小说来说可能各有利弊。理科让我思路比较清晰,逻辑比较合理,更注重前后的呼应。其实我文科成绩也不错,1996年江苏省高考,文理科语文同卷,我作为理科生拿了全省语文最高分。文科思维可以让人物、情节更感性,想象力更天马行空、汪洋恣肆。文理结合,应该对写出高水平文学精品很有帮助。

采访者:您2008年扎根杭州后,创作了以杭州网络安防产业为主题的现实题材小说《天下网安:缚苍龙》,您能谈谈创作这部小说的初衷吗?

管平潮:我是真的想回馈杭州、回馈新时代。我是个懂得感恩的人,作为新杭州人,杭州给予我很多帮助,我觉得自己有必要为它创作一部小说，所以选取了杭州蓬勃发展、在世界上占据领先地位的网络安防产业作为背景，用探案的形式，使其更为读者喜闻乐见。我硕士、博士读的专业就是通信与信息系统、网络安全技术。我的处女作是教育部电教办的指定教材《局域网组建与维护实例》。这个题材我非常熟悉。

采访者：从仙侠小说转为现实题材小说遇到什么困难或挑战吗？您又是如何解决的呢？

管平潮：因为一直写的是仙侠小说，忽然转为现实题材，肯定是有困难和挑战的。最简单的，文风不能古雅，而要浅白流畅。比如描写男主角的衣着，和以前的古典仙侠迥然而异，不能"披罗衣之璀粲兮，珥瑶碧之华琚"，而要在现实中，观察现代都市男女的穿着，然后写到作品中。其实这就是我的创作新体验，我更关注现实了，更关心身边的人了，这种感觉挺好的。

还有个困难就是，在确定以网络安全为主题之后，具体的故事模式是怎样的，纠结了很久，最终选择探案故事，因为这是最为读者喜闻乐见，最容易有戏剧性的。

采访者：随着互联网的发展，网络文学的影视改编火热进行，您如何看待网络文学 IP 热？

管平潮：首先，网络文学 IP 热是对知识产权以及智慧劳动的一种尊重。其次，网络文学 IP 热也是整个文创行业高水平发展的必然。精品优质网络文学作品加上成熟的影视化工业是比较健康的状态，而事实上近年来涌现的口碑和票房双佳的作品也证明了这一点。

采访者:面对当下良莠不齐的改编影视剧,您认为应当如何促进 IP 影视改编的精品化?

管平潮:术业有专攻,我们作为网络作家就把小说写好,让专业讲故事的人来讲故事,让专业做影视的人来做影视,这是最佳分工模式。

采访者:互联网拥有文化传播的天然优势,而网络文学作为中国特色社会主义文化事业的重要组成部分,承担着弘扬中华传统文化的责任。您曾经提到您的梦想是要弘扬中国的古典文化,您认为仙侠小说与古典文化有什么共性吗?

管平潮:我认为仙侠小说和古典文化的共性太多了。在我的认知里,古典仙侠就是最能传承中华优秀传统文化的一种题材,可以把我们的传统文化、古代朴素的哲学观念或民俗、民乐、古诗词等运用其中。在我的作品里,就有很多此类运用,比如中医药、功夫、古诗词等,所以说它是传承中华优秀文化的一个天然载体。

因为仙侠描写的是古代社会,完全可以和中国古代社会结合起来。具体而言,在我的小说里面,中国传统民乐、中医药、中国传统民俗、天文地理等都可以放进去。古代的官制、军政、风土人情等也都可以写进去。比如中国古代帝王怎么打败一个地方蛮族,或者如何接受他们投降,投降仪式是怎样的,又或者宫廷吃一顿饭是怎样的流程,这些都可以写进小说。

小说通过精彩故事吸引人,里面又融入中华优秀传统文化,我觉得这是广大的读者,尤其是青少年读者了解和接受中华优秀传统文化的最好方式,寓教于乐。就像文言文学习,作为考试你就会觉得烦,但是把它变成《聊斋志异》,变成《西游记》,变成

《三国演义》，读者就会觉得很好看，不知不觉中就学到了。

网络文学真的是传播、传承中华优秀传统文化的优良载体！

采访者：看来您对中华优秀传统文化有着深刻的情感。2010年中国网络文学开始走上海外传播之路，促进了中华优秀传统文化传播到海外，您觉得仙侠小说在对外传播中有什么优势？

管平潮：仙侠小说中的神话幻想元素，是世界各国各民族共有的。也许各国各民族的神话具体内容不同，但那种幻想性的思维模式是相通的，这为仙侠小说乃至幻想类小说的海外传播创造了难得的条件。

采访者：您认为中国网络仙侠小说可以为海外读者提供什么样的中国想象呢？

管平潮：网络仙侠小说可以向海外读者展现雄伟瑰丽的东方幻想世界，展示妙趣横生、博大精深的中华优秀文化，让他们爱上中国的故事、中国的人物、中国元素。

从这一点来讲，网络仙侠小说出海，有助于丰富中国的国际形象，塑造一个可敬、可爱、可信的中国形象。

采访者：您的《四海为仙》已经上线，这是《仙路烟尘》的青少年版，您认为网络文学应当给青少年传递怎样的价值观？

管平潮：总的来说，网络文学要给青少年传递正确的价值观，避免传播畸形审美。价值观要积极向上，弘扬真善美，并用恰当的方式抨击丑恶、腐朽的文化和观念。

采访者:您认为网络文学作家应当担负起怎样的社会责任呢?

管平潮:网络文学作家应该要有清醒的认识,自己的作品应该传递正确的价值观。这就要求我们网络作家不能一味地娱乐至死,要把大流量引向正能量,在娱乐读者的同时,最好也能寓教于乐,给他们带来正面的影响。

采访者:浙江省第十四次党代会提出建设"文化浙江"和"文化产业成为万亿产业"的目标,为浙江发展网络文学提供了更大的平台。2017 年中国网络作家村在杭州成立,作为首位入村的村民,您能谈谈当时是什么吸引了您吗?

管平潮:能成为中国网络作家村的村民,我觉得很有荣耀感,而且这本身也是对我们网络作家的一种认可。因此,我肯定是非常乐意加入的。

采访者:您认为中国网络作家村的成立对网络作家的文学创作会有怎样的影响呢?

管平潮:我还是想强调,文学创作是很个人的事情,我们作为作家,不要太依赖外部的扶持。我们应该先把自己的事做好,然后再跟网络作家村的福利政策相结合。

采访者:您作为中国网络作家村的副村长,能否谈谈作家村近些年的发展变化呢?

管平潮:近年来不断有网络文学的头部作家申请加入。我们本着负责的态度,宁缺毋滥,严格审核申请者资格。近年来作家村也为村民提供了更多的服务,如针对创作的作家训练营,针对网络文学 IP 转化的路演平台,还有各种采风和研讨活动。

采访者:您对于作家村的未来发展有什么期许呢?

管平潮:我希望作家村能把全产业链平台做好做扎实,服务不同层次的不同发展阶段的网络作家。既服务大神作家,也能让正在起步阶段的新人作家得到中国网络作家村的关爱。期望作家村未来在作家服务和产业转化上有更多作为。

采访者:您一直以来都在倡导网络文学精品化,对为赚钱粗制滥造、靠炒作和噱头吸引眼球等现象,您如何看待呢?

管平潮:我觉得这是一个辩证的问题,单纯逐利可能反而赚不到多少钱。据我所知,唐家三少这一批的创作者,包括我自己,在当年刚开始网络文学创作时,并没有多少想要追逐高利润的想法。

比如我已经写作 18 年了,其实大部分时间里并没有赚到多少钱。如果我单纯为了钱,那是坚持不到现在的,当然后来一些机遇使我的境遇改善了。因此,结合个人经历,我认为如果作者太以逐利为目的,可能反而得不到利。我当初若是为了逐利而投身网络文学创作,可能两三年都坚持不下来就离开这个行业了。

我觉得粗制滥造这个现象是正常的。各行各业都一样,当达到一定规模的时候,出现良莠不齐的现象再正常不过。一个行业里不可能全都是高精尖的,高中低各个层次肯定都会有。而且,人是多种多样的,创作者队伍这么大,水平自然高低不同。

我会尽自己的微薄之力帮助新人。比如,我在咪咕文学院开班第一课,讲的是《精品网文写作实战:从大纲到完本》。就像这样,有一批人跟我一起带动那些目前还在起步中的作者进步。

网络文学有一个自发的优胜劣汰的过程。网络文学是一个比较市场化的行业,市场规律会在其中发挥作用。粗制滥造、低级趣味的作品,一定会被市场特别是被主流市场所抛弃。那些确实写得好,有创意、有创新的,写得很有质感的作家,一定会脱颖而出。而这本身就是一个很好的风向标,能够起到引领作用。同时,政府部门特别是作协、网络作协等主管部门,要有意识地加强相关的引导工作。

采访者:张丹妮　王喆

燕垒生访谈录

燕垒生，本名张健，1970 年生，浙江杭州人。其小说多为奇幻、武侠和科幻，擅古体诗词，文字平实而具有震撼力。曾担任第一、二届浙江省网络作家协会副主席。代表作品有《天行健》《道可道》《地火明夷》《贞观幽明谭》等。

采访者：您是杭州临平人，能谈谈家乡对您的写作有什么影响吗？

燕垒生：由于父亲在部队，难得回家，当时母亲又生了妹妹，没精力带我，因此我很小的时候就被寄养在桐乡外婆家，一直到七岁，一个小孩与两位老人住在一起。当时正值"文革"后期，小镇上的电影院需要等一艘船运送胶片来才能放映。那时能看到的多半是阿尔巴尼亚电影或朝鲜电影，尽管我看不懂，但是能在银幕上看到一个故事，就是很快乐的事了。而没有电影船来的日子，就只能坐在外婆身边，听她给我讲故事。这些故事据外婆说，也是她小的时候听大人讲的，都是原汁原味的民间故事，比如朱元璋造反故事，她说的是"朱元龙"，后来见民间确实都这样称呼。还有田螺姑娘的故事,在熟知的田螺姑娘与农夫过上好日子后,竟然还有闻所未闻的后半段。

采访者:这些童年的回忆在您的作品中有什么体现吗(如文风、小说人物、生活背景等)?

燕垒生:在那个缺乏彩色的年代里,外婆讲述的这些故事仿佛在我眼前打开了一个新世界,那时就想着将来能不能也写出这样的故事,并且时不时地也开始编一些幼稚可笑的故事。后来会爱上写作,这是最初的萌芽。

十四五岁,开始真正有意识地在纸上写下一些东西时,就时不时地想起儿时的情景。虽然那时酷爱唯美主义,刻意在模仿王尔德、爱伦·坡与何其芳,但那种浓艳夸饰的文字并不适合用来写儿时的回忆,所以随后就很快往平实一路走去了。

采访者:您在 1996 年就开始网络文学创作了,那时互联网刚刚进入中国寻常百姓家,您创作网络文学的契机是什么?

燕垒生:最初为了练习打字,把少年时代的习作录入电脑。当时正是 BBS 的兴盛期,第一次见到有这么多同好聚集在一起,从未有过地欣喜,将录入的这些旧作贴上去后,就用了十五岁学旧体诗时取的一个别号"燕垒生",取自《小窗幽记》中的"要知色身幻影,晷即风里杨花、浮生燕垒"。

采访者:您作为早期网络类型小说的开拓者之一,当时是如何看待网络文学的?

燕垒生:20 世纪末,在宽带尚未普及、需要用调制解调器上网的年代,上网是一种奢侈。那时在网络上的作品,很少有长篇大论。

21 世纪初,特别是宽带普及之前,网络文学还相当宽泛,只要出现在网络上,便称其为网络文学了。这庶几也是此词的真正含义。不过后来随着付费阅读的兴起,对于网络文学的理解反倒变得狭隘了,渐渐已成为小说,甚至是数百万字的超长篇小说的特指。这可能也是时代的变迁使然。但在那个时候,是将网络文学理解成一种毫无拘束、毫无功利心的写作。不论你写的是什么,是诗,是散文,是剧本,还是别个说不上来的大杂烩,都可以。因此在当时也特别庞杂,尤其是由于新诗的门槛最低,因此不管哪个论坛,写新诗的人都最多。不过那时,网络上的原创小说也开始有了不同以往的内容。因为没有要发表的概念,所以会进行多种尝试,特别是手法上,各种晦涩的先锋派手法都会出现。

采访者:2003 年,您逐渐在网络上淡出,转回到实体杂志和实体出版行业,是出于什么考虑?

燕垒生:21 世纪初,因为网络支付不成熟,收费阅读完全没有基础,所以在网络上写作完全是以爱发电,纯粹凭兴趣。这也使得当时盛极一时的 BBS 难以为继,无法维持下去,最终渐渐被淹没在大潮中了。而当时和我差不多的写作者,因为比较接近于传统文学的写作路子,所以很自然地在当时转向了纸媒写作。毕竟,对于像我这样生于 20 世纪七八十年代的写作爱好者来说,自己的文字变为铅字,还是具有极大的吸引力的。同时,当时网络文学已经开始出现向超长篇发展的趋势了,20 万字是传统出版业中的长篇小说概念,在网络上则仅被看作短篇,这样的写作强度,对于主流文学的写作者是一个不可逾越的门槛,对于只能业余写作的我来说同样非常不友好。

采访者: 您觉得互联网时代,网络文学如何才能更好地推出经典作品?

燕垒生: 称网络文学有什么经典作品,仍然言之过早。网络时代日新月异,二十来年的发展还不能使之定型,何况超高速的写作注定了不可能对文字进行精益求精的琢磨。尽管这些年来网络文学得到了很大的发展,但仍有拔苗助长的倾向,加上随着宽带的普及,读者群年龄层次与文化层次的降低,以及网络文学的极端商业化倾向,很多作品是相当粗糙的。一直觉得,现在所谓的网络文学,其实就是类型文学。因为历史原因,中国的类型文学中断了数十年,直到 20 世纪 70 年代末才重新起步。从这点来看,网络文学的方向正是类型文学的方向,向精品化、经典化发展应该是努力的目标。

采访者: 那您觉得,是否应该人为地干预网络文学的发展方向呢?

燕垒生: 与其人为干预,不如任其自由发展。存在即合理,大浪淘沙,最后能够经得起时间淘洗留下来的,自然就是有价值的作品。而在此期间,写作者作为作品的产出者,要有意识地往这个方向前进。

采访者: 您"有意识"的写作开启了中国网络小说"玄幻志怪"大主题的先河,但也给《科幻世界》《飞•奇幻世界》等写过很多短篇小说,广泛涉猎了不同的类型和题材,您如何看待玄幻、武侠、科幻等不同类型的差异性和相似性?

　　燕垒生：其实从欧美类型文学发展来看,武侠、奇幻、科幻的分界是非常模糊的。可能是中国人习惯于细分门类,所以才会显得壁垒森严。现代惊悚小说大师斯蒂芬·金就写了不少硬科幻小说,写《冰与火之歌》的乔治·马丁也是个优秀的科幻小说家。而中国的武侠电影在科幻电影节上获奖,亦不是新鲜事。因为同属于类型文学中的幻想小说这一类,所以可以说一致性远大于差异性。

　　采访者：您为何能在不同类型之间切换自如?

　　燕垒生：我一直觉得,类型小说本来就是以故事性为主。在"故事"这个主干上,生出些什么样的枝条都并不为奇,所以分类分得如此严格,既无必要,对类型文学的发展也有百害而无一利,硬要说有利的话,大概也就是图书馆多买一个分类书架。

　　采访者：您未来会做新的尝试和探索吗?

　　燕垒生：写作风格方面应该会多做一些尝试。那些卓有成就的前辈,往往都不是同一副笔墨。往远了说,作为宋词的代表人物,辛弃疾是豪放词的顶峰,但也有不少婉丽的作品。现代作家中,同一人有不同风格的也大有人在。作为一个不成器的后辈,虽不能至,心向往之。

　　采访者：那么您觉得您的读者是怎样一群人?

　　燕垒生：一个好的读者,应该是与作者能够平等交流的人,而不是一味地捧场。以个人来说,当我读别人的作品时,我就是一个读者了,同样会有喜欢的作者,也同样会对作品有自己的评价。

采访者：您会不会因考虑到读者的喜好或者想法而改变自己设定的情节或人物？

燕垒生：从作者这一角度来说，一篇作品写完后，自己的评价更为重要。俗话说众口难调，即使是有见识的读者，对同一作品的评价也可能会大相径庭。可以举一个例子，唐代有个叫徐凝的诗人，写了一首《庐山瀑布》："虚空落泉千仞直，雷奔入江不暂息。今古长如白练飞，一条界破青山色。"历来颇受好评，但苏轼却写了一首七绝评价说："帝遣银河一派垂，古来惟有谪仙词。飞流溅沫知多少，不与徐凝洗恶诗。"苏轼在文学史上的地位固然远远高于徐凝，但他的这个评价似乎主观性太强，所以尽管他如此讨厌徐凝这首诗，但现在还是有不少人认为徐凝的作品别开生面，并非劣作。

举这个例子，是为了说明即使是苏轼这样的文学天才，也会因为个人好恶而下结论。所以，不论正面意见还是负面意见，自有其参考价值，但是否听取就在于作者个人了。

采访者：您会通过设计"文学阅读壁垒"来筛选读者吗？

燕垒生：对于主流文学的作者，有意识地设置阅读壁垒来筛选读者，其实并不鲜见，但类型文学中倒很少见到。毕竟类型文学是面向大众的，读者越多越好。只不过可能是个人的执拗，我不太愿意迎合，更喜欢按自己的想法去写。

采访者：无论是《天行健》中对史前蛮荒世界的营构、《道者无心》中关于佛教和道教教义的阐释，还是《西域幻沙录》中对西域历史的想象、《贞观幽明谭》中对唐朝历史的构建，您在创作过程中是如何积累相关知识和获取灵感的呢？

燕垒生:《天行健》系列，其实描述的是一个废土未来的背景，而掺杂了许多真实历史的变形。喜欢读历史的人，一定会发现其中有许多经过了改头换面的真实事件。"真实比小说更荒诞"，其实并不难理解。当代作家史铁生写过一个小中篇《关于詹牧师的报告文学》，讲还俗的詹牧师与忘年交"我"准备合作写一部荒诞小说，结果两人想出来的各种荒诞构思竟然全部能在现实中对得上号，这篇荒诞小说最终因为无法脱离现实而胎死腹中了。这个故事固然带有荒诞色彩，却很有意味。虽然史铁生写的并不是类型文学，但我觉得这方面不论是主流文学还是类型文学，其实都是相通的。写作以故事见长的类型文学，对于知识储备的要求就更多了。我从小就喜欢读书，现在家里有5000多本藏书了，至于读过的书，应该更多一些。加上为了写作一个故事，会有目的性地去找相关的资料来读，在写作的同时还需要不断更新。比如《西域幻沙录》中的归义军政权和李圣天于阗国政权，由于地处边陲，史料稀缺，专治归义军史的荣新江先生的论文集给了我极大帮助。同时，我对荣新江先生的一些观点持保留态度，比如他认为曹氏归义军的始祖曹议金是归化的粟特人，我在阅读了其他人的论文后认为荣先生这个看法有点片面了，所以将曹议金写成汉族人。在现在这个网络时代，我们获得知识的途径远远较前人顺畅，就看你愿不愿意去寻找和筛选了，另外就是再加上自己的判断。

采访者:很多读者表示，您故事中的主人公往往是孤绝的英雄或者侠客形象，这些人物的前世因缘或者天赋神力，都不能让他们摆脱命运的轨迹，这样的人物设计有您的自我投射或现实来源吗？

　　燕垒生：这个问题涉及对悲剧的看法。像中国早期的类型小说作家周瘦鹃先生，就是个狂热的悲剧爱好者，很欣赏残缺美，甚至在翻译外国小说时，因为有一个大团圆结局，他认为破坏了整体，硬生生将其从中截断了，使之成为一篇悲剧结尾的小说。周瘦鹃对此有自己的见解，说是"看满月不如看碎月，圆圆的一轮像胖子的脸一般，又有什么好看，看他个残缺不全，倒别有意味呢"。

　　周先生的意见我并不完全同意，不过鲁迅也说过"悲剧将人生的有价值的东西毁灭给人看"这样的话，悲剧确实更值得回味。所以我更偏好写那些最终无力改变命运的英雄人物。当然这样的看法仅仅是一家之言，只是个人的理解而已，仅仅是出于故事考虑。回到现实中，我知道改变命运是一种奢望。

　　采访者：随着互联网的发展，网络文学的 IP 改编火热进行，您如何看待网络文学 IP 影视化改编热？

　　燕垒生：影视化与文字虽然有着一脉相承的紧密关系，但毕竟是两种截然不同的方式，影视改编的成败取决于编剧、导演与演员的水平。现在网络文学中有大量 IP 被改编，效果有好有差，但总的来说终是在以往的路子外开辟了一条新路。不过透过表象去看本质的话，改编固然可以脱胎换骨，但原著有一个好的底子，出现一个高质量改编作品的可能性也就越大，所以也就对创作者提出了更高的要求。

　　采访者：您觉得您的小说可以如何进行 IP 改编？

　　燕垒生：我的作品曾有过几次不太成功的改编，大多半途而废,改出来的也效果一般。这些都不是我个人能决定的,可能还需要等待机遇的到来吧。

采访者:互联网时代除了给 IP 改编带来了热度,也促进了网络文学的海外传播,2010 年中国网络文学就走上了海外传播之路,您如何看待这一现象?

燕垒生:任何一种作品门类能够向国外输出,对提升国家形象、提高国际地位都有多多少少的作用,所以都不应轻视。20 世纪 70 年代,香港的功夫片打入了国际市场,使得香港电影业得到极大的发展。当时香港以一个弹丸之地成为与美国好莱坞、印度宝莱坞并称的世界三大电影基地,正是借了功夫片之力。中国网络文学的海外传播,想要真正扩大影响力,首先自然是不懈提高自身的水平,然后则是在影视改编上多下功夫,只有这样全方位地提升,才能真正在海外立住脚跟。

采访者:您觉得网络玄幻小说可以为海外读者提供什么样的中国想象?

燕垒生:从历史上看,20 世纪七八十年代的日本在文化输出上取得了很好的成绩,当时日本的武士、忍者一类形象,在欧美非常流行,现在我们仍能看到美国那个时期拍摄的大量具有日本文化特征的影视作品。这一段历史值得我们学习,本土的即是世界的,创作出更具有中国气派、中国风格的作品,使得中国文化圈以外的读者对中国文化产生兴趣,是类型小说创作的意义之一。

采访者：浙江省第十四次党代会提出建设"文化浙江"和"文化产业成为万亿产业"的目标，为浙江发展网络文学提供了更大的平台，您觉得近几年浙江为网络文学产业的发展提供了哪些支持和帮助呢？

燕垒生：新文学运动以来，浙江籍作家是最为显赫的一群。据我统计，浙江籍作家几占《辞海》中所收录作家的一半。这几年，浙江省依托强大的经济实力，制定了许多有利于文化产业发展的政策，对浙江的创作者来说十分有利。

采访者：您觉得浙江网络文学的未来发展会怎样？

燕垒生：这些年，省作协对网络文学特别重视，起到了很好的促进作用，相信接下来几年能够持续产生正面的效应，使浙江的创作环境、创作水平都得到整体提升。

采访者：您有什么成功的秘诀吗？

燕垒生：很难说我有什么成功经验，尽管出版了几本书，但目前来看，我其实走的是一条网络文学与传统文学渐渐靠拢的路子。

采访者：您对有写作梦想的年轻人有什么要说的吗？

燕垒生：如果说提供一点借鉴的话，更多的可能是教训吧。我写作的历程已超过三十年，在这段长长的旅程中，最大的感触还是希望有志于创作的朋友首先要对自己有一个清醒的认识。写作其实极其依靠天赋。只有先天具备了足够的天赋，后天尽了足够的努力，才可能抵达成功的彼岸，但也仅仅是一个可能而已。所以，在准备走上这条长路的时候，先做好一个长远规划，多些努力,少些期待,可能会有更大的惊喜。

采访者:邵玥泽　王喆

紫金陈访谈录

　　紫金陈，本名陈徐，1986年生。浙江宁波人。浙江省网络作家协会副主席。2004年，考入浙江大学水利工程专业，大学期间，在天涯、红袖论坛上模仿古龙的风格，写出财经商战小说《少年股神》，开始在网络上引起关注。小说被多次改编成影视剧。代表作品有《坏小孩》《高智商犯罪》《无证之罪》《长夜难明》等。

　　采访者：您是浙江宁波人，能谈谈浙江这块土壤对您的写作有什么影响吗？

　　紫金陈：写作的大树是需要土壤的，土壤越肥沃，大树越茂盛，而土壤是什么呢？那就是生活。我从小生活在宁波，后来去了浙江大学念书，我所有的成长经历都与这块土壤脱不了关系，浙江从各个方面带给了我深远的影响，例如语言文字习惯、文化习俗、价值观念等等，它是文学的源头，也是文学深化的起点，是生命意义的开始，是文化、历史、文学的精神指向，也是身居异地的情感认同。这导致我在写作中常常会将背景设定在我所熟悉的杭州或宁波。熟悉我的读者都知道，我笔下的人物很多都是有原型的,比如我的家人、朋友、师长。

采访者:有没有具体的例子可以和我们说一下?

紫金陈:比如《隐秘的角落》就是以我的家乡生活作为原型,发生地就在石浦这座小港城,可以说正是家乡给我的烙印,成为我写作的基石。

采访者:您出生于 1986 年,您觉得不同代际的网络文学作家及其作品有什么差异性的特色吗?

紫金陈:时代的背景不同,生活的环境不同,人生的际遇不同,想法自然就会不同,作品的表述也会不同。读者对于文学的口味开始变得更多元,因此我觉得只是文学的种类更丰富多样了而已。

采访者:就推理小说而言,它的代际差异有哪些呢?

紫金陈:以推理小说为例,当年的作案手法放在如今高速发展的社会,天罗地网的监控,高科技的刑侦手段,有些案件本身可能就不成立了,但是这并不妨碍这些好看的小说成为经典,被每一个时代的读者喜欢。

采访者:您的第一部作品是在大学时期创作的财经商战小说《少年股神》,您最初进行网络文学创作的契机是什么?

紫金陈:当时就是看了一些好看的小说,觉得自己也可以尝试写写,最初写的小说叫《爱不明白》,是一本很青涩的爱情小说,之后开始学习炒股,于是写了这本《少年股神》。

采访者：那您是何时、为何决定开始全职写作的呢？

紫金陈：全职写作是在我正式上班三年以后，觉得公司上班的氛围不太适合我，公司给的工资低，工作强度又大，又看不到上升的空间，所以就辞职了。后来回了宁波，家里人让我考公务员，自学了大半年，快报考之前，我逃回杭州。一想到要在象山考个公务员，一辈子在办公室里坐着，就觉得太恐怖了，我本来就是一个很向往自由的人。

采访者：那您回到杭州之后是靠什么支持自己的日常生活的呢？

紫金陈：为了养活自己，我零基础学了编程。那时流行搞网站群，打开网页就会弹出一个弹窗，用户点一下弹窗，我能分到0.5分钱。弄了之后发现没人点击，根本不赚钱，还亏了好几百块钱服务器租用费。想起大学时候出版的书籍，我决定开始全职写作。我当时有30万存款，但是存款是不能动的，我就把钱放在支付宝里，花里面的利息，每天在家，也不买新衣服，把消费控制在每个月500块，只是用来吃饭、抽烟，其余的所有时间就用来写作。

采访者：您在这样一个孤注一掷的创作环境中，是以一种怎样的理念和方式来进行创作，从而提升自己全职写作的成功率的？

紫金陈：我之前做产品经理，也是从产品经理的角度来决定写小说的职业发展路线，主要是看选题。国内最热门的女频向的小说我肯定写不了，男频向的话，最热门的肯定是玄幻修真，但这块竞争实在太激烈了。我是一个零基础的小白，不适合这么激烈的竞争环境。就像创业一样，我会选一个门槛稍微高一点的领域。

当时，东野圭吾的书一直霸占着各种图书销售排行榜榜首，但是国内推理小说是很难上榜的，叫得出名的推理小说没几部。市面上的推理小说，大部分是模仿欧美，还有日系的古典推理。世界范围的类型小说中，推理小说是一个最大的市场，为什么中国市场这么小？关键是质量问题。如果我可以做出比国内大部分推理小说质量更高的作品，比大多数人做得好，至少是能赚到钱的。至于能赚到多少钱，我没有仔细地去想。但我知道门槛是很高的。出于这样的考虑，我决定了写推理小说。后来发现，写作这条路是最适合我的，不用跟人打交道，一年只要跟影视公司打交道一次就好了。

采访者：以一个产品经理的角度来写小说是您的方法论，在这个方法论之下，您在悬疑推理小说的创作中会着重注意哪些方面？

紫金陈：我的小说会非常注重选题，类型小说有很强的时效性，需要与时俱进。首先，选材时就要注意一下前瞻性，这个题材写的人多不多，接下去几年会不会被关注，还是会落伍。其次，设计故事和人物，得站在远一些的角度来看。最后是创作过程，一本小说我一般重写四五次，因为最开始一定是复杂的，越往后故事线会越来越清晰、简单。

采访者：这种写作和传统写作的区别是什么？

紫金陈：我这种写作和传统写作最大区别是，我的首要目的是赚钱，因为这是我的职业，我写得不好看就没钱赚，吃不上饭，其次才是考虑故事的深度。传统写作的大部分作家,他们的创作更满足于内心的表达,也许更有深度,但从受众广度来说,类型文学是有天然优势的。

采访者:您毕业于理工科专业,这样的经历是否给您的创作带来了优势?

紫金陈:我有理工科专业的背景,其实也谈不上是优势,可能在逻辑方面会好一点,对创作推理小说有一些帮助,其他类型的故事不一定。各行各业都有转行写小说的,其实大部分是因为在本行混得不好,少数是真的有创作梦想。

采访者:要写出一本有深度且能够被大众接受的小说,您认为作家需要培养一些什么样的思维或素质?

紫金陈:我没有什么特定的思维,我自己就是一个很平凡接地气的人,我的小说也是首先注重可读性。一本书从最初的选题到完成,我前前后后要改很多遍,我希望我写的故事通俗易读,读者看的时候能随着情节的发展了解整个故事的脉络。现在人的生活都比较紧张,我希望我创作的故事能够在他们忙碌之余给他们带去一些精神娱乐,当然,如果他们能从中看到一些我想传达的正面价值观或者情感,那就更令我满足了。

采访者:网络是多媒体的生态环境,您在写作过程中会从影视剧、短视频和漫画的故事模式中获取灵感吗?

紫金陈:在生活中我其实正经看剧的时间并不多,因为写稿的任务比较重,抽不出很多的时间,所以影视剧我看解说比较多,看剧主要是为了学习,懂得其中的创作手法,然后为己所用。

国产悬疑剧的情节略微有一些浮夸,我看的时候觉得不合适的,会在自己的创作中尽力地避免。

我平时更多地会看一些故事搞笑类短视频找灵感,短视频能在这么短的时间里吸引观众的注意,这很难。我仔细研究过短视频的故事讲述模式,有时候会反向解析他们的文本技巧,然后融入自己的方法论里面。

采访者:您的悬疑作品,如《坏小孩》《长夜难明》等,常常讨论"人性之恶"这一命题,能够谈谈您对此命题的看法吗?

紫金陈:我并没有特意地在我的小说中讨论"人性之恶",小说的创作有滞后性,现在很热门的事情,没过多久可能就成了明日黄花,所以我一直很在意故事选材的社会性。

采访者:您的悬疑推理小说往往会结合一些社会现实的话题,比如阶级固化、亲子关系等,您是如何确定选题的呢?

紫金陈:《无证之罪》是个人悲剧,《坏小孩》是家庭以及社会的悲剧,《长夜难明》是更大范围的社会悲剧。写《长夜难明》那会儿(2013 年、2014 年)刚好国家开始司法改革,平反了很多冤案。很多故事在普通人看来,就是个新闻,但是对当事人来说,就是他的一生。因为我比较关注大时代下小人物的命运,所以我就会把选题落在这些小人物身上。不过这也不是刻意设计,随着自己创作经验、年龄的增长,创作视野和格局都会变大。我正在写的这本小说又会是一个新的社会性的故事。这几年,根据我的观察,很多人对阶层固化的话题有关注。但是有些人想到这个选题,就会把目光定位在仇富的角度上,我会站在更高的角度,用更深的思维去思考这个问题,希望我的选题能够给读者和观众带来更多共鸣。

采访者：在国内市场上，日本、欧美的悬疑类作品一般更受读者偏爱，而您的作品在国内爆火，您觉得您的作品受欢迎的原因是什么？

紫金陈：好故事大家都爱看，中国也有非常好的悬疑作品。东野圭吾一向是我的偶像，他属于现象级，他的小说霸榜不具可复制性。但是其他国外推理作家的作品，也不见得一定销量比国内作家的大。另一点，为何感觉国外推理小说质量更高呢？因为引进的作品都经过了国外市场的检验，烂作品没有引进的机会。实际上国外的推理小说里面，质量差的比例绝对是不低的。我写的故事都是基于中国国情的，都带有中国的社会属性，所以看起来会比一些模仿国外作品的推理小说自然。

采访者：您认为国产网络悬疑推理小说怎样才可以跨出国门，在不同文化之间流动？

紫金陈：道理很简单。国外推理作家智商比国内的高吗？不见得。所以要有文化自信，我们的故事并不比国外的差。创作中就要有这个文化自信。我相信中国好的推理悬疑作品会源源不断地出现。现在的观众审美更多元，也更包容，不同文化会有更多的交流、更多的内容碰撞，也会有更多的选择。

采访者：看来您对中国的悬疑题材是很看好的。您曾提到过您的小说在文本创作阶段已经为影视化做好准备，您会不会参与剧本改编？

紫金陈：我从来不过问他们怎么改，我也不会挑选团队。我一直把我的小说比喻成毛坯房,我把它卖给买家,他要怎么装修,我还干涉他吗?这不合适吧。改编好不好,能不能成,纯粹是运气,对一个作家来说,这已经超出他能力的控制范围了,我能控制的,只有下一个故事的质量。

采访者:这几年您的一些作品经历了 IP 改编并在社会上取得了不错的传播效果,比如《坏小孩》《长夜难明》等,您能谈谈这些年 IP 改编市场的变化吗?

紫金陈:2014 年改编权是很便宜的,2015 年开始才比较值钱。2014 年到 2016 年之间,价格应该涨了十倍。影视行业发展是 IP 价值爆发的根源,当年网上的大 IP,十万、二十万卖掉了改编权,如果放到现在卖的话,至少是几千万的起步价。

很多人认为我靠《无证之罪》发家致富,其实并不是,《无证之罪》上映之后口碑挺好,但我的书版税涨幅只有 20% 左右。《无证之罪》开拍之前,我就已经是影视公司很喜欢的作家了。2016 年之后,我的 IP 已经挺难买了,因为我的产能也是有限的。

这几年影视行业普遍不太好。热钱退出之后,现在大家是认质量,而不是看 IP 的知名度。影视公司买的时候,会看你这个故事硬不硬核,适不适合改编,这是最重要的衡量标准。现在大家更理智地看待这个市场了。

采访者:优酷宣布将与您进行合作,在未来五年推出十部剧集,其中包括三部以女性悬疑为主题的系列剧。您以往的作品大多以男性为主角与主导,女性形象相对而言没有那么丰满。在"女性悬疑"的创作中会不会遇到一些难题?

紫金陈:确实有一定的难度,但是我就是一个比较喜欢挑战新事物,喜欢挑战自己的人,老的写作风格我自己很厌倦,写着很烦,想尝试一下新的题材。我更喜欢做一些新的尝试,但是围绕的还是我擅长的犯罪推理。

采访者:为了更加贴近女性读者的体验,您是如何着手准备的呢?

紫金陈:虽说是女性悬疑题材,但总体上还是社会类的悬疑推理,只是会把视角更多地放在女性身上,她们感性、独立、包容,她们勇敢、可爱、聪明,我希望我故事里的女性能更多展现她们的魅力。当然,因为是新的尝试,我也非常忐忑,希望到时候出来的故事不会让大家失望。

采访者:您还会做哪些新的尝试和探索?

紫金陈:我一直处在新的尝试和探索中,也一直在储备新颖的选题。在后面的作品中我会尝试更多的选题和角度,争取给读者和观众带来更有趣的作品。

采访者:除了各大网络平台的支持,浙江这些年来在扶持网络作家方面做了很多努力,您的家乡宁波建立了全国首家地市级网络作家协会,现在您还是鄞州网文江湖社的社长,您能根据自己的亲身经历谈谈建立这种将网络作家联合起来的组织模式对网络作家写作产生的影响吗?

紫金陈:其实每个网络作家在网络的背后都是非常孤独的,网络作家协会将网络作家聚集在一起,不仅能够起到日常文化交流的作用,也有利于调动网络作家的写作积极性。网络作家作为文字产品的创作者,往往各自为战,没有系统性的组织来为他们正名,网络作家协会这种新机制的建立可以给他们搭建一个互动的平台,有利于文化事业的繁荣,有利于建立新的职业形态,更有利于传播社会正能量,使得他们成为网络领域的生力军,为推动社会文明和进步做出应有的贡献。

采访者:俞丽芸　仲娜　王喆

苍天白鹤访谈录

苍天白鹤，本名陆晓宁，1975年生，浙江宁波人。2006年开始网络文学写作，作品《武神》引发阅读狂潮。代表作品有《武神》《双脑医龙》《通天仙路》等。

采访者：首先我们想跟您聊聊您的创作。我们了解到您曾是一名厨师，后来才开始进行小说创作。您还记得当时是哪一年吗？又是什么契机让您开始动笔的？

苍天白鹤：我开始写的时候应该是2006年的下半年，当时好像是在追一本书，反正追的书有不少，其中好几本书更新得太慢了，不够看。于是就有一个念头，想自己动笔，然后就开始写了，那个时候也不是想赚钱什么的，纯粹是为了兴趣。

采访者：大多数网文作者入行都是写都市玄幻类的小说开始的。而您的处女作《苍天霸血》是一篇战争文，这是受到了哪些书的影响？

苍天白鹤：是这样的，那时候（2006年、2007年），争霸文其

86

实还是挺流行的。流行的东西，每一年都在变的。那时我记得仙侠什么的都有了，但争霸文还是挺有市场的，而且我也比较喜欢争霸文，所以当时入行的第一本书就这样写下去了。

采访者：在您早期创作的作品中总能看到这样的话：这次白鹤想试试某某题材，还要仰仗各位读者朋友多多支持。您所创作的前5部作品广涉战争、修真、科幻、魔法以及玄幻多种题材，是出于什么样的考虑呢？

苍天白鹤：其实我就是想多试试。我最早的时候写了征战题材，然后我第二次再想写它的时候，下笔就觉得没有动力了。第二本书我就写了仙侠题材。然后是第三本书，我又改成写科幻题材，到第四本书的时候我又改成了西方玄幻。到第五本书，我就钻进东方玄幻出不来了。那时候可能还是年轻吧，觉得自己有无限精力，反正是觉得什么好，就想去尝试一下。

采访者：在尝试过程中您有什么体会吗？

苍天白鹤：有的，就是我觉得每一种题材的套路和核心都是不一样的。不同题材写多了以后，脑子里转了很多东西。

采访者：所以说题材转换对于作者来说是一个很大的挑战？

苍天白鹤：对，不只是挑战，题材的转换真的是很难很难的。

采访者：您是从什么时候开始全职写作的？

苍天白鹤：我记得大概是写网文一年以后吧，我的写作收入超过了我当时工作的收入，另外再加上那时候有个台湾的书商来找我，说要给我出书，给的钱还是挺多的，出书的收入再加上网站的收入就挺高的了,所以我觉得就全职写吧。

采访者:有读者评价《异界之光脑威龙》是最早的系统文,您怎么看待这种评价? 当时是怎么产生这种灵感的呢?

苍天白鹤:我当时是这样想的,就是把科学世界的东西移到西方玄幻里,比如说穿越,穿越以后你可以用现在的知识到古代去发挥作用,灵感就是来自这方面。但要说最早的系统文,只能算是一个小萌芽吧,不能算是开创。

采访者:那当时写这个题材是受到什么激发?

苍天白鹤:当时看到穿越文,有一种现代知识碾压古代知识的感觉,因为眼界不一样,看到的东西也不一样。

采访者:《武神》可以说是您创作生涯中一部里程碑式的作品,许多读者都是通过《武神》认识了您,您认为《武神》为什么能够取得那么大的成功?

苍天白鹤:我当初写《武神》的时候没有想到会那么受欢迎,《武神》是我写的第一部东方玄幻小说。可能我之前写过了不同类型的小说,把各种类型的套路、爽点、剧情,全部融合在这里,再加上有了读者认可追捧,所以就起来了。我觉得写的题材多了,积累的经验多了,选择多了,然后你写的东西就丰富了。

采访者:在具体的剧情上,您是否做了一些特别的处理呢?

苍天白鹤:有的。在《武神》里面,我把前几本书比较经典的桥段都改头换面放了进去。当然,每个题材不同,你不能生硬地照搬,你要把它改变一下,改成适合当时那个情节再套进去,所以说前面的积累很重要。

采访者:您的《武神》,唐家三少的《斗罗大陆》,天蚕土豆的《斗破苍穹》,曾经在榜上争得难解难分?

苍天白鹤:当时唐家三少的《斗罗大陆》已经写完了,我跟他争过新书榜月票,结果他是第一,我是第二。跟天蚕土豆的《斗破苍穹》也碰过了,当时我争了两个月的第一,但是年度第一是他的。他对于女性的描写确实很不错,但我对于女性的描写就一般。我还是比较偏向男性朋友喜欢看的兄弟情、父子情、祖孙情、战友情。

采访者:那您会考虑在以后的作品中增添对女性的描写吗?

苍天白鹤:说实话这是需要天赋的,可能我没有这方面的天赋,每本书我都想尝试,但每本书都没有成功,我觉得以后还是避免吧。

采访者:有一些读者喜欢拿《斗破苍穹》与《武神》做对比,您认为这两本书的优劣各在什么地方?

苍天白鹤:《斗破苍穹》给年轻人的期待感比较强。这方面天蚕土豆确实写得比较好。写网文要给读者爽感,需要营造很强很强的期待感,我觉得我这方面不如他。

采访者:《武神》和《斗破苍穹》彻底带火了玄幻小说,此后有大量的作者投入到这类小说的创作中,那您认为玄幻小说的创作有没有什么要诀?

苍天白鹤:要诀是情节的把控,你要安排好,不能想到哪写到哪,最起码要有一条主线,你要按照这个主线大纲去布局、去写。还有一点,我觉得比情节还要重要的,是节奏。因为我们写的是连载,你每天写多少、从哪里写都要安排好,要给读者一个期待感。不能让读者看到那里就不想看了。如果你能掌握好情节、把握住节奏,文笔方面哪怕稍微差一点,我觉得都有火的可能。但现在很多新人做不到这两点,虽然有文笔很好的,但要么就是东一榔头西一锤子掌握不好情节,要么就是把握不住节奏。还有像写高潮,我们一般都是稳步推进地写,像大海涌浪一样一浪高过一浪的,最高才达到顶峰。但他们就不管这个,上来就写高潮。

采访者:您的作品有一个特点,男主角在开局时会得到一个"金手指",这个特点一直维持至今,你认为这样对情节的展开有什么样的帮助呢?

苍天白鹤:"金手指"是开头黄金三章吸引人的一个要素,这样设置可以引眼球。但我一般来说会慢慢地弱化那种金手指的情节,然后一步一步脚踏实地往下发展,这个就只是开头的一个要素吧。

采访者:在《武神》之后,您创作的《战天》《造神》《无敌唤灵》等作品,都是玄幻类的小说,这与《武神》的成功有关系吗?

苍天白鹤:当时《武神》那么成功,对我来说是件好事。但从另一方面来说也不一定是好事,因为它把我给限死了。从那以后,我写的全部是东方玄幻,把脑子全部压在这上面。慢慢地,无论是套路也好,写作的手法也好,都被这条路给框死,所以这个不是绝对的好事。

采访者：在这些同类型的作品里，您会不会有意识地制造差异，不让读者有一种千篇一律的感觉？

苍天白鹤：会，但是我只能说尽力而为。你写同一类型，想要让读者在这本书里找不到上本书的感觉，真的很难。我在写前面几本书的时候，只要换个题材，我就可以轻松写出不太一样的感觉，可是如果都是玄幻的话，想改变这种感觉非常难。不过好处是同一类型写的时候可以不用思考太多，基本上是按照套路来的。

采访者：您创作的玄幻小说都有重家族轻学院的特点，主人公似乎很少拜入学院或门派修习，这种写作手法在玄幻小说里不太常见，这是您的无意识表达，还是特意的安排呢？

苍天白鹤：可能因为我对家族的感觉比较强烈，对学院的感觉比较淡，因为我的家族在当地是一个比较大的家族，亲戚之间都走得比较近，所以我说我比较擅长描绘亲情、兄弟情。你对哪种东西有感情，就更能写出那种感觉。学院其实我也写过，但是感觉没有写家族那么流畅。所以这也是因人而异的。

采访者：我们看到，您在早期作品创作的过程中，经常有和其他作者的互动，比如在《苍天霸血》等作品中，把对《战国杂家吕不韦》这部作品的推介直接写在了书籍简介里。您能简单地谈谈当时的网文写作圈这种和谐的氛围吗？

苍天白鹤：当年写网文的时候，同时期的作者关系都是比较好的，会相互推书。慢慢地，竞争变得激烈了。这个行业淘汰率其实很高的，100个人里到最后真正能够生存下来的可能也就三四个。

现在和以前不一样,以前是大家进一个 QQ 群里面呱呱呱聊半天,现在人的联系大多是讲究单对单,所以感觉没有以前那么温馨了,也可能跟时代发展有关系吧。

采访者:您创作的《双脑医龙》是一部都市类医生题材的作品,是什么契机使您转换了题材呢?

苍天白鹤:因为我之前的那些书有被改编成游戏和漫画的,但就是没有改编过影视。所以我就想换个题材,转一个能够出影视的题材。可是我当初没有想到,我的思维已经被玄幻给局限了,突然换题材以后,我觉得非常不适应,最后虽然勉强写下去,但是不怎么受欢迎,可以说这是一个失败的选择,失败的转型。

采访者:听说您最近在创作一本新书叫《诡异,我要当头部》,这本书的风格跟以前很不一样,您为什么想要转变风格呢?

苍天白鹤:我当时从东方玄幻里跳出来以后,就对自己说,不要再重复走老路了,要试试不同的风格、不同的写法。我确实在玄幻里待的时间太长了。《我的神通有技术》完成以后,我对自己说我一定要改,就开始了现在这本书,其实这种风格也是我的一种尝试吧。

采访者:在《我的神通有技术》的后记中,您提到生了一场大病,影响了更新的频率。

苍天白鹤:因为糖尿病引起了肝肾的问题,所以当时住院住了两次,又调养了一段时间,就是因为这个荒废了将近一年的时间。第一次出院之后，我断更两次。年龄到了没有办法，不能再像年轻的时候那么肆无忌惮地去拼了。到了我这种年纪保养确实是很重要的，毕竟都四十六七了，这时候再去跟二三十的小伙子比，那是不可能的。

采访者: 您认为年龄是摆在网文作者面前的一道坎吗？

苍天白鹤: 嗯，肯定是一道坎。你年纪大以后，不仅身体变差，码字也会变慢，更重要的一点是你的思维变慢了，你的思维跟当代年轻人有差别。我最新的这本书，是二次元的风格，我感觉不如我以前写自己的老风格的时候把握得那么精准。年纪大以后和时代有代沟，可能需要做好退出的心理准备。

采访者: 现在有很多人开始尝试网络文学写作，您觉得对于刚刚进入这个行业的新人来说，应不应该有一颗成"神"之心？

苍天白鹤: 我觉得对新人来说，成"神"之心是要有的，但是要埋在最底下。一开始不能抱着成"神"之心去写，一开始应该老老实实、踏踏实实地去写。不能想着写第一本书马上成"神"。这种人肯定有，但真的非常非常少，一万个人中可能都没有一个。所以说我觉得成"神"之心必须要有，但是要埋着，靠一步一个脚印慢慢地走上去，这才是真正的成"神"的道路、成"神"的方法。我现在看到很多的年轻人，写了 3 万字，有编辑看好、有推荐，然后发 10 万字，有很多人订阅，发到 50 万字的时候，就想要跟最强的那些人去比，这样不行，不能太急功近利。

采访者: 这些年免费小说越来越成为一种潮流，目标用户群瞄准对网文并不感兴趣的人，您认为网文市场还有继续扩大的空间吗？作者的数量是不是趋向饱和了呢？

苍天白鹤：我觉得市场还会再扩大，但是作者总体数量还是和以前差不多，因为有人进来，也有人退出。

采访者：您怎么看待小说"付费阅读"与"免费阅读"之争？

苍天白鹤：对于这个免费的潮流，我个人不支持。如果你去研究一下网文发展史你就知道了，最早我们写文根本没有钱，那时候我们就是纯粹"为爱发电"，写一章，然后发出去，我记得一章是5000字，然后一星期更新一章，这样在BBS上面写，是根本就没有一分钱可拿的。后来慢慢地有了收费网站，有了起点中文网，但刚开始订阅的人很少，大家根本就没有付费阅读的习惯。我们花了近20年的时间才让读者养成了付费阅读的习惯，养活了一大帮作者。这时候推出免费阅读，一旦你习惯了免费，你就不会再去看付费书，这对于一些靠订阅吃饭的底层作者来说是一个很要命的事情。

采访者：不利于网文市场的良性健康发展？

苍天白鹤：对。你想，用了20年培养的一个习惯，可以在一天之内把它推翻掉，这对我们来说其实是一件很可怕的事情。

采访者：您认为，现在读者的口味与早年相比，发生了哪些变化？

苍天白鹤：我觉得变化很大，现在读者的口味一年比一年古怪，而且越来越没有风向标。还有一点，当出现某一种潮流的时候，读者会特别喜欢，然后作者会一窝蜂地跟进去写。我举个例子，有一种"四合院文"，这个题材当初不知道谁写了第一本，然后就一直有人在跟着写,一定要把这个题材写到没人看了才罢休。就跟当年港台电影一样,也是一部题材火了,就有很多人跟风去拍同一种题材。

采访者:以前写作者不太去跟风?

苍天白鹤:以前我们大多数都是原创,写自己的东西,什么题材火的话也不会去跟风,如果去跟还会有人骂你。但现在不一样了,你要去写那些火的题材才有成绩,而且读者也不骂你。

采访者:您曾参与了电影《狄仁杰之天神下凡》的剧本写作,您对这部电影有一个什么样的评价呢?

苍天白鹤:这部电影以那个年代的眼光来看啊,中规中矩吧,但是以现在的标准来看,我觉得当年拍得有点 low,不过成绩还不错,在优酷全网独播,差不多有半个多月排在第一。

采访者:您觉得写剧本跟创作小说,两者的区别在哪里?

苍天白鹤:区别很大,写小说是一个人的创作,写剧本是一个团队的创作。而且写剧本的时候你需要碰撞,比如说我们四个人,关在一个屋子里,每天关几个小时,对每一句话、每一个情节进行创作打磨。我们那时候用了差不多两个月才把剧本完成,当然这也跟我们第一次写剧本有关,一直要摸索,然后互相督促、共同进步,是一种合作和融合。

采访者:您接下来会在影视方面继续探索吗?

苍天白鹤:我的主业还是写网文。影视呢,有空的时候,自己写写剧本,然后大家一起讨论,找些志同道合的朋友投资、拍出来,但也就试水玩玩,没想靠它赚钱。

采访者:您之前说过,您的成功很大程度上归功于站在时代的风口上,并且把握住了机会。您认为在互联网发展如此之快的当下,网络文学发展的下一个风口在哪?

苍天白鹤:下个风口还真不好说,因为科技发展了,一切都在更新迭代。我比较看好3D,我觉得如果3D和网文结合,那带起来估计比影视还厉害。

采访者:现在有各种类型的网文被改编成影视作品,您能从一个作者的角度聊聊对影视改编的要求吗?

苍天白鹤:作为作者我当然希望改编是要原汁原味,但事实上这是很难做到的。我看过好几部改编作品,看书和看影视作品感觉完全不同。不过这也是很无奈的,因为我自己做过编剧,也写过小说,我知道编剧和导演要考虑成本等各种现实性的因素。打个比方说,你现在要拍个飞机,那就不得了了,但如果换成家里的客厅,那成本就小多了。小说就不用考虑很多,小说是怎么疯狂怎么写。资金的限制,写小说不怕,做编剧怕。

采访者:接下来,您对自己的创作生涯有什么规划吗?

苍天白鹤:我会把主要的精力放在自己想写的东西上面。如果我继续走玄幻的老路,我觉得还能赚不少钱,但我还是想把主要精力花在风格转换上。

采访者:吴梦雪　黄玉鑫　尹芸霜

卧牛真人访谈录

卧牛真人，本名孙俊杰，1983年生，浙江杭州人。代表作有《修真四万年》《灵气逼人》《地球人实在是太凶猛了》等。

采访者：听说您是理科出身，那么您是如何走上网络文学这条道路的呢？

卧牛真人：我开始写网文算是比较早吧，2003年就尝试着写一点了，我从小就喜欢天马行空的东西，正好网络给我提供了一个能够无拘无束释放想象力的舞台。

我学的是会计，要经常和数字打交道，其实我不是特别喜欢，写网文这件事当时对我来说也算是一种调节。在学习着最需要严谨的专业的同时，可以最大程度地释放自己的想象力。

采访者：那么多年过去了，您现在创作小说，还坚持最初就有的创作理念吗？

卧牛真人：还是会的。其实从一开始，作为读者看网络小说的时候，我就觉得，相比于主角，那些配角，那些毫不起眼的小人物,虚幻世界中的芸芸众生,才是支撑整个作品的重要力量。直到现在,我仍很喜欢在作品里多描述配角,多刻画那些毫不起眼的小人物。我觉得主角很可能是作者强行塑造出来的,而那些小人物才是作品本身自然而然孕育出来的。

采访者:现在很多的网文作家,在选择网文写作这条道路时,因为前景未知而犹疑。您在选择网文创作道路时,遇到过类似的问题吗?

卧牛真人:这可能不仅仅是网络文学正面临的问题,而是整个文学面临的问题,甚至是文学、体育、娱乐行业所面临的共同问题。说白了,这类行业有两个定律——金字塔和青春饭。行业顶尖人士,可能早早就实现了财务自由。而普通从业者,就面临无法保持长期稳定收入的窘况,也就无法将其当成一个"职业"去钻研和经营。

我创作网络小说也算一波三折吧。大学毕业工作了两年之后,我也曾选择过全职写作,当时坚持了几年的时间,面临的各方面的压力都很大。后来又去找工作。工作了几年之后,我开始写《修真四万年》。我纠结了很久,最终决定第二次全职,将《修真四万年》写完,然后一路全职到现在。

当然我现在也面临着很多的问题,但感觉自己已经算是非常幸运的了。我不太建议没有多少经验的朋友们过早就选择不顾一切、不留后路地投入到网络文学创作中来。

采访者:您在刚迈入网文写作的圈子时是怎样克服阻力的?或者说从哪些方面获得过动力?家庭在您写作的过程中扮演着怎样的角色?

卧牛真人：那时候阻力是挺大的，毕竟第一次全职写作还是十几年前，那时候人们的观念、网络文学的发展，都和今天大不相同。能坚持下来，可能也有点儿无知无畏吧！还有就是我夫人比较支持，让我没有太多的后顾之忧。

所以我还是建议，现在如果有朋友想全职写作的话，最好是有相对稳定的家庭基础，能取得家庭的支持，有了后盾，可能走得更远。

至于创作低潮期，个人的经济状况，内心的焦虑，对自我的怀疑，我想这不单单是网络文学的创作者，而是古往今来所有的创作者都必须面对的问题。我们这个时代，可以说是创作者的才华，最不容易被埋没的时代。想想那么多才华横溢的创作者，因为时代和技术的缘故，没能取得应有的成绩，获得应有的评价，我就觉得自己面对的问题都是不值一提的小问题了。

采访者：作为一名已经具备丰富经验的成熟创作者，您觉得怎样让理念照进现实，更好地表达您想表达的东西？

卧牛真人：我原本有点儿理念先行。写《修真四万年》的时候，经常简单粗暴地将理念塞进人物之口。但现在越来越觉得，理念应该隐藏在人物和情节之后，理念应当是一座冰山隐藏在海面以下的部分。应该以精彩纷呈的故事作为冰山一角，去引人想象海面以下的东西。能做到这一点，才算是真的成功吧！

采访者：您所创作的作品大致都是将科幻元素融入玄幻小说里，这是非常新颖而大胆的。那么您对于玄幻小说和科幻小说的看法是怎样的？

卧牛真人：我相信真正优秀的玄幻小说和科幻小说，并不存在明显的区分。两者要解决的,都是诸如"拥有灵气的世界会如何""个体力量差异极大的世界会如何""部分人能够长生不老的世界会如何"之类的问题。好的作品,用大量细节使虚幻的世界显得无比真实。以这样的世界为背景,发生的故事究竟算是科幻还是玄幻,我觉得并不重要。如果作品的质量不佳,玄幻文会沦为主角一路升级、打遍天下的纯粹爽文,挂着科幻招牌的作品,结果却变成驾驶着机甲、挥舞着激光剑去打怪兽,都是很遗憾的事情。

采访者:千篇一律的打怪升级已经很难吸引读者,读者越来越看重作品质量和阅读感受。您在作品中构造新世界、书写新文明和文化奇观时,是否已形成了自己的方法和技巧?可以简单地分享一下吗?

卧牛真人:也没什么特别的方法。即便是幻想小说中出现的文明、种族或者所谓的风俗习惯,我觉得也无非是人类历史上曾经出现过的文明、种族和风俗习惯的夸张化、极端化。就算作者可以想象出完全不同于地球的世界和完全不同于地球人的种族,读者恐怕也很难产生强烈的共鸣。所以,对我来说,地球上、历史中、现实里发生的一切,已经足够精彩和复杂。我只是将这一切记录下来,再涂抹上一层全新的油彩而已。

采访者:那么在您平时的创作中,那些包含科幻元素的灵感是如何出现的?或者说您会主动从哪些角度去寻找素材?

卧牛真人:看网文,还有各种科幻电影、科幻游戏。未必会从头看到尾,但翻看设定,想象一个个瑰丽异世界的样子,还是很有趣的。

情节方面的素材，主要还是翻看历史比较多一些。有句话说"太阳底下没有新鲜事"，很多精彩的事件，历史上都已经发生过了。那么我们只要将这样的事件，这样的人物，提炼之后，放到全新的科幻世界中去。我觉得精彩的火花，自然而然就会碰撞出来了。

采访者：很多人认为中国式的科幻缺乏创意和内核。但近年来，包括您在内的很多作者都以作品证明了中国式科幻的成功，刘慈欣还斩获国际大奖。您对这种现象有什么看法？可以分享一下吗？

卧牛真人：悠久的历史可能是一柄双刃剑，在给予我们丰厚的养料的同时，也在不知不觉当中给创作者和读者都带来了枷锁。当然这么说可能也不太恰当，或许是某种先入为主的思维定式，以至于很长一段时间，科幻题材在中国的发展都有些不温不火吧。

但我相信，随着中国的工业实力、科技实力、经济实力和综合国力都达到世界一流水平，中国式科幻也会迎头赶上。但如果中国式科幻仅仅局限在几个古色古香的名字，或者把古典神话放到未来星空里去，那我觉得还是有点遗憾的。相比于表象，我觉得更重要的是精神——我们中国人的愚公移山的精神，生生不息的决心。如果这些东西能够真正注入我们的作品当中，即便主角名叫汤姆、杰克，那也是中国式科幻，我觉得。

采访者：新冠疫情对您有怎样的影响？您有哪些思考？是否会将其融入自己的创作中去呢？

卧牛真人：疫情一方面让我更坚定了对中国制度和东方文

明的信心,但另一方面也让我看到了现代文明在各种天灾人祸的打击下,那种出乎意料的脆弱和混乱吧。这让我意识到,未来的文明衰退甚至崩塌并非不可能发生。但即便真的发生了,面对各种科幻作品中经常担忧的衰退和崩塌,也不必绝望。相信我们的文明还是会挺过可能发生的各种灾难甚至浩劫,最终,冲出孕育我们的母星,前往更加辽阔的世界。

采访者:您会为了作品改编有意识地修改创作方向吗?

卧牛真人:我个人可能不太会主动有意识地做这方面的调整,还是以写好自己擅长的东西为主吧,毕竟内容质量才是第一位的,为了改编而伤害到自己的创作欲望和方向,就得不偿失了。

采访者:近年来,大量的作品正在 IP 化,您怎样看待一些作品在改编后毁誉参半甚至被嘲"魔改"的现象?

卧牛真人:文字、图片、音视频、动画,表现形式截然不同,我觉得这种现象很正常。纵观比较成功的改编作品,往往和原作有极大的差异,有的甚至仅仅是提炼出了原著的核心,另起炉灶。比如电影《流浪地球》可以说就是这样,其内容和原著存在较大差异,但二者的思想核心却异曲同工。

无论如何,还是期待更多的改编作品能有好的成绩,我相信这也能提升原著的曝光率,给创作者带来更多的关注和收益。

采访者:那么您认为在网文作品的改编过程中,存在着怎样的不足呢?

卧牛真人:网文通常体量都比较大,情节也较多,改编时不可能将所有信息统统呈现出来。我觉得改编时最重要的，还是抓住作者的核心思想，进行提炼，然后有所取舍吧。

抓住关键情节，舍弃细枝末节，这大概就是改编者要面临的最大考验了。那些仅仅借助"大 IP"，实际上并不能很好地把握创作者的真情实感的改编作品，往往在市场上很难取得好的口碑和好的成绩。

采访者：许多影视动漫公司在选择网文 IP 时会综合全网的指数和热度来评判一部网文的价值和影响力。因此有些版权方为了扩大小说的知名度，可能会在一定程度上默许盗版的存在，以达到提高人气和热度的目的。与此同时，有些网文读者始终抱着"网文不值得付费"的心态去选择盗版。对于盗版现象您是怎样看待的呢？

卧牛真人：我相信没有哪个创作者会乐于看到盗版的存在和不断扩大，但作为个体，太纠结于盗版，也解决不了问题。

我的很多读者，往往还是选择正版，至少是部分正版。很多问题都要在发展中解决，我相信也必然会在发展中解决。

现在的付费环境和意识，比起十年前已经好得多了，对这个问题，我还是相对乐观的。

采访者：您觉得读者对网文作者来说是一种什么样的存在？

卧牛真人：读者和作者共同成就了"网络文学"，无论是读者的评论，还是最近几年开始流行的"本章说"，包括读者和作者通过聊天软件可以实现的实时通话，都在不断推动网络小说去进化，可以说，没有与读者的实时交流，就没有今天的网络文学。

更不用说，是读者用真金白银让网文作者这样一个非主流的职业,有机会得到和其他职业同等的尊严。

所以,我非常感激自己的读者和衣食父母。

采访者:那么面对读者的建议或者评判,您有什么话想说吗?您怎样看待这种交互式创作呢?

卧牛真人:双刃剑吧。一方面,与读者的即时互动能令创作者随时把握最新的潮流和最容易打动读者的点,从商业化的角度,有可能创作出更卖座的作品;但另一方面,创作者也很容易在众口难调中迷失自己,如何平衡和取舍,是所有创作者都在不断思考的问题。

采访者:您如何看待网络文学和传统文学的不同?

卧牛真人:五十年后,一百年后,网络文学便也成了"传统文学",从这一点来说,两者并没有本质上的差异。

但也要看到,在现行的连载和即时反馈模式下,创作者追求更新,迎合读者,很难静下心来,反复琢磨和锤炼自己的作品,使得绝大部分网络文学和传统文学中的精品相比,还存在极大的差距。

但我还是相信发展,发展就是一切,通过网络文学,至少先培养读者的阅读习惯,把蛋糕能做多大就做多大。相信部分阅读者在越来越不满足于网络文学之后,会将目光重新投向传统文学。

采访者:可以谈谈您对当下网文创作环境的看法吗?您对未来网文的前景又有何期待?

卧牛真人:当下可以说是网络文学最好的时代,涌现出了很多十几年前无法想象的题材和作品,这得益于新技术的发展和互联网的普及,我们的读者群体也在不断扩张。但也要看到,短视频、新媒体、手机游戏,各种消磨时间的产品不断出现。未来如何保持网文的竞争力,是对从业者极大的挑战。但我相信,文字可以蕴藏的信息量,远远超出视频、音频和游戏。无论到什么时候,作为创意的源头,网文都有存在的意义。

采访者:近年来,创意写作课程培养了大批作者,那么在您看来作家是可以培养的吗?

卧牛真人:创作者的下限,我觉得是可以培养出来的,或者说,通过培养,可以尽快让创作者达到基本水准。但究竟能否达到上限,或者说上限究竟有多高,很多情况下,都要看天赋和阅历了,我是这样认为的。

采访者:您对正在写作或有写作意愿的新人写手有什么话想说吗?

卧牛真人:第一,不希望新人们因为创作而荒废了学业或事业,生活第一,创作第二;第二,在保障生活的情况下,尽量写,无论写什么,无论写得怎么样,你写的每一个字,总会在未来某一天,给予你丰厚的回报;第三,创作本身就是世界上最自由、最快乐的事情,不要带着太多的功利心,尽情享受从无到有、创造一个崭新世界的乐趣吧!

采访者:金欧文　朱悦铭　徐梦

陈酿访谈录

陈酿，本名陈珊珊，1969年生，浙江温州人。现就职于温州日报报业集团，资深编辑、记者。代表作有《传国工匠》《旷世烟火》等。

采访者：您既是一位网络文学作家，同时也是一位新闻人，是什么样的契机促使您走上网络文学写作之路的呢？

陈酿：2009年，当时我在温州晚报社，领衔策划一个反映城乡百姓60年生活巨变的系列报道，献礼新中国六十华诞。我到温州山乡海滨去采访，接触到很多民间的能工巧匠，了解了很多非物质文化遗产，我想我要记录下来，宣传出去，可是仅凭温州的一张报纸，能有几个人看得见？又有多少传播力？

几年之后，我转岗到温州日报报业集团网络舆情信息中心，开始接触网络文学。因为有大量一手的非物质文化遗产的素材，我又有很好的文学写作的功底，于是我将非物质文化遗产与现代科技赋能的传播手段相结合，开始网络文学的写作。我构思了一个神奇瑰丽的寻宝故事，希望能借此将中国东南大地上的伟大匠心和非物质文化遗产、地方文化尽最大可能向外推广宣传。

采访者：这些经历给您的写作带来了怎样的影响呢？

陈酿：我专攻的现实题材根植于家乡的文化土壤，而网络文学带来更开阔的传播维度。我希望自己有能力将网文写作新手法和传统文化结合起来，比如传统文化和民间故事的融合创新，既能继承传统文化本身的文化价值和深刻内涵，又能利用现代网络传播手段即时反映时代变革。

采访者：网文写作和传统写作无论在写法还是风格方面都有很大差异，那么，在转型的过程中您有遇到什么困难吗？又是怎样克服的呢？

陈酿：保持好奇、好学、融会贯通、与时俱进。我并不觉得从传统写作向网文写作转型有什么困难。我的特长是写传统文化和百姓生活，但是我不会拘泥于陈旧的方式去做文化表达。我写《廊桥梦密码》，核心内容依旧是传统文化，但是我颠覆性地重新组合了老百姓耳熟能详的民间故事，比如牛郎织女七夕相会、吴刚砍树、畲族民间故事。我的写作有两个法宝：一个是使用网络文学的写作手法；另一个是歌颂核心价值观——追求真理、追求真爱。定位准确后，就能切换自如，困难迎刃而解。

采访者：您平常阅读网文作品吗？比较喜欢什么类型的小说呢？

陈酿：我比较少阅读网文作品，因为不希望受别的作家影响。我看过一些比较经典的早期网文，更加倾向于文史类和推理类的,比如《清明上河图密码》。

采访者:您曾说过,书写新中国成立 70 年来百姓生活的《旷世烟火》最能代表您的写作风格,能简单介绍一下吗?

陈酿:我在《旷世烟火》里描写了 1949 年到 2019 年长达 70 年的中国东南沿海大地的百姓故事。温州有好多写改革开放的传统文学作品,也写得很好。但是据我了解,不管在传统文学还是网络文学中,目前能够完整记录中国东南沿海大地上 70 年来老百姓生活翻天覆地变化的历史长卷作品,好像只有这一个。

我的父辈们相继离世,再不记录,中国东南沿海百姓生活的伟大变迁和百姓故事,即将湮灭在历史长河当中。为此,我当时就斗胆立志:写一部新中国东南沿海的《白鹿原》! 如今我写完了,我很为自己自豪,因为我以网络文学的方式向经典致敬、向历史致敬、向人民致敬! 更是为 70 年来中国东南大地百姓的心灵密码做了史诗记录!

采访者:现在网络文学的改编已经形成热潮,您的《传国功匠》也已经进行了漫画改编,您认为成功的 IP 改编应该呈现怎样的效果呢?

陈酿:表现改革开放以来温州百姓生活的电视剧已经有很成功的作品了,比如《温州一家人》,但是,目前似乎还没有看到系统展现中国东南沿海 70 年来百姓生活的影视作品,所以非常期待能有机会在大银幕或者电视荧屏上看到《旷世烟火》。

根据我的理解,成功的 IP 改编,是经济效益、社会效益的双丰收。精品 IP,内容为王,数字化表现为内容插上腾飞的翅膀。

采访者:我们在您的作品中充分地感受到您对温州文化的了解,比如《传国功匠》里的瓯越文化,《廊桥梦密码》里的中国浙闽木拱廊桥等等,能谈一谈您如此钟情于温州文化的原因吗?小说中出现的风景、故事,是否来源于您的个人生活呢?

陈酿:我是土生土长的温州人,我们这一代,既是幸运的一代,又是缺失的一代。我们的故园、母校都湮灭在时代的巨变中,这些精神家园的象征性符号都被"拆迁"了,文化的根基无处寄托,因此,我觉得把它们写进自己的作品里,或许还能找回、乃至永久保留理想根基和精神家园。

我小说中的风景,绝大部分是我生活过的地方,故事内容大部分是我的采访对象的生活,我的个人生活不多。但小说的核心价值观一定是我个人的。

采访者:您的作品非常富有文化底蕴,包含大量的对传统艺术及民俗的细致介绍,您是通过哪些途径完成这些资料收集的?其中有没有难忘的故事和我们分享呢?

陈酿:途径一:工作岗位。得益于新闻采编一线的多年素材积累。途径二:家学和专业学习。我出生在知识分子家庭,从小写作能力强,大学时读了中文系。途径三:搜集大量地方文史资料。途径四:实地采访。比如,写廊桥,去山乡泰顺采风,在浙南靠近福建的一个畲族山乡,陈旧的木拱廊桥散发着经历岁月沧桑的迷人的美丽。夕阳下,廊桥上有人做木雕,有人在箍桶,还有老铁匠在打铁,一身腱子肉,火光四溅,那剪影又酷又飒。强烈的画面感,总是能激发起我强烈的创作欲望。

采访者:新冠疫情期间,您创作了以抗疫为主题的小说《酥扎小姐姐的非常朋友圈》,当时是怎么决定要以此为题进行创作的呢?

陈酿: 2020年农历春节刚过,武汉即成为新冠疫情的重灾区。很快,温州就成了另一个疫情重灾区。有20多万温州人在武汉经商、生活,有十几万的武汉人在温州工作、生活,两地有着密切的关系。温州第一时间驰援武汉,我的医生朋友在大年初一成为全国第一批驰援武汉的医疗专家。

当全国的目光和力量聚集在武汉之时,沦为疫情重灾区的温州积极展开自救,温州人自救的动作很快、姿势很帅!世界各地的华人华侨第一时间组织力量,购买抗疫医疗物资,通过各种方式和途径运回温州,甚至使用包机,将医疗物资和一腔爱国情一起运回了国内。当国内的疫情得到有效控制时,世界其他国家的疫情却出现暴发趋势。温州人又在第一时间开展了驰援全球的行动。比如温州有一个全部由年轻人临时组成的纯民间公益社区——高温青年,2020年1月14日成立,从驰援武汉到驰援欧洲、美国、日本、韩国、毛里求斯等,短短1个多月时间里,向海外寄送价值近600万元的医疗抗疫物资,还协助多个部门、组织输送物资200多万件,价值将近600万元。反正,在这世界上任何一个地方,任何大事发生的时候,总是有温州人冲在第一线、挺立前排的身影。温州人在这一次抗疫当中,故事太多、太感人,深深地震撼着当时困在高楼上的我。我想,在这场战斗中,每一个人都是自己的英雄,只是方式不同而已。那么,作为作家,我应该用我的方式参与这场战斗,而不是站在高楼看风景。所以,1月底,我就提笔了。

采访者:《酥扎小姐姐的非常朋友圈》里有非常多戳人泪点

的小故事,也塑造了许多平常却有血有肉的人物,这些故事的灵感来源是什么?

陈酿:故事的所有素材来自我的朋友圈和网络连线、微信采访。重点来源是温州华侨总商会。还有一个叫"高温青年"的民间组织。

采访者:您在开头介绍"酥扎小姐姐"时,用了一连串很有趣的对比与形容,您当初是怎样构思出这样一个角色的呢?

陈酿:青春是最热血的。以一个年轻人的角度去参与、去看待这世间突如其来的变化,更加真实和震撼。酥扎小姐姐的人设是一个原本单纯又可爱的年轻大学生,在大灾难面前迅速成长。这样一个角色能引起更多的共鸣。"酥扎"是温州的方言,是对单纯、可爱又有些小作的小姑娘的统称。

采访者:您在《酥扎小姐姐的非常朋友圈》中运用了非常新奇的"朋友圈模式",当时为什么会选择用这样的形式呢?

陈酿:2020年春节,我居住的小区有人从武汉回温,全家确诊三例,小区随即被关闭,在几乎没有任何准备的情况下,我就被禁足了,连楼下都去不了。困于高楼,各种疫情信息却铺天盖地,因为我们手中有一根连接外界的神奇的线,那就是网络和微信朋友圈。所以,我就想到了这种独特的创作手法——朋友圈。本书大概是第一部也是目前唯一一部通篇用"朋友圈"来写作的网络小说吧。

采访者:时至今日,谈到网络文学,很多人的第一反应依旧是觉得网文难以"登堂入室",是"写不了传统文学"的作家才会去写的,您是怎么看待传统文学与网络文学之间的关系的?

陈酿:在我看来,网络文学首先是"文学"。但是因为网络文学门槛低,鱼龙混杂,更有人是拿网文写作纯粹当赚钱的工具,所以网络文学有时候被污名化了。其实,网络文学中有很多优秀之作。

在我看来,优秀的网络文学其实和优秀的传统文学是殊途同归的,都是帮助民众树立真善美的价值观。传统文学与网络文学之间的关系,应该是各取所长,融会贯通,相得益彰。

采访者:网络文学的读者们追逐"爽点"体验,喜欢快节奏,有趣的人设,刺激新奇的题材,作为一位喜爱现实题材、富有家国情怀的网文作家,您是如何将两者结合起来的呢?

陈酿:改革开放背景下的创新、自由和解放,让网文似乎历经了很长一段时间的野蛮生长,但是非常幸运的是,国家主管部门和文学网站适时引导网络文学的创作方向。很多优秀作家都明白,网络文学的"爽",不应该仅仅是感官上的,人性的真善美永远是人类世界最高级别的"爽"。非常可喜的是,许多网文大咖,从"我爽我最大"成功转型为"我爽还三观正"。

写"爽文"其实有时候是一种写作技巧,驾驭它并不难,难的是如何"爽赞同框"。我的办法是采用修辞方法中的"通感",将"爽"和"赞"通起来。在一次网络文学现实题材创作研讨会上,我曾经谈到对网络文学现实题材的理解:"你侬我侬"。所有网文,在"爽"与"赞"的通感下,"你侬我侬"才是网文现实题材最完美的状态。

采访者:现在,网文界开始出现"套路雷同"的现象,同一个故事模板换几个名字,有读者吐槽"看到开头就知道了结尾",您怎么看待这种现象?

陈酿:这是网络文学资本化的恶果。当务之急是加强网文作者人文修养的培养、加强网络文学编辑专业能力培训、加强网络文学资本监管。

采访者:现在市场竞争激烈,绝大部分网络小说更新速度极快,一天几千一万字都是常态,有的作家觉得,这样的更新速度会影响作品质量,可又害怕自己会被淘汰。您认为如何在流量与质量中做出抉择?

陈酿:这是网络文学资本化、网文生态畸形导致的恶果。强烈建议网络文学网站提高发表的门槛,倡导质量为王。

采访者:如今,有些高校开设网络文学与创意写作专业,培养相关人才。请您对专业建设提一些建议。

陈酿:据我了解,浙江就已经有学校开设了这样的专业。我非常赞同。建议邀请专业功底强、职业素养高的网文作家担任客座教授。还可以让这些作家和学生结成师徒,尝试联合创作。我个人非常愿意和有缘分的同学结对。

采访者:现在有许多怀揣着写作梦想的青年踏入这个行业,您能对他们说几句鼓励的话吗?

陈酿:为使命、为情怀写作,永远比为名利写作走得更远、走得更久!

采访者:赵芷那　许轶力　邓舟扬

七英俊访谈录

　　七英俊，本名李瑞麟，1992年生，浙江杭州人。高中毕业于杭州第二中学，之后去国外留学。曾担任电影《长城》制片助理。大学二年级时开始网络小说创作。代表作有《成何体统》《有药》《此人文风平平无奇》等。

　　采访者：您的笔名为什么叫"七英俊"呢？

　　七英俊：因为七是我的幸运数字，有人觉得我长得很英俊，所以就取这个名字了。

　　采访者：您是在什么契机下入行的？

　　七英俊：当时在美国上大学，课业还算比较轻松，有点无聊，加上比较思乡。对我来说思乡是很重要的因素，思念中文的语言环境，所以我就开始在网上看小说，看了一些之后觉得自己可以写，于是就开始写了。

　　采访者：在您的作品中，有不少是深入探索某个职业的，比如您的处女作,将您在影视公司参与制作的经历融入其中。您可以谈谈这种创作方式吗?创作这种作品需要做什么样的准备?

七英俊:一方面是我对不同的职业挺有兴趣的,我觉得作家有一个得天独厚的优势,那就是可以在自己的作品中体验不同的人生,这是我的兴趣所在。

另一方面是当我创作一个角色的时候,我在思考之后给他做一个人物小传,包括他的成长环境、他的职业等等,我觉得这些都是让这个人物立起来的因素,所以我会尽可能地在细节上做到真实还原,这样这个人物才会比较可信。

做准备的话,如果这个行业是真实存在的,我会试图采访一些行业里的人;如果这是一个我虚构的行业,我也会尽量查一些相关资料,让人物比较可信。

采访者:文学作品往往源于生活又高于生活,网络小说的幻想色彩往往又会更浓烈一些。您认为在网络小说的创作中,生活的真实性和艺术夸张的关系应该要怎么处理呢?

七英俊:我曾经写过一个非常不接地气的故事,直到现在我都觉得那个世界很瑰丽,有它的独特的魅力。但那个故事最后没有完成,原因在于我写了前三章之后找人试读,他们却说对这个主角无法共情。因为那个世界、主角的设定等等,都和我们身边的真实世界相去甚远,以至于我们看到主角在那个世界所进行的冒险,会觉得那是一个外星人的故事,跟我们没有关系。所以我在后面的创作中会比较注重这一点,就算是在一个架空的幻想的世界中,我也尽量将角色塑造成一个有血有肉、与我们身边的人有相通之处的形象,这样读者在看他的经历的时候才会有代入感。

采访者：我们了解到，您在全职写作之前曾经在阿里做人力资源工作，这段工作经历对您的写作有帮助吗？您怎样寻找创作灵感？

七英俊：那段经历本身并没有成为我写作的素材，但那是我为数不多的作为一个社会人的经历，所以对我了解这个世界的运行方式还是有一定的帮助的。如果没有那段经历的话，我可能一直是一个象牙塔里的写作者，写出来的东西很可能也就是空中楼阁。

至于生活中如何寻找灵感，灵感不需要寻找，说来就来了；但是灵感来了以后，为了把它写出来，需要查阅大量的资料。首先要有一个点子，我要写这样一个故事；然后为了把这个故事架构起来，需要考虑时代背景、职业背景等等，这些是我要做功课的地方。

采访者：您平时的写作状态是什么样的？有没有可以分享的有趣的小习惯？

七英俊：我对自己的定位是"说书先生"，"赛博说书"。我和读者们建了一个 QQ 群，我平时会在群里通过聊天的方式讲故事，这样能让我及时地看到和掌握读者的反应。不仅可以看到他们对故事的哪些点反响比较热烈，而且获得来自读者的即时反馈也会让我进入比较兴奋的状态。我会把故事大致地讲出来，然后根据聊天记录整合成文。

采访者：您还记得写作第一次带给您的成就感吗？

七英俊：当时还在阿里工作，我卖了人生中的第一个版权《有药》。《有药》是一个中短篇小说，当时发在微博上，反响很热烈，接着就有影视公司找上门来说想买版权，一瞬间就卖出了我很多年的工资总量。我之前不知道写小说可以赚这么多钱，对于一个刚入行、在全职写作的边缘试探情况的人来说，这件事所带来的不仅仅是经济上的收益，还给了我很大的成就感和信心，让我觉得可以把写作作为一种职业，所以就辞职转型全职写作了。

通过这件事我发现了自己的才能所在。如果当时继续做人力资源工作的话，或许也能为这个社会创造一点点价值，但是我觉得不及我当作者所能创造的价值多，带给我的成就感也不及有这么多读者、这么多反馈带来的成就感。人生苦短，还是要做自己喜欢做的事。

采访者：可以简单聊一下您的阅读习惯吗？很多读者都期待您可以分享一下自己的书单，最近有什么正在读的作品吗？

七英俊：阅读习惯方面，我平时看资料类的书比较多。像前面提到的，在创作中我需要设定故事发生的朝代，比如我最近就在看很多关于唐代的书，因为我的新作品的背景设置在一个接近唐朝的时代。作为消遣，我会看一些网文，因为我是写网文的，我也想知道别人写的网文是怎么样的。

我最近在看的一本书是《未来简史》。因为我之前看过这个作者的《人类简史》，觉得作者的观点很有趣。

采访者：作为拥有手游剧情策划经历的作家，您认为设计游戏剧情和小说写作最大的不同是什么？

七英俊：很多游戏的角色是没有主次之分的，每一个角色的支线剧情都是一个完整的故事。所以设计游戏剧情相当于是要同时创作很多个小故事，再让它们交织在一起。

而小说要有主次之分，要有一个大的脉络，不同角色肯定有些是要靠边站的，有些是要站在聚光灯下的。

采访者：在您的作品进行 IP 改编的过程中，有没有什么特别难忘的经历？

七英俊：《有药》的动画制作组在准备阶段邀请我进行了深度参与，与他们探讨剧情改编等。在这个过程中我发现作品的 IP 改编比我之前想象的要难很多，各方有各方的难处，比如爱奇艺方面换了好几次主创团队才遇到一个合适的。团队里面的编剧做动画时要考虑的问题跟我要考虑的不太一样。我印象很深的是他们曾说："你写这个故事发生在一座城，可能你只是写了'一座城'三个字，但是对我们来说要有几十万投进去，为了建一座城。"我觉得在改编过程中换位思考是很重要的一点，做动画有做动画的思路，不能完全以写小说的思路去评判他们。很感谢《有药》的动画团队，能在最大程度上尊重我的意愿，最后出来的产品既有我的脑洞，也有他们的脑洞，在风格上成功做到了统一。

采访者：现在网文的 IP 改编已经成为一种普遍的行业现象，但有时改编作品和原著相差甚远。您是怎么看待这种现象的？

七英俊：我觉得这可能是一件"看命"的事情。谁也不知道在制作过程中可能会发生什么事，例如在拍摄中或许有一点变数,再或者是找演员没有找对,如此等等。在这个产品线最上游的人是没有办法在初期左右下游的发展的,如果真的想要掌控自己作品的改编的话,就只能自己去参与创作过程,自己去当编导,而我们作为原作者能做的事情是非常有限的。说我是悲观也好,或者说是听天由命也好,我觉得我所能做的其实也只有祈祷。

我的经纪团队会在卖版权的时候尽量选择靠谱的影视方。但是有时候即便找了靠谱的影视方,也会发生意外,因种种原因做不了而转手又卖给别人,或者是团队有一些变动,有太多的变数,是不可控制的。

采访者:您认为现在网文创作的门槛与您刚开始写作的时候相比提高了吗?现在的网络文学写作者面临更多的机遇,还是更大的困难?

七英俊:网文走向精品化是必然的,因为这些年来,写作者的文化水平肯定在提高。而且,大家都看了这么多年网文,同样的套路看多了就累了,所以会自发地寻求更新鲜或者说更精致的东西。在这样的情况下网文创作的门槛肯定是提高了的。

要说这是机遇还是挑战,我觉得两者兼有。现在的网文产业各方面都已经趋向成熟,初期那种野蛮生长、为爱发电的情况越来越少,有一定能力的话是可以把它当作一个正经职业来经营的。但是网文行业的竞争也越来越激烈,大家都在努力提高自己,因此也形成挑战。

采访者:依照您的写作习惯,您会更偏重于表达个人的观点,还是满足读者的需求?您对表达观点和满足需求之间的关系又如何看待？

七英俊：我觉得这不矛盾。可能因为我对自己的定位是"说书人"，所以很多时候我觉得这两者不能那么绝对地进行区分。我的兴奋点就来自读者的反馈，有越多的人跟随故事情节的起伏表达他们的喜怒哀乐，我的写作状态就越好越兴奋。更多时候我要表达的东西跟读者需求的东西是不冲突的，甚至可以说它们就是同一个东西。偶尔也会出现冲突的情况，比如众口难调，或者有一些实在与我不是一路人的读者大发意见，这种时候我只能选择忽略，因为我的写作最终还是以讲一个自己满意的故事为目的。

采访者：您在作品中经常会刻画一些遵从内心、追求自由、特立独行的人物。在您看来，如何平衡他人的眼光和自己内心的意愿是一个需要去烦恼的课题吗？

七英俊：不。因为写作就是一件不能泯然众人的事情，要是写得都跟别人一样的话，就变成套路文了。写作就是特立独行，就是与众不同，我认为这跟我的人生观形成了互为表里的关系。我在写作的时候习惯了这样的思维方式，我过自己的人生的时候也就更加不在意外界的眼光。

采访者：您在写作和生活中是较为自由地遵从自己内心的人。但现在很多年轻人因为生存压力等因素而无法去做自己内心真正想做的事情，感觉很迷茫，您怎么看？

七英俊：可能是因为年纪增长，我最近时常会思考人生苦短的问题。人生短短几十年，如果心里有想做的事情的话，与其等到老了再去后悔，为什么年轻的时候不去做？现在去做，就算失败了,至少给了自己一个答案。

实不相瞒,我最近也有一件苦恼的事。我计划写一个长篇,一个跟我以前的写作风格不太一样的长篇。但我由于太害怕失败已经拖延了一年,一直没有开始写。其实就在今天,我终于准备开始动笔了,因为突然觉得这么拖下去,拖到什么时候是个头?难道要到老了再去后悔?

采访者:新冠疫情对很多行业都造成了影响,作为网文作者,您受到哪些影响?

七英俊:我只能说说我自己。我平时喜欢旅游,喜欢去各地见识风土人情,说这是灵感来源也好,是素材来源也好,总之对我的创作很重要。疫情让我没有办法去很多地方旅游了,就算去也只能是一两天的短途旅行,去走马观花一圈;因此我觉得疫情对我的写作还是有些影响的。但另一方面,被疫情逼到足不出户,也许网文的阅读量反而有提升。所以也没有办法说我究竟是受到好的影响多一点,还是坏的影响多一点。

采访者:如今,男频小说当中有越来越多的作者倾向于吸纳一些女性读者,女频小说中女强男弱的风格也有大行其道的趋势,您怎么看待网络小说中反映出的两性关系的变化呢?

七英俊:女性角色变得越来越强。女主角什么都不会、有很多很强的男士围着她转着的"玛丽苏"文慢慢被淘汰掉了,当下流行的是大女主文,女性要聪明独立、有自己的事业。我觉得读者在阅读中所追求的女性角色形象其实也是女性读者在现实中对自己人生的一种展望、一种追求。男频文我不太了解,但在我写作女频文时一直都是这样设计的。

采访者:您觉得付费阅读和免费阅读对写作者最大的影响是什么?

七英俊:这个要因人而异来看。我写的不是类型文。不写类型文的作者在收费阅读的网站上其实是不占优势的,加上我的更新速度比较慢,字数相对来说也比较少,有时一本书可能二三十万字就完结,就算进入付费阅读模式也不会赚到很多钱,所以我选择的是免费阅读。微博一类的社交媒体可以让我达到最大程度的宣传量和曝光量,可以让更多的人看到这个故事,推动故事版权的出售。我主要靠卖版权生活。但是我也有我的劣势:收入并不是很稳定,因此我必须一直逼自己处于写作的状态当中,一直创作新东西。在收费网站上写作收入会更稳定,也许心里会更踏实一些,作者跟读者的关系黏度也会更高。但对于我而言这样会带来一些负面影响,因为来自读者的差评意见可能会更多,我总体上是一个比较玻璃心、特别受不了差评的人,所以我宁愿放弃这方面的收入。

采访者:尹萧涵　梁洋洋　叶芷余

圣骑士的传说访谈录

圣骑士的传说，本名高信永，1987年生，浙江温州人。温州市网络作家协会副主席。代表作品有《修真聊天群》等。

采访者：您大三的时候开始写网文，笔名是"圣骑士的传说"，这个笔名是怎么来的？

圣骑士的传说：其实，我一开始的时候是想取"圣骑士"这个名字的，因为那时候正好是西方奇幻小说和《魔兽世界》比较流行的年代，我个人又特别喜欢圣骑士这个职业。不过，我取笔名的时候发现起点中文网上"圣骑士"这个名称已经被人占用了，就加上了"的传说"这三个字，然后笔名就变得特别长。

采访者：请问是什么原因促使您开始网络写作？

圣骑士的传说：当时写作是出于兴趣，我自己在看网络小说，那时候的作者更新得挺慢的，写一天休息两三天，就感觉他们写得好慢，于是自己试着写了一本，然后就这么入行了。

采访者:《异界之极品奶爸》是您写的第一部作品吗?

圣骑士的传说:《异界之极品奶爸》在读者中反响挺好,算是我的第一桶金。前面还写过一本,发到网上去,但没有什么影响。

采访者:您当时就打算将网络写作作为职业了吗?

圣骑士的传说:没有,那时候其实根本没有想那么远。而且当时网络小说的写作环境并没有像现在这么成熟。当时就是凭兴趣去写,没有想过当作职业。

采访者:您兼职写作的时候,如何平衡工作与写作呢?

圣骑士的传说:大学的时候就写过一段时间,后来不写了,工作以后又开始写。那时候早上开始工作,下班回来开始写,写到挺迟的,也挺累的。

采访者:是什么使您做出全职写作的决定呢?

圣骑士的传说:我记得我是在《修真聊天群》创作到大概八十几章的时候才开始转为全职写作的。一是《修真聊天群》的成绩稳步上涨,二是精力跟不上,感觉精力跟年轻的时候差距太大了。年轻的时候工作加写作还能感觉自己精神焕发,后来感觉精力不支,就转为全职写作了。

采访者:您现在全职写作,收入怎么样?稳定吗?

圣骑士的传说:收入还是挺稳定的。或者说,当你的职业收入和兼职收入差距很大的时候,才会考虑把兼职转成全职。

采访者:您平时的写作状态是什么样的?

圣骑士的传说:一般来说,冲月票榜的时候我创作的状态会更爆发一点。平时就保持每天 6000 字左右的创作量,还是挺好的。

采访者:按照您的写作习惯,会更偏重于按照自己的构思,还是听取读者的需求?

圣骑士的传说:我是这么想的,主剧情我会按照自己的设定来,不会轻易地去变更。不过细节方面我会适当听取读者的反馈,可以使剧情变得更加丰满。特别是有些读者的创意很有意思,我就会把它加进去。

采访者:您最近有新书计划吗? 能透露一下是哪种题材吗?

圣骑士的传说:目前正在筹备新书,特别是这两个月正在加紧筹备。我现在想写的有两类,一类是纯仙侠题材的,另一类是都市未来题材的,带点科幻元素的。

采访者:您为这两本新书做了哪些准备?

圣骑士的传说:那个未来题材的,需要查很多资料。比如我专门设计了未来世界的货币体系。开新书的时候,要写人物设计、情节设计,这些都是必须要做的事情,挺脑壳疼的。

采访者:您的《修真聊天群》深得读者喜爱,这部小说开创了修真小说的新模式,轻松温馨的风格吸引了大批粉丝。您是怎么想到这个点子的呢?

圣骑士的传说:当时我想写一个比较贴近生活的故事,就是让人感觉,哇,修真或者超能力这种东西就在自己的身边。是跟生活相关的故事,而不是那种开始修仙之后就与世隔绝的故事。当时流行的修仙都是那种玄幻的,修真之后就很快与世隔绝,跟普通人的生活没有什么关系。那我就写一个比较贴近生活的都市修仙题材。后来敲定了,以聊天群为切入点,因为它最轻松,最贴近生活。

采访者:您觉得《修真聊天群》受读者欢迎,有哪些方面的原因呢?

圣骑士的传说:一是剧情轻松,二是很多有趣的角色,主角也好,配角也好,基本上都有自己有趣的点、闪光的点,这些都会吸引读者。这么多有趣的角色中,总有一个会是读者喜欢的。这是群像小说有优势的地方。

采访者:从《异界之极品奶爸》到《修真聊天群》,您的写作类型从西方玄幻转向了都市修真,是什么促使这种转变呢?

圣骑士的传说:一是年龄的变化吧,自己的爱好也在变化,从很喜欢西方玄幻,慢慢地转化到对中国的仙侠感兴趣,尤其对上古神话做了很多研究。二是我自己的写作状态也在变化,想尝试全新的题材。

采访者:《修真聊天群》中有很多名梗,比如"许愿白前辈",在考试之前拜一拜白前辈,来寻求好运气。您是特意构思了这些梗吗?

圣骑士的传说:与主要角色相关的一些梗,是我在创作之前就想好的,就是为了让读者跟角色之间的互动会更多嘛。更多的互动,带来的是读者跟作者之间更多的交流。

在我写作期间,有些读者会以留言形式或者其他形式提出一些有意思的梗。比如说有个望天的梗,这是读者先提出来的,我觉得特别有意思,就加进去,这样就形成了一个良性的循环,还可以增加作者跟读者的互动嘛。

采访者:一般说来,修真小说都是比较残酷的,经常喊打喊杀,但《修真聊天群》这本小说以轻松幽默的笔调叙写修真,您在写作的时候是怎么确定这种风格的呢?

圣骑士的传说:原因很简单,我也看累了那种喊打喊杀的,戾气又特别重。一开始读的时候会很容易让人有代入感,马上就把状态提起来了。但看多了之后,会感觉很累,我就想着写一本轻松点的,所以定下了这种基调。

采访者:很多读者表示读完《修真聊天群》之后怅然若失,不想宋书航和聊天群的故事就这样结束,您作为作者,在写完一本书后感受如何?

圣骑士的传说:我在完本感言中其实就跟读者们说过嘛,我在写完"大结局"那几个字之后整个人就软在那里,说不出话来了,这本书是我写得最长的一本,真的是快五年了。有人是从高中开始读,然后一直到大学毕业才读完的。这真的是过了人生的一个阶段的那种感觉。读者也好,作者也好,看到"大结局"那几个字的时候,就有一种怅然若失,一种巨大的失落感冲击过来,不想结束,但是又不得不结束,就像人生总是有聚有散。

采访者:其他的作品写完之后也是这种感受吗?

圣骑士的传说:其他的作品感触没有这么深,写完后反而会有种解脱的感觉,就是,我写完了! 解放了! 写作过程沉淀得越长越久,结束的时候失落感会越大,人生有几个五年!

采访者:那您会采取哪些措施来缓解这种失落感?

圣骑士的传说:靠时间吧,只能让时间来磨。时间一点点,一点点地过去,就得到治愈嘛,没办法,只能交给时间。

采访者:您认为网络小说的门槛与过去相比,是提高了还是降低了?

圣骑士的传说:因为我几乎都是在起点中文网上写的,门槛肯定是要比十几年前高好多的。但是还有很多其他网站,所以总的入门门槛应该没有以前那么高了。

越来越多的人加入了作者的行列。每个网站都有自己的题材偏向,五花八门,所以新作者的选择更多。

采访者:那你认为起点中文网的标签是什么呢?

圣骑士的传说:起点中文网可能是那么多网站中唯一一个几乎能容纳所有题材的网站吧,这是十几年的积累的结果,五花八门,海纳百川,所以对老作者来说,就可以这个题材写写,那个题材写写。

采访者:您认为现在的作者是面临更多的机遇,还是面对更大的挑战呢?

圣骑士的传说:二者是并存的,机遇更大,挑战也更大了。机遇就是你能写的东西更多了,挑战就是你需要知道的也更多了。

采访者：新人作者在开始写作时会遭遇读者很少的窘境，要怎么样坚持下去呢？

圣骑士的传说：成绩不是很好的时候，可能比较难坚持吧。我觉得现在的网站保底机制还是挺好的，可以先提升一下自己的写作技巧，就是怎么把高潮写好，怎么把框架写好，怎么把自己心里的东西跟读者讲清楚。先提升自己，积累经验嘛，大家都是这么过来的，很少有人刚开始写就火了的。

采访者：您认为一个好的网络小说作者应该具备哪些品质？

圣骑士的传说：我觉得网络小说作者最应该具备的品质就是坚持，吃苦耐劳。因为作为一个网络小说作者，你一开始连载就是 365 天几乎全年无休，你没点耐力是坚持不下来的。

采访者：现在有很多网络小说都改编成了电视剧、动漫等其他形式，您的《修真聊天群》也改编成了动漫，您认为小说与动漫相比，各自有哪些优缺点？

圣骑士的传说：动漫给人的视觉冲击更直观吧，有声音有画面，是小说无法带来的，所以它在传播时有天然的优势。但是小说给人的想象空间会更大，比如说《修真聊天群》里的梗只能通过文字表达，念出来会很尴尬，看的时候会感觉挺有趣的。所以各有各的优点，就传播来讲的话，动漫的传播力度会更大。

采访者：现在有一些高校设立了与网文创作有关的专业。您觉得对培养网文作者有帮助吗？

圣骑士的传说：我觉得这个其实挺好的。虽然说天赋肯定很重要，但有些人不经过这方面的学习，不知道自己有没有这种能力，也许经过培养，他就发掘出来自己有这种能力，也许马上就能入行了。

采访者：您有没有非常喜欢或者欣赏的作家？

圣骑士的传说：好多。我既是作者也是读者，自己看书看得也多，反正就是起点中文网上的大神来回看。我在看书的时候就会受到他们的影响，有些人世界观的模式做得特别好，我就会琢磨学习，有些人对高潮的把握能力特别好，我看到高潮的时候就会想这种对高潮的把握能力是怎么做到的。看的时候就是在学习。

采访者：李畅　王淑君　李舟

何堪访谈录

何堪，本名上官莹莹，1986 年生，浙江台州人。台州市网络作家协会副主席。代表作品有《荒岛上的古老男人》《冰刃之上》《赴你应许之约》等。

采访者：请问您是在什么契机下开始创作网络小说的呢？为什么会起这个笔名呢？

何堪：高中的时候开始写小说，但是刚开始只是写着玩，没有在网上连载，大一的时候发现喜欢的作者在网上有专栏，于是就把自己的文章发布到网络上。至于笔名是因为最开始取好的笔名都被占用了，当时觉得情何以堪啊，随手打了"何堪"两个字，没想到真的就通过了，于是用到现在。

采访者：我们了解到您是中文专业毕业的，那么专业课的学习对您的网文创作有什么影响呢？

何堪：我从小比较乖，看的书特别正经，所以虽然自己会写着玩，但是都有点不好意思让别人，特别是老师知道。我的现代文学课老师非常开明,她让我明白不同类型的作品都有其存在的意义。有的小说可能主题很宏大,有的小说可能就是讲一个有趣的故事,一个有趣的人,或者一段梦幻的爱情,一个不太实际的奋斗故事。不管是什么类型的作品,总会有它的受众群体,有它存在的价值,武侠、言情、科幻、悬疑等题材并没有高低之分,只有写得好坏的差别。其实我本人感觉在学校里的学习,有时候学到的不只是知识,还有价值观、世界观等。

采访者: 您是什么时候赢得写作的第一桶金的呢? 能简单谈谈当时的情况和感受吗?

何堪: 应该是在大二的时候吧,晋江文学城那时候已经有VIP制度了,我有作品入 V 了。因为当时商业模式还没普及,我觉得自己入 V 有点不好意思,我记得第一次编辑找我签约时候还没签,后来换了个马甲,和另一个编辑签了。第一次赚到钱还是挺开心的,给全家都买了礼物,因为那时候想学画画,所以奖励自己买了一块数位板。

采访者: 请问您在开始写作之前,一般会做哪些准备? 会写大纲、人物设定吗?

何堪: 因为我的作品篇幅不是很长,以前都是有个想法就直接写了,写的时候大纲什么就出来了,但不一定写下来,一般都是脑子里先有了人物和几个特别想写的梗再动笔。现在会写大纲和人物设定,但写的过程中也会有些调整。有些题材会提前准备,譬如公益救援,会看大量的资料,还去接触过救援队的人员。有些就是在接触的时候产生想写的念头,像棒球竞技就是因为比赛看多了想写,然后就写了。

采访者：您在业内被称为"少年热血燃系"作家，《赴你应许之约》《投捕情缘》《冰刃之上》都是非常热血的作品。但您的早期作品却并非这样的风格。是什么促使您写作风格的转变呢？

何堪：《投捕情缘》和《冰刃之上》不是同时期的作品。早期想尝试各种题材，到"冰刃"时期，我觉得是在回头看。写《冰刃之上》其实是编辑先跟我约稿的，问我有没有兴趣再写竞技，我当时说自己已经写过两本了，一本比赛占比大，一本感情占比大。跟编辑聊了之后，我回去考虑了一阵子，感觉还是想写，就写了。当然我遇到的编辑也特别好，沟通起来特别流畅，比较能get到我在意的点。在同一类题材上可以感觉到自己进步的时候真的挺开心的，虽然这种进步可能对商业化没什么帮助。

采访者：网文作者现在分为两类：一类是兼职写作，另一类是全职写作。您属于哪一类？

何堪：兼职写作。我更喜欢现在这样每天规定上班时间，写小说当爱好、副业的状态。而且我很喜欢现在的工作，工作内容很喜欢，同事们也都博学有趣。

采访者：您入行已经有年头了。您认为，现下的网文创作门槛与您刚入行时相比如何？作者面临更多的机遇，还是面对更大的困难？

何堪：对于把网文创作单纯当爱好的作者来说，现在的更新量要求应该不是很友好，对于想要入行走商业化道路的作者来说肯定机遇会更多。

采访者：按照您的写作习惯，会更偏重表达个人的观点，还是满足读者的需求？您怎么看待这两者之间的关系？

何堪：我觉得应该更多从讲故事的角度思考这个问题，即作者应该是站到作品后面去的，而不应该站到作品前面来，角色说出口的话代表的是角色，是这个人物的观点，不一定是作者的观点。至于平衡的问题，譬如我想写一个情节，那么尽可能把这个情节写得生动吸引人就是满足读者需求的最好方法。

采访者：网络小说往往更具有幻想色彩。您认为在网络小说的创作中，如何处理真实性和艺术夸张之间的关系呢？

何堪：其实我认为现实更魔幻，都不需要逻辑，总有人能做出比想象的故事还离谱的事。

采访者：新冠疫情对很多行业造成了影响。作为网文作者，您感受到的影响主要有哪些方面？

何堪：作为网文作者其实个人感觉没啥影响，但曾经在工作期间被抽调去火车站防疫了好几个月，感触还是很大的。周围的很多同事，在这种特殊时期都让我觉得非常钦佩。虽然大家素不相识，但是都在很努力地帮助他人解决困难，哪怕作为后勤人员也会主动穿上防护服运送特殊旅客。尤其遇到带孩子的旅客，大家真是想尽了办法帮忙，后来还有小学生给我们写信，这些回忆十分温暖。

采访者：现在有越来越多的高校设立了与文学创作、网文创作有关的专业。您如何看待这种现象？您认为网文作家是可以培养的吗？

何堪：这是挺好的现象，说明整个行业在不断规范。我觉得网文作家肯定是可以培养的，但是毕业了是否从事这一行，还是要看个人选择。

采访者：杨羽丰　王海彤　李雪敏

北倾访谈录

北倾,本名陶洛潇琪,1994年生,浙江台州人。代表作品有《他与爱同罪》《星辉落进风沙里》《想把你和时间藏起来》等。

采访者:您为自己取的笔名是"北倾",这个笔名的由来是什么呢?背后有没有什么有趣的故事?

北倾:北倾其实出自《李延年歌》中的诗句,当时觉得意境很美,就选用了诗里的字。

采访者:您是如何走上网文创作之路的?

北倾:我开始创作网文的时间比较早,刚满18岁。因为我在比较小的时候就很喜欢看故事、写故事,等到了18岁能够为自己做决定的时候,我做的第一件事就是签约了网站,开始写作。那时候,稿费带来的满足可能还没有那纸合约来得更重要。

采访者:写本书当作送给自己的成人礼吗?

北倾:准确地说,是把喜欢的事情当作成年礼送给了自己。

我现在都还保留着每年给自己准备生日礼物的习惯,生活需要点小惊喜。

采访者:您在网文创作道路上有没有碰到志同道合的朋友?

北倾:有的。我是个很有分享欲的人,我在刚开始写作的时候,认识了不少写作的朋友。

但最开始认识的那些朋友,或因为学业,或因为工作,或因为其他各种原因,在这条路上慢慢就走散了。

但至今我身边还有一直坚持写作,并且一直与我互相陪伴的朋友,我们认识七八年了。我们现在也保持着每天交流的习惯,可能是分享生活的琐事,也可能是分享美食,也一起出去旅游过。

采访者:您平常是怎么找寻灵感的呢?

北倾:遇见的人或事吧。可能有时候,你坐在车里,刚买完宵夜准备回家,看见一个学长从你车前经过,又或者是同学会上,遇见的同学讲述他工作和生活中的趣事,你觉得有意思,被触动,可能那种感觉就变成了画面,再被编织成一个故事。生活里的一点一滴在写作时不知不觉就用上了。还有就是你生活里所缺少的,在你需要的时候,也可能变成你的创作灵感。

采访者:您平时的写作状态是什么样的?有没有什么有趣的小习惯呢?

北倾:这就要说到仪式感了。以前是随时随地可以进入状态,现在一般会准备好零食、饮料,或者泡好茶,点根宁神的香。我对这个行为的理解是,可能长期重复一个行为,会失去新鲜感,就需要一些仪式性的准备工作,然后再正式开始。

采访者:您现在是兼职写作,还是全职写作呢?是什么驱使您做出这样的选择呢?

北倾:全职写作。这个选择,一是因为我不能一心二用;二是我最喜欢的事情就是写作了,在满足生存条件后,确实没必要再花精力去做第二份工作。

采访者:在您的作品中,有不少是深入探索某个职业的,能看出有较强的专业性。您为什么会选择创作这样类型的作品?创作这种作品需要做什么样的准备呢?

北倾:首先肯定是因为喜欢;其次,写作和学习一样,都有一个摸索和进步的过程。我会有意识地想写一些不一样的内容,在自己原有的基础上做一种挑战。比起浅显地写一个故事,能探索这个故事的背景和深层奥义是有一种成就感的。

采访者:如果现实条件允许的话,您是想探索从事新职业的主人公呢?还是尝试一些新的题材?

北倾:两者都可以,并不冲突。但这种选择不是刻意的。比如之前我写的海军题材的故事,其实就是因为同学会上遇到了一位在海军工作的同学。他讲述的生活和工作内容是我没接触过的,我在深入了解后,就很想写,很想去表达,很想去分享。

采访者:是《他与爱同罪》吧?

北倾:是的。还有一个救援题材,其实就是旅游的路上挖掘的。我觉得比较困难的地方就是,每一次尝试新题材或新职业的时候,资料是有限的,而且很多方面我都无法深入体验,这算是我在写作过程中的难点和遗憾了。

这是许多作家共同的难题,就算在一个城市里生活很久还是感觉自己不够了解,更别提一个离我很远的职业了。而且人的阅历是慢慢增加的,可能你写完这个故事后的两三年,恰好会因为机缘巧合补全这个题材的背景,那时候就会有新的灵感,也会因为当时没能多了解些感到遗憾。

采访者:您在写一本书之前,会做哪些准备呢?

北倾:我写作的习惯是,先有人设,再有书名,然后确定文案。大纲会准备得比较简略,可能简单到就我自己看得懂。然后就是为了人设去准备资料,这一部分是占比最重、耗时最久的。

采访者:您小说的文案简介都很甜,令人印象深刻;文中的一些句子和场景描写也很经典,让人心动,吸引了不少读者。这些是您在创作之初就有意识地设计好的吗?

北倾:没有,那些句子都是顺应剧情而生的。创作之初,脑子里可能会有一个很想刻画的画面。那个画面可能就是支撑我写完这个故事的动力。但大部分时候,写作其实是比较随心的,准备好的大纲都未必能用得上。

采访者:您小说中男女主人公的名字都很唯美,如《星辉落进风沙里》的傅寻和曲一弦,《好想和你在一起》的戚年和纪言信,您在取名上有哪些考量呢?

北倾:一是好听顺口,二是有寓意。一个名字我能取一星期。

采访者:您会因为读者的反馈调整自己写作的思路吗?

北倾:有时候读者的反馈能最直接让你发现写作问题。如果他们说得正确,我会适当调整情节。但如果我认为自己是对的,那我会很坚定。

采访者:您多年来笔耕不辍,为大家带来质量上乘的小说,请问您坚持下去的动力是什么呢?

北倾:坚持的动力就是喜欢啊,它也逐渐成为一种习惯和本能,尤其全职写作后,还多了一重职业身份。多年的写作让我发现我原来是一个能够为一件事坚持那么久的人,以前我一直认为自己是个三分钟热度的人,所以这也让我觉得很有成就感。

其次是比较现实的,写作给我的物质回馈,是令我意外和惊喜的。还有一个重要因素,并且始终让我觉得最骄傲的,是因为写作而认识的人。如果不写作,我可能这辈子都不会认识这些人,比如读者、编辑、作者同行,包括一些制片人,影视方的工作人员。

采访者:您的作品绝大部分是现代言情小说,您心目中最美好的爱情是什么样子的呢?

北倾:我心目中的美好爱情,那一定是我喜欢他,他也喜欢我。他能陪我去冒险,去丈量这个世界,我无法具体形容,因为我还没遇见,但如果他出现在我面前,我一定会知道。

采访者:您有几本小说的人物是有关联的,这本书中的主角是另一本书中的配角。您认为系列文和单本文比起来有哪些优缺点？

北倾：优点就是可以少取几个名字，少掉几根头发。而且完整的人物链能构成平行世界，读者会有代入感，我也会有种故事一直在延续的感觉。缺点就是有时候太随性，会弄混时间线。

采访者：您是怎么想到写系列文的呢？

北倾：写一个故事会有配角和支线，系列文往往就是因为这些配角也有故事，会被发展成主角，被详细地写出来。

采访者：我们了解到，您的《他与爱同罪》《美人宜修》已经签约改编为影视作品。您对近年来网络小说影视化有什么看法呢？您愿意参与改编制作吗？

北倾：说一个现实的情况吧，影视版权费大家应该都有所耳闻，如果有一笔版权费能够改善生活，其实是良性的循环。所以我并不排斥作品的影视化，甚至对作者而言，改编是对作品的一种认可，是非常有成就感的事。

当然，这种情况里不包括恶改。我觉得，作者参与制作在很大程度上是一种保护，可以尽量避免恶改现象的发生。因为制片方一定是非常喜欢原著、认可原著，才会希望"亲妈"自己来。但做剧本、参与制作过程很消耗创作热情，因为可能需要反复修改剧本。不过，有些情况下，写文时有缺憾的地方能够在影视改编时加以完善，而且有时候，修改确实能让剧情更加丰满。

采访者：现在网文 IP 改编已经成为一种行业潮流，但有时会出现改编作品与原著相差甚远的现象。您怎么看待这种现象?

北倾:我个人认为,出现这种现象是因为改编并没有尊重原著。篡改人设,剧情背离了原著,不仅是对作者、读者的伤害,也是对项目的伤害。改编成功的作品,大部分都是遵从原著思想改编的,我认为这是对影视改编最基础的要求。

采访者:当下,女频小说中的"女强男弱"风格大行其道。您怎么看待网络小说中反映出的两性关系变化?

北倾:一是原先的柔弱女主角太饱和了;二是女生的自我意识觉醒,大家都不愿意做柔弱的人。

"女强男弱"也并不是刻意削弱男性,而是现在的女生独立自主,有解决问题的能力,并不需要完全依靠男性。我认为,文学作品很多时候是反映现实问题的,人设的多样化也增加了作品的可读性,挺好的。

采访者:您入行已经有年头了。您认为,现下的网文创作门槛与刚入行时相比如何? 作者面临更多的机遇,还是面对更大的困难?

北倾:说现下网文创作门槛低,我其实觉得有点放大焦虑。每个人都能选择自己的从业方向,当然这中间不排除看这行好挣钱,挤进来的。但其实收入高的作者仍旧是少数。这个过程中,会慢慢淘汰掉一批人。那留下来的、坚持下来的人都会有不同的收获。不仅是网文创作行业,这个时代是信息时代,五花八门的新职业其实也是这样,机遇还是挑战,全靠个人选择。

采访者:有人认为,作家都是天赋型选手,靠着自己的天赋和敏锐成为作家;另一些人认为,作家可以通过系统化的学习培养出来。现在有越来越多的高校设立了与文学创作、网文创作有关的专业。您如何看待这种现象?您认为网文作家是可以培养的吗?

北倾:这个问题好有深度。老师能教我们写作文,比如各种写作要素或者模式。但这样的作品往往是没有灵魂的,只有融入自己思想的作品,才是有生命的。

采访者:能否简单谈谈您的阅读习惯?

北倾:我会看不少小说,不限题材,各种类型的只要感兴趣都会看。我的阅读时间大部分都在晚上。

采访者:您有什么想对读者说的话吗?

北倾:挺感谢读者的喜欢和支持,读者给予我的精神力量很强大。我时常觉得那么多人,分散在世界各个角落,能因为一个故事、一本书、一个人而相遇、陪伴,是件很了不起的事。我希望给读者带去惊喜。我用眼睛看见的世界,我都会用文字分享给读者。

采访者:李畅　王淑君　李冉

随侯珠访谈录

随侯珠，本名陈青李，1990 年生，浙江丽水人。丽水市网络作家协会副主席。代表作品有《时光里的不为人知》《皇恩荡漾》《别那么骄傲》等。

采访者：能请您讲讲笔名的由来吗？

随侯珠：最初取"随侯珠"这个笔名，只是想有个好的寓意。刚好"随侯珠"作为笔名还没有被注册，就将之作为笔名了。希望自己可以把每个灵感、每本小说当作珍宝对待，好好完成它们。网络创作需要长跑般的坚持，作品如何，需要时间检验。

采访者：在您的作品中，有不少是深入探索某个职业的，有较强的专业性。如以医疗为背景的《照见星星的她》，女主角作为纪录片导演拍摄医疗纪录片，反映了诸多的社会事件，您为什么会选择创作这样类型的作品？创作前需要做什么样的准备呢？

随侯珠：其实《照见星星的她》是一本中规中矩的言情小说，

主线还是温暖动人的都市爱情故事，男女主角的职业，更多也是为人设服务。我之所以给男女主角设计这样的职业，出发点是："好医生救人命，好故事暖人心。"在这个时代，他们不是多了不起的人物，但是他们在坚守自己的人生使命，同时找到了自己的人生方向，他们都是非常赤忱的理想主义者，正因为坚持了理想，才有了明确的信心。当然，我个人对这两种职业都很感兴趣，也很尊敬。不管是拍摄纪录片的导演，还是医生，在我眼里都非常了不起，同时也致敬各行各业那些坚持信仰的追梦者。

至于创作之前的准备，我的准备比较简单和常规，一方面找肿瘤医生了解大概，另一方面自己看一些专业书，不懂就问。我一直觉得创作的前期准备也是自我学习的一种方式。最重要的，还是要有耐心，要对自己写出来的任何内容和细节负责。

采访者：您在丽水长大，我们很想听听您对丽水、对浙江的看法，它们在您的写作中占据什么样的位置呢？

随侯珠：丽水是一座非常漂亮的绿色生态城市，是浙江的"绿谷"，我爱我的家乡丽水缙云，也为自己是浙江人感到骄傲。浙江是非常有魅力的地方，每个市都有自己的优势和特色，不只是经济充满活力，而且对文化包容，充满创造力。能成为浙江省网络作家协会的一员，缙云县网络作协主席，我感到非常荣幸。虽然缙云只是一座小城，但是这座小城人情细腻、人文丰富，缙云在我的成长过程中留下了丰富的记忆，对我的创作有明显的影响。

采访者：您在成为全职写作者之前曾做过其他工作。这些工作经历对您的写作是否有一定的帮助？生活中您是如何寻找灵感的呢？

随侯珠：工作的帮助非常大。我当过老师、会计，工作不算复杂，但是体验感都是真实的，从写作的要求来说，作者不能脱离真实社会，尤其写现实题材，更不能架空当下，不管对人物的感受，还是对人情的体会。平时生活中，灵感的来源还蛮多的，有时候是听到的一句有趣的话，有时候是看到的某处特别的景色，有时候是安静阅读时灵感的乍然迸发。灵感都是突如其来的，所以需要记录下来，有些适合写成情节，有些适合展开一个故事，有些可以用来作为角色人物的补充。

采访者：您是否记得写作赢得第一桶金的经历？能简单谈谈当时的情况吗？

随侯珠：其实刚开始码字就赚个零花钱，那是在大学时期。第一次得到比较丰厚的报酬是在工作的第二年吧，出售了我的第一本小说的影视版权，后面虽然陆陆续续出售了很多影视版权，但是第一次跟人洽谈影视改编合同，那种兴奋是无与伦比的，觉得自己好幸运，也觉得对方很有眼光。

采访者：从兼职写作转为全职写作，是什么驱使您做出这样的选择呢？

随侯珠：我的确是从兼职写作转到全职写作，当时的动力是好友丁墨对我说了一句话："你可以把写作当作毕生的事业。"当时的确满腔热血，需要更多时间来创作。而且放弃工作的时候，我的储蓄已经完全能支撑我的生活，也不是很担心收入问题。其实，我觉得如果工作时间以外能保证每日创作的时间，也没必要全职创作，因为全职虽然自由时间多，但是也会有一定的问题,比如时间越多,拖延症越厉害。而且一心扑在写作上时,得失心可能比兼职时候要重。但是,如果再让我选择,我还是会选择全职写作。人生的选择总是很难两全其美,只能说任何经历都是修炼,好好走好眼前的路最重要吧。

采访者:您在开始写作一本书之前会做哪些准备?

随侯珠:会准备背景资料,给小说人物做人设模型,大纲不会很详细,但是会有大致的框架。我个人还是比较倾向让小说人物跟着行动线发展,这个过程中人物越来越生动,情节也会脱离原先的设定,不一定要跟着大纲来。

采访者:您平时的写作状态是什么样的?有没有什么有趣的小习惯?

随侯珠:我的写作状态分两种情况,连载期和非连载期。连载期因为每天都要更新以及同读者保持沟通,整个状态会相对紧绷,非连载期还是比较清闲的,追剧看书娱乐,无聊的时候准备新书的内容,搜集一些比较好玩的素材。有趣的小习惯就是,码字需要氛围感,进入码字状态之前,煮个咖啡,电脑前摆放着我喜欢的小物件。平时生活中,我很喜欢观察人物性格,发现每个人独特的可爱的魅力。探索他们对不同事物的看法,通过不同的看法感受每个人不同的性格和观念,我觉得这是一件很好玩的事情。每个人都有自己的思维和价值观,为我创作人物提供了很多不一样的维度。

采访者:能否简单谈谈您的阅读习惯?最近有什么正在读的作品想要推荐吗?

随侯珠:我的阅读习惯很随意,什么类型的书都有兴趣看一看,不管是人物传记,还是百科全书、热门网络小说,甚至杂志,只要阅读都有收获。阅读有时候不需要目的太明确,反而更能享受阅读的快乐。我最近看的是毛姆的《面纱》,毛姆写女性心理真是一绝啊!

采访者:能聊聊您和作家协会的关系吗?

随侯珠:我觉得作家协会对我们网络作家、文学爱好者来说是类似大家庭一样的存在,加入这个大家庭后,我们在创作道路上更容易结识志同道合的朋友,不管日常交流还是写作学习都有很大的帮助。在没有进入作家协会之前,它对我来说是充满神圣光芒的,现在更多的感觉是温暖、充满力量。

作为缙云县网络作协主席,我还在努力学习当中,希望我除了在创作上可以自我提升之外,也能帮助更多爱好文学创作的小伙伴。

采访者:您创作的作品有很多已经进行了 IP 改编,您最满意的是哪一部? 目前有什么正在改编的作品吗?

随侯珠:我目前比较满意的是《拾光里的我们》,虽然内容有改动,但是整体气质比较符合小说原著。改编汇聚了制片方和编剧的努力和心血,有不少比小说更出色的地方。目前还在改编的有《人间欢喜》《苏醒的秘密》《心有不甘》《照见星星的她》等。

采访者:您在作品改编的过程中,有什么特别难忘的经历吗?

　　随侯珠：特别难忘的经历就是看到影视方的改编思路后，为了能争取更符合原著的改编，熬夜写了改编思路。可能每个出售过版权的作者都有这样的体会吧，我们在影视改编过程中，话语权还是比较弱的。

　　采访者：现在网文 IP 改编已经成为一种行业潮流。但有时会出现改编作品与原著相差甚远的现象。您怎么看待这种现象？

　　随侯珠：我觉得这个现象是畸形的市场竞争导致的，改编时跟风模仿甚至抄袭的现象很多，虽然对市场研究深入，却缺乏对原著内容深入的研究及揣摩，只是一味地迎合市场的需求，浓郁的商业化气息盖过了原著作品本身的文学价值。都说艺术作品来源于生活又高于生活，我认为改编作品的精神内涵一旦脱离了生活，远离了群众，就偏离了作品服务于大众文化需求这一宗旨。

　　采访者：新冠疫情对很多行业造成了影响。作为网文作者，您感受到的影响主要有哪些方面？

　　随侯珠：疫情的到来给各行各业都带来了空前的影响，尤其是互联网行业，对于网络文学来说尤为如此。一方面，大众在新形势下阅读文学作品的方式从传统的书籍报刊转变为移动终端及网络，大家随时随地都可以享受到电子阅读带来的文化盛宴。另一方面，随着网络文化的不断发展，越来越多的人对网络文化的关注度逐步提升，那些关心支持以及参与到网络文学事业发展的人也越来越多，这对网络文学来说是个好事情，疫情期间网络文学作品也给许多无法正常工作、生活的人带去了消遣和精神的慰藉。作为创作者,我觉得对我最大的影响是在心态上,疫情之后流行一个词就是"躺平",当下社会滋生的消极情绪多少会影响生活和创作的积极性。

所以,还是要保持积极乐观的心态。

采访者: 您入行已经有不少年头了。您认为,现在的网文创作门槛与您刚入行时相比如何?作者面临更多的机遇,还是面临更大的困难?

随侯珠: 现在小说网站越来越多,大家可以选择的平台越来越多,合作的机制也越来越多样化。成熟的作者可能拥有更多选择,新作者可能面对更多的约束。现在整个网络小说市场出现分层,精品化、大众化区别明显,创作目的也越来越明确,我觉得对作者来说,还是困难大过于机遇吧。在整个创作过程中,创作者的天赋和努力都至关重要。

采访者: 写作在您的生活中占据怎样的地位?

随侯珠: 写作在我生活中占据蛮重要的地位,毕竟我立誓要把写作当成终生为之奋斗的事业。创作是我的日常工作,以前我还觉得创作要随心所欲,现在觉得既然选择了全职,就应该以工作的心态去做好它,要有敬业精神。

最近这段时间我一直在休假。上班族有放假、休闲的时间,创作者也是需要的。

采访者: 按照您的写作习惯,会更看重个人的观点,还是听取读者的意见?您怎么看待这两者之间的关系?

随侯珠: 我还是偏重个人的表达,创作中最浪漫的事情就是可以自由表达想表达的内容。当然,读者的意见我也会听取,那是一种交流,也是一种学习,不能排斥交流和学习嘛。

采访者:在男频小说中,越来越多的作者开始倾向于吸纳女性读者;而女频小说中的"强强""女强男弱"风格也开始大行其道。您怎么看待网络小说中反映出的两性关系变化?

随侯珠:我觉得不管是强强,还是女强男弱或男强女弱,都是为了故事服务,小说反映的两性关系折射当下社会大家对男女关系的感受乃至批判。我觉得男频小说开始吸纳女性读者群的意见是好事。

采访者:现在有越来越多的高校设立了与文学创作、网文创作有关的专业。您如何看待这种现象?您认为网文作家是可以培养的吗?

随侯珠:我觉得这是很好的现象,说明我们这个行业得到了社会的关注和认可。网络作家当然可以培养,如果热爱,就来加入我们吧!

采访者:尹萧涵　梁洋洋

组织者与研究者说

臧军访谈录

臧军,1962年生,浙江杭州人。时任浙江省作家协会党组书记、副主席。中国网络作家村顾问、浙江省文联副主席、浙江农林大学特聘教授。

一、与网络文学的时代耦合

采访者:浙江网络文学组织工作是从什么时候开始的?

臧军:从2013年下半年开始,我们启动实施"网络文学引导工程",开始探索网络文学"正确引导,科学管理,健康发展"的浙江做法。

采访者:2013年浙江的网络文学发展如何? 当时出于何种考虑决定成立网络作家协会?

臧军:2013年9月,中国作协青创会在北京召开,省作协副书记曹启文带领浙江省青年作家代表团参加了会议。会上他了解到中国作协关注网络文学,计划筹建中国网络作家协会。启文在会场打电话告诉了我,并建议浙江也考虑成立省网络作协。启文回来后,我们马上进行了专门的研究,并向省委领导做了报告。

网络文学是个新生事物,以前我们都从未接触过。因此,省作协开展了网络文学生态现状调研。我们在做调研的时候发现,中国的网络文学作品数量很多,读者受众超过 3 亿,是社会影响力非常大的一个新型业态。我们还发现,网络文学的特点是"两个青少年群体"。一个是网络文学的写作者大多是青少年,他们比较年轻,体制外居多,存在缺乏归属感、创作导向无序之类的问题。另一个是网络文学的读者大多是青少年。网络作家正处于快速成长但是还未定型的关键可塑期,而青少年读者正处于三观形成的关键时期。我们意识到,团结引导好网络作家群体,对于树立正确的文艺方向,巩固意识形态阵地,培育和建设社会主义文学的新生力量,以及为青少年读者提供健康向上的精神食粮都有着重要的意义。当时正在贯彻习近平总书记在全国宣传思想工作会议上的讲话精神,我们在调研报告中建议在浙江探索实施"网络文学引导工程",报告很快就得到了省委领导的肯定。在省委宣传部的指导下,浙江省作协于 2013 年下半年开始实施"网络文学引导工程",就探索建立网络作家群体的团结引导服务机制大胆实践。

采访者:当时开展浙江网络文学组织工作,您认为有哪些有利条件?又面临哪些困难?如何克服的?

臧军:习近平总书记在浙江工作过,他对浙江这块土地怀有深厚的感情,他离开浙江后,多次嘱咐浙江要"干在实处,走在前列,勇立潮头"。浙江是习近平新时代中国特色社会主义思想的重要萌发地,是革命红船的起航地,是改革开放的先行地。浙江2013年下半年在全国率先实施"网络文学引导工程",2016年提出"打造全国网络文艺重镇"的目标。为什么要这么提呢?因为在浙江,网络文学具有天时、地利、人和三大优势。

第一,天时的优势——网络文学的发展是大势所趋。网络文学发展近20年来,已经与美国好莱坞电影、日本动漫、韩国电视剧并称为世界四大文化现象。围绕网络文学IP,逐步形成了网络文学阅读、出版、影视、游戏、动漫等文化产业链。网络文学如今已经成为意识形态构建和文化发展的新力量,成为文化发展、文化产业发展的原创推动力。浙江作为文化大省、互联网大省、改革开放的前沿阵地,必须乘势而上,顺势而为,抢占先机,这样才能更加有效地推动浙江的文化繁荣发展,为建设"文化浙江"和"文化产业成为万亿产业"的目标助力。

第二,地利的优势——浙江的地域文化传统的内在动力。浙江依山面海,具有求真务实的地域文化传统、开放进取的精神、脚踏实地的作风,正好与网络文学发展内在的要求相契合,自然而然地孕育了网络文学发展的优质人才队伍和人文社会环境。同时,浙江发达的电商运营系统、健全的基础设施,为网络作家生活和创作提供了便利。浙江的网络作家作品产业转化的能力强、资本接受度高,网络文学原创内容平台移动端的建设起点也高,比如有咪咕等移动阅读的重要阵地在我们浙江。网络作家在浙江写作、创业的意愿强烈。据我们当时对500名网络作家的调查,有98%的本省网络作家觉得浙江有吸引力,有72%的外省网络作家愿意来浙江创业和定居。

第三,人和的优势——社会各界重视的良好环境。在人们对网络文学还不接受、不认可的时候,浙江的社会各界已经对网络文学开始包容和理解。浙江是习近平新时代中国特色社会主义思想的重要萌发地,总书记要求我们"干在实处,走在前列",浙江作协在全国较早地开展了网络文学工作,得到了社会各界的关注。省委省政府高度重视,时任省委书记夏宝龙、省长李强多次在全省会议上强调网络文化的重要性,强调网络文学广泛的社会影响力;时任省委常委、宣传部部长葛慧君亲自指导;各级党委和政府职能部门热情帮助,省财政厅、省人社厅等职能部门积极主动给予政策关注支持;浙江日报、浙江电视台、钱江晚报等新闻媒体热情宣传报道;咪咕、华数、浙江出版集团等文化企业和高校紧密合作。网络作家在浙江这块热土上得到了社会的包容和尊重。

我们把实施"网络文学引导工程"的想法向中国作协领导进行汇报,立即得到了时任中国作协党组书记李冰、副主席陈崎嵘的充分肯定和大力支持。我们当时遇到的主要困难是第一个吃螃蟹,没人知道该怎么吃。所以我们就做调研,跟网络作家们聊。聊多了,知道了大家的需求和困难,就开始摸着石头过河。当时,我们就想,应该为网络文学做点什么,网络作家有什么困难,我们就尽量去帮助解决,有什么需求,我们就尽量满足。从无到有,一件件、一桩桩办起来。

一是建立覆盖基层网络写手的组织机制。2014 年 1 月 7日,浙江成立了全国第一家省级网络作家协会。成立当天,中国作协副主席陈崎嵘,省委常委、宣传部部长葛慧君等领导都亲自到场,并做重要讲话。这对网络作家是极大的鼓舞。浙江省网络作家协会积极推动、指导市县建立基层组织,形成省、市、县三级网络作协联动机制。现在,浙江 11 个市已全部成立网络作协,11 个县成立了网络作协。省、市、县三级网络作协联动机制建立后,资源共享,联动服务,及时发现掌握网络作家和网络写手的动态,及时跟踪培养网络作家人才,形成了有效的组织工作抓手。省网络作协从提议、申报到成立,前后只用了一个月左右的时间,这得益于各个部门的共同重视,充分体现了浙江精神。

二是建立网络文学作品评价评奖机制。2016年,浙江省委提出充分发挥网络作协的作用,开展网络文学双年奖评选等。在当时全国各地对网络文学尚未认可的大背景下,浙江省委的举措可见其改革胆魄与历史先见。设立网络文学双年奖,探索网络文学作品科学评价机制,努力评出思想性、艺术性和可读性相统一的优秀网络文学作品。目前已开展了三届评奖,共评出75部获奖作品。每届颁奖大会,中国作协领导都争相参加,如中国作协副主席李敬泽、陈崎嵘、吉狄马加等都亲自为获奖作家颁奖,对网络作家创作主旋律正能量作品给予极大的激励。同时开展网络文学作品研讨,编辑出版《华语网络文学研究》,建设业态智库,引导网络文学创作精品化。

三是形成网络文学原创作品扶持机制。出台《浙江省网络文学优秀作品扶持奖励办法》,持续扶持优秀原创作品尤其是现实题材精品力作。该项工作开展后的6年中就扶持了59部作品;开展"红色芳华——革命历史题材网络文学创作计划",推出一批讴歌党、讴歌祖国、讴歌人民、讴歌英雄的网络文学优秀作品。

四是建立网络作家深入生活机制,创立了指导性、互动性、体验性突出的"网络作家体验营",把家里的宅男宅女网络作家带入现实生活,体验现实生活,感悟现实生活。五年中已开展"红色故土行""进边防军营""重走红军路""下海岛进军营""江韵乡愁""穿越历史""瓷心剑胆""传垦荒精神、扬和合文化"等14

期主题体验活动,共有约 300 人参与活动。让这些平时的"宅男宅女"走出斗室,接受红色教育,感受火热生活,体悟时代气息。

五是建立网络作家荣誉机制。网络作家最渴望的是社会的公认,为增强网络作家的社会公认度、社会责任感,我们推荐优秀网络作家加入各级青联组织和知联会,推荐网络作家成为省委统战部重点联系人选,推荐网络作家申报中宣部"四个一批"人才、浙江省"万人计划"青年拔尖人才、浙江省"五个一批"人才,推荐网络作家参加全省年度"青春领袖"评选等。

六是建立网络作家素质提升机制。将网络作家纳入浙江省青年文学人才培养"新荷计划",与其他青年作家一同享受扶持政策;同时创设网络作家"新雨计划",开设网络作家培训班,组织网络作家参加培训;推荐网络作家参加中国作协、中国文联、统战部、共青团的学习培训。

七是建立网络作家暖心服务机制。从 2015 年起,开展网络作家职称评定。组织网络作家免费体检。聘请法律顾问为会员提供法律咨询、权益维护等服务。邀请律师为网络作家培训班授课,普及法律知识,提升网络作家权益保护意识。搭建交流平台,为网络作家拓宽视野,参与国内、国际作家交流提供机会。组织浙江网络作家与台湾地区青年作家开展联谊交流活动,参与主办两岸青年网络文学大赛,以网络文学作为纽带和桥梁,加强两岸青年作家的沟通。

八是建立各方协同的合作机制。在中国作协的大力支持下,在浙江建立中国作协网络文学研究院、中国网络作家村,开展中国网络文学周。网络文学是新的文学样式,网络作家是新的文学群体,单靠作协一家的力量是有限的。这些年我们跟中国作协网络文学中心、杭州市文联、滨江区等合作,拓展了网络作家阵地,搭建了网络文学高端平台。比如,中国网络作家村落地在滨江,是中国作协、浙江作协、杭州文联、滨江区共建的。能出资源的出资源,能给政策的给政策,能出人才的出人才,大家形成合力才能加大推动力度。

这么多年来,在中国作协的支持下,在浙江省委的指导下,省作协积极实施"网络文学引导工程",探索正确引导、有效服务、创新机制、成效显著的"浙江模式"。

采访者:您从 2013 年开始介入网络文学的组织工作,与网络作家接触很多,据说发生了很多有趣的故事,您能介绍几个印象深刻的细节吗?

臧军:2013 年 7 月,我从省委机关到省作协工作,当时还没有接触过网络文学,是网络文学的门外汉。那时夏烈告诉我,网络文学日新月异,是非常值得重视的一个文学现象。我和启文很感兴趣,请他带着我们去走访一些网络作家,做些调研。我印象非常深刻的是 2013 年 10 月,就是余姚发大水那天,下着瓢泼大雨,我和启文卷着裤腿,蹚水去看望烽火戏诸侯、天蚕土豆、梦入神机三位网络作家,在他们的合租房里谈了整整一个下午。那天的交谈让我很有感触,他们告诉我网络文学影响着上亿年轻人,而且市场正在逐步扩大,形成了一个产业链。青少年是国家的未来,他们正处于三观形成的重要时期,但野蛮生长的网络文学缺乏监管和引导。那天下午,我和启文坚定了抓网络文学工作、建立网络作协的决心。我们是全国第一个吃螃蟹的,但我认为这件事一定要做,我们必须站出来,必须有这样一个担当。

另外一件印象深刻的事就是天蚕土豆,他是四川绵阳人,他跟烽火戏诸侯、梦入神机关系非常好,当时他暂住杭州,我们协会成立以后,他表达了来浙江定居发展的意愿,所以我跟启文就不远千里去他老家走访了一圈,了解了一下他在当地各方面的情况,也跟着他一起吃了他从小最喜欢吃的当地小吃"天蚕土豆",才知道他笔名的来历,也与他的家人进行了交流。回来之后,我和启文帮助他操办落户杭州的事,做好一系列对接和服务工作,把这个网络文学重量级人物引到杭州来落户,成为新浙江人。之后他成为新浙江青年的代表,荣获"最美浙江人——2014青春领袖"称号,并获得中宣部 2019 年"宣传思想文化青年英才"称号。

和网络作家在一起印象深刻的事还有很多。比如,作家村成立前带着网络作家去调研,我们冒着酷暑走访各个区;有一年作家村村民日前一天,刚好下了一场大雪,我们冒着大雪去作家村与网络作家们聊天,了解他们的状况和最新的创作设想等等。我们既然做了这个事情,就要把浙江网络作协的旗帜树立起来,把网络作家之家建设好,为他们做一些实实在在的事,让我们的网络文学为青少年的发展提供真正优质的精神食粮。

采访者: 2014 年 1 月 7 日浙江省网络作家协会正式成立,这是全国第一个网络作家协会。当天有哪些事给您留下了深刻印象? 您当时心情如何?

臧军: 网络作协成立当天,我心里还是有一些忐忑的,虽然前期做了很多准备,代表们也已经准备就绪了,但我仍然有些担心。举个例子说,网络作家都是晚上创作,白天休息,我们当天的会议是上午召开,所以我们就一对一,开会前半小时再跟代表们联系提醒一遍。网络作家对于成立协会这件事非常重视,他们早早地就起来了,没有一个人迟到,8:30 开会,8:20 所有网络作家代表就齐刷刷地坐在会场了。那一刻,我感到很欣慰,觉得我们这件事肯定是做对了,因为这件事得到了网络作家们的认可,他们真正把成立协会这件事当成了对自己非常重要的一件事来看待,我们和他们之间就这样建立起彼此信任的关系,我们协会的工作也就从那天开始有了真正的抓手。从那时起,我们开始以省级协会建设为基础,向下辐射,纵深延伸工作手臂,现在,全省 11 个市已经做到了协会组织的全覆盖。同时,浙江成立省级网络作协的事情也在全国网络作家中传开了,网络文学界非常关注这件事,浙江网络作家也觉得非常自豪,这件事是具有开创性意义的。

采访者:您作为时任省作协的掌舵人,能跟我们分享一下地方网络文学组织工作的一些经典案例吗?

臧军:经典的案例有很多,我就举三个例子。一个是杭州。杭州对网络文学工作高度重视。时任市委书记赵一德、市委宣传部部长戚哮虎等领导,都亲自为网络作家解决困难。时任杭州文联党组书记应雪林,为网络作家村、网络文学研究院、网络文学周等操碎了心。没有他们全力以赴的支持,就没有后来浙江和杭州的网络文学的格局。另一个是丽水,丽水网络作协很团结,协会组织建设也做得很好,丽水网络作家里女作家群体特别突出,包括在全国都有影响力的蒋离子、随侯珠、王巧琳、耳东兔子等等,可以说已初步形成一种"现象"了。还有一个是宁波。宁波的网络文学工作是全省开展得最早的,形成了品牌,宁波成立了全省第一家市级和县级网络作协。我们和宁波市文联、中共慈溪市委宣传部合作,举办了三届网络文学双年奖,这是我们探索独立于市场之外的网络文学评价体系、引导网络文学健康发展的一个起点,也是全国第一个网络文学官方奖项。2015 年 11 月 2 日,首届网络文学双年奖举行颁奖活动,引起了网络文学界的广泛关注。

二、网络文学组织工作是文艺事业的重要组成部分

采访者:您认为作协的组织工作在文艺事业中有何作用?承担着哪些功能?

臧军:起到桥梁纽带作用,承担着沟通协调、联络组织、服务团结、正确引导的功能。

采访者:作协在近十年的网络文学发展中显现出组织工作上的有效性和先进性。您能否就此谈谈作协在新时代的使命?

臧军:作协是中国共产党领导下的专业性人民团体,作协的党组书记,我认为其定位是"文学界的统战部部长",主要使命与职责就是要把党的方针和政策贯彻好,把作家团结好,通过党委的优质温馨服务,带领广大作家听党话,跟党走。以我们省的工作为例,新时代、新作为,当时形成了一些新的工作机制。

一是进一步加强组织建设,健全完善基层作协领导班子成员、文学工作者和会员培训机制,加强对青年作家、网络作家及基层作协骨干等重点文学群体的政治思想教育,引导广大作家和文学工作者增强政治意识、大局意识、核心意识、看齐意识。认真落实意识形态责任制,进一步加强对所属文学报刊、网站的管理和引导,做到守土有责、守土负责、守土尽责。办好各类文学研讨活动,充分发挥文学评论在引导创作、提高审美、引领风

尚等方面的重要作用。

二是根据中央和省委关于群团改革的部署要求,进一步增强改革的自觉性,以更大的决心和力度,全面深化作协改革。要坚持党的领导,履行政治责任,围绕中心,服务大局,立足基层,服务作家,牢牢把握改革方向,更好地落实政治性、先进性、群众性的要求,进一步明确职能、转变思路、优化结构、夯实基础,不断增强文学组织的活力。要紧紧围绕政治引领、团结引导、联络协调、服务管理、自律维权、推动创作的职能任务,按照小机关、强基层、全覆盖的要求,把力量更多地向基层倾斜。延伸联系手臂,把团结引导、联络服务网络作家、自由撰稿人等新兴文学群体作为新时期重要任务。改革会员管理办法,规范会员发展工作,提高会员管理水平,营造和谐温馨会员之家。

采访者:在浙江从事网络文学组织工作,需要重点考虑网络文学、网络作家、互联网文化产业的哪些特点?浙江有哪些推动网络文学整体向上、向好发展的经验?

臧军:我一直认为在浙江做网络文学组织工作是大有可为的,也是很幸福的。浙江是互联网大省,浙江的网络文学有很好的民间基础。浙江对网络文学这类新兴艺术形式,对网络文化产业这类新的业态接受度高。便捷的生活,发达的电商体系,发达的文娱行业,活跃的文创资本,优美宜居的生活环境,形成了对网络作家创新、创业、创作非常友好的环境。浙江的政府务实包容,浙江是高质量建设共同富裕示范省,是展示社会主义制度优越性的重要窗口,在文化事业上给予的政策、在人才发展上给予的红利都是很大的,我刚才也提到,浙江省委把网络文学、网络作协写到文件里,这在当时是绝无仅有的。这些年,浙江的网络文学工作得到了几任省委领导的高度重视。我们要做的就是将这些资源利用好,把资源用到网络作家身上,用到推动网络文学健康发展这件事上。

比如刚才我谈到的,建立覆盖基层网络写手的组织机制,建立网络文学作品评价评奖机制,形成网络文学原创作品扶持机制,建立网络作家深入生活机制,建立网络作家荣誉机制,建立网络作家素质提升机制,建立网络作家暖心服务机制,建立各方协同的合作机制等,就是我们这些年的探索和经验。

这些年来,我们寻求合作,谋求发展。通过"三借"(借力、借势、借资)、"三联"(联合、联办、联盟)等途径,努力做到网络作家需要什么,我们就尽力提供什么。现在回过头来看看,确实做出了一些成绩。

在人才培养方面,聚人才、出人才。各级网络作协共有会员2500余人,网络文学各创作门类中具有全国影响力的作家20余人。协会中有全国人大代表1人、省政协委员1人、中国作协全委会委员2人,1名网络作家当选省作协副主席。

在创作方面,提素质、促转型。通过引导网络作家转变思想观念,在创作内容方面积极探索转型升级。网络文学双年奖偏重现实题材作品,引导网络作家创作反映时代脉搏的优秀网文。"红色芳华——革命历史题材网络文学创作计划"重在扶持讴歌党、讴歌祖国、讴歌人民、讴歌英雄的网络文学力作。这些年,不少浙江网络作家的作品入选中宣部新闻出版局、中国作协的权威榜单。无论从作品质量还是作品 IP 价值来看,浙江网络文学都走在全国前列。

在活动方面,创模式、树品牌。网络文学引导工程开创了许多全国"第一":成立全国第一个省级网络作家协会,首开网络作家评职称先例,建立全国第一个网络文学研究基地和人才集聚平台等等。浙江在网络文学组织管理、理论研究、人才集聚、产业合作等方面探索创新,初步形成了网络文学的"浙江模式"。社会关注,作家欢迎,也得到了中央和省委领导的肯定。

采访者:年轻人是网络文学创作者的主体,想请您结合组织工作经历,谈谈如何与年轻人更好地沟通交流。

臧军:真诚地尊重与信任网络作家,从交朋友、提供温馨服务入手,团结凝聚这一群体。网络作家体验营活动我几乎每期都参加,我跟网络作家们开玩笑,感谢他们带我这个老头子一起"玩"。我们根据网络作家年轻人多的特点,设置了很多体验式、沉浸式的活动,带他们下海岛,进军营,重走红军路,到改革开放的现场,了解历史,了解现实,了解文化,把他们从"宅"的状态中拉出来。在与他们交流的过程中,我感受到年轻人身上的活力、朝气,蓬勃向上的精神,了解了互联网的发展现状和存在的问题。了解、理解,才能做好工作。用心、用情来交流、来服务,才能建立良好的互动。

三、个人思考

采访者:如果让您选取几个关键词来概括浙江的网络文学组织工作,您会选取哪几个?

臧军:如果要选几个关键词,我脑海里跳出来的是勇于担当,开拓创新,暖心服务,用习近平总书记的话来说就是,哪里有文艺工作者,文联、作协的工作就要做到哪里。

采访者：网络文学是在时代大势下产生的新型文艺，您多年从事网络文学组织工作，有何个人感受？

臧军：网络文学工作要重政治意识。注重网络文学的意识形态属性和对青少年的影响力，把网络文学上升到国家和民族战略安全的高度来看来抓。始终把坚持导向、把握方向、弘扬社会主义核心价值观作为协会工作的重中之重。

网络文学工作要重创新意识。习近平总书记谈到网络作家等新的文艺群体时指出，要"用全新的眼光看待他们，用全新的政策和方法团结、吸引他们"。这两个"全新"是网络作协的工作指南。协会要针对新的文学群体的情况和特点，在服务中加强引导，在引导中提升服务，增强协会工作的时代性和有效性。

网络文学工作要重服务意识。协会的工作重点是以人为本，以会员为本，在工作中去行政化、去机关化，以满腔热情来关心网络作家，多提供暖人心的服务。注重柔性化、情感化的服务方式，与网络作家交朋友。

网络文学工作要重合作意识。网络文学不仅是创作、创新，也是创业。网络文学不仅是文学事业，也是文学产业。推动网络文学的发展需要构筑党委指导、政府支持、社会推进、各方协同的网络文学发展新格局，将各方资源联合起来，构建高端平台，共建网络文学发展的良好生态环境。

采访者：浙江的网络文学作品中涌现出许多反映革命历史和改革开放成就的现实题材作品，您怎么评价这些作品？您认为应如何使网络文学发挥更大的影响力？

臧军：浙江在网络文学的主题创作方面开展了一系列的引导工作，包括省作协的原创作品扶持计划、"红色芳华——革命历史题材网络文学创作计划",还有杭州市组织的网络作家写党史活动,这些工作对网络作家创作现实题材和革命历史题材的作品起到了一定的推动作用。网络文学发展了 20 多年,应该到了担当历史使命的阶段。这也是网络文学主流化发展的一个成果。但是这方面的作品在数量上还不够多,在质量上也有待提升,要做更多的工作来引导和推动网络作家进行现实题材和革命历史题材的创作,同时,也为优秀作品的产业转化提供更好的平台。

我觉得网络文学的发展历程给我们提供了经验和参考,应该说,在网络文学的发展进程中,观察它如何产生如此巨大的社会影响力,对我们是有很大启发的。例如,让优秀的网络文学作品形成产业链,通过更多的艺术形式加以呈现,同时促进网络文学的国际传播,扩大网络文学的国际影响力,用文学的形式讲好中国故事。接下来,我们将继续做好"国字号"建设,发挥中国网络作家村的作用,通过"网络文学 IP 直通车"连接网络作家与各大平台,推动网络文学的产业化;把中国国际网络文学周打造成网络文学国际交流的平台,推动网络文学的海外传播。应该说,"开放、合作、共享"的互联网精神,也是我们做网络文学工作的精神,"网络无边界,文学有精神",要敢于突破,敢于创新,合作共赢,也要坚守精神,明确导向,这就是我们这些年做网络文学工作的思路,也是浙江网络作协的座右铭。

采访者:夏烈 段廷军

169

夏烈访谈录

夏烈,1976年生,浙江杭州人。浙江省网络作家协会常务副主席。杭州师范大学文化创意与传媒学院教授,博士生导师,一级作家。最早介入浙江网络文学的组织与评价工作,被网络作家称为"网络文学江湖的百晓生"。策划执行新时代十年百部中国网络文学作品评选、西湖·类型文学双年奖等。代表作有《观念再造与想象力重建》《大神们:我和网络作家这十年 星火时代》等。

一、网络文学组织工作

采访者:您是在何种背景下介入浙江和杭州的网络文学工作的?

夏烈:我是在中国网络文学开始走向产业化、大众化的发展阶段介入其中的。如果说更早一个阶段即20世纪90年代到世纪之交尚属网络文学的发生期,那么当时的我也不过是一名普通读者,甚至因为文学观(经典文学和纯文学观)以及工作范畴

（文学编辑和文学评论）的原因，仅仅在自我阅读里将它们视作娱乐消遣的读物。当然，我在有关采访和自述中都说过，对网络文学从不反感，原因之一是在少年时的阅读中，传统的说部、氤氲在江南民间的传奇故事早已是挥之不去的记忆和营养，网络文学有与之类似的故事的、民间的创造力。这一点不该否定。

2001年至2006年我在浙江文艺出版社工作，这个时候华语的网络文学一点点地出现在图书出版中，主要是书商们在大胆地搬运和炒作，结果市场上的反馈非常良好。出版思维是我自然而然地打破了文学观藩篱，走进网络文学的一个近因。2006年我调动到杭州市文联工作，在《西湖》文学月刊做纯文学创作和评论的编辑，并担任杭州市作家协会秘书长。这个时候的网络文学在出版市场、大众文化、媒体舆论这些领域渐成热点。我的"文学评论＋选题策划"的思维特点就很容易想到把它带到作家协会的平台上，作为工作创新，扩大作协的覆盖面，更重要的是尊重这样一种文脉的存在，我认为自己的思考和行动同样有学理的支撑。

采访者：类型文学创作委员会的成立是作协组织工作的一大进步，您当时为何会产生这个想法？

夏烈：当时把类型小说为主流的互联网文学创作叫"网络文学"，这个概念已经约定俗成。但我2006年底做杭州市作协的组织构架时，觉得网络文学这个词已经被大家用滥了，想换个新鲜的；并且，当时对网络文学的责难、贬低、歧视是比较厉害的，不一定有利于在体制内推动有关工作。我从文学理论和中西文学史的角度着眼，把"类型文学"这个词找出来，觉得另辟蹊径做个"类型文学创作委员会"既高级，又独此一家、别无分店，挺好。

杭州市作协主席团当年的老前辈们其实观念都还算开明,一致通过我的这个建议。时间是在 2007 年的 1 月。我向主席团汇报了杭州在网络文学、类型文学上的创作力量,介绍了一批不在传统作协视野里的杭州作者,如沧月、南派三叔、曹三公子、流潋紫等——这些在中国网络文学写作历程中留下独特印痕的人物,今天看来仍是一时之选。而与他们的联络,对他们的团结、引导,成了浙江网络文学组织工作最早的标刻——我后来把有关于此的一部分记忆写下来构成了 2018 年出版的《大神们:我和网络作家这十年 星火时代》(花城出版社),有兴趣的话可以读一读。

总体来讲,我是基于创作和阅读现场,从文学史和文学理论中找寻了一些学理性指引,我在那个阶段提出了网络类型文学可能是"一时代之文学",而类型文学是"一个新概念、也是一种杰出的传统"。我确实认为,做类型文学的事业,是我个人、更是岗位所在的作家协会必须面对跟解决的一个时代命题,不如姿态积极、迎难而上,做第一个吃螃蟹的人。

必须赘一言的是,当时就此工作我请教最多的是时任浙江文学院院长的评论家盛子潮,他给我很多支持,包括后来在 2011年一起策划启动了西湖·类型文学双年奖。浙江省作协的领导班子也给我不少鼓励,他们隔了一年(2008 年)根据我在杭州的样本经验,在省作协内成立了类型文学创作委员会,让我兼任主任。

采访者:2015 年 11 月 10 日,杭州市网络作家协会成立,这是国内第一家省会城市网络作家协会。您在杭州市网络作家协会的成立过程中做出了重要贡献,市网络作协成立前后发生的哪些事给您留下了深刻印象？

夏烈：杭州市网络作协的成立是浙江省网络作协在 2014 年 1 月成立后得到全国关注的自然延伸。我作为省网络作协的发起人之一，跟着省作协领导臧军、曹启文等实际筹建了省级网络作协组织，接着就有机会为杭州市委效劳，发起成立杭州市网络作协。具体动议似乎是多管齐下的结果，领导层相互激发是一方面，市委宣传部也问我要过一个材料（或者是一个建议报告），文中我说了要成立杭州市网络作协，还说了可以怎么搞。时任杭州市委常委、宣传部部长翁卫军有专门的批示，然后杭州市文联就来落实推进这个成立工作。两届交接中的市文联党组书记、主席陈一辉、应雪林都参与了协会的成立事宜。我是在这样的时势使然、因缘际会中又开始这项新的组织工作的。在所有人印象里，我从 2007 年开始推动促进地方网络文学组织，穿针引线、不计辛劳，所以作为以往苦劳的奖赏和开启新页的责任，都通过这个网络作协的成立反馈于我，我顺利当选了杭州市网络作协的首任主席。

如果要说杭州市网络作协成立前后印象深刻的事，首先还是一种跟杭州网络作家小伙伴们呼吸与共、朝气蓬勃的情感与价值共鸣。因为与不少人都有了多年的友谊，大家对于网络文学主流化、组织平台的作用等逐渐有了共识，他们经过省网络作协的成立，非常自然地把市网络作协也看成自己的"家"，有共同合作、议事的主人翁意识。我是比较喜欢这种氛围的，觉得很温暖也很有情义。此外，就是当时中国作协的两位领导、师长的格外支持。书记处书记、副主席李敬泽专门发来贺信，其中有一句"杭州网络作协的成立，必将有力推动网络文学创作和批评的繁荣，使杭州成为中国网络文学的创造之都"，后来就被应雪林主席提炼改造为杭州建设"中国网络文艺之都",最终写进了《中共杭州市委关于繁荣发展社会主义文艺的实施意见》里;时任中国作协副主席陈崎嵘收到邀约时行程未定,但最终排除困难出现在我们 11 月 10 日的成立大会上,我翻看自己当时的记录,说他的出现是"今日不小的惊喜"。

采访者:您认为该如何更好地发挥网络作协对网络作家的组织引领作用?

夏烈:作家协会始终是党和文艺界联系的纽带、桥梁,是文艺界人士的集合,也是党在文艺界的统战部。这是中国特色和中国体制的经验结晶,首先要遵循。所以我理解的之所以成立网络作家协会,就有集合网络文学上下游代表人士的功能,更有党联系这些人士、统战这些人士、团结引领这方面工作的功能。

同时,我也认为网络作协是网络文学相关人士自己想要、需要,有必要成立的组织,大家在此形成一种共同体,交流、合作、联谊、切磋,将之作为相同志趣和工作伦理的一拨人的"家园"。如果自己搞组织,又要区别于商业的市场的,很难有人那么有闲、有心、有力。文联、作协把这个功能担起来了,还创造性地搞成了从下到上、从基层创新慢慢形成顶层设计的网络作家协会,无疑值得赞叹、值得珍惜。

浙江和杭州在过去近十年中,构建了一套让作家比较满意的协会制度,引领全国风气之先,这些优秀经验应该保留、巩固。但如何面对不断变化的时代文化和网络文学自身新的发展阶段,设计好我们的协会工作,始终是不可懈怠的事。

第二部分　网络文学研究

采访者:您是较早介入网络文学研究领域的学者之一,您当时为何选择研究网络文学?

夏烈:说是我选择了网络文学,其实是网络文学选择了我。我这个年龄的文学研究者、评论者,其实是没法对网络文学视而不见的,只是很多同代同龄的学者、批评家选择了他们认为更值得做的领域——比如继续在纯文学的赛道上服役,夯实既有的文学秩序;比如将网络文学判定为文学价值不高的大众消费品,从价值论上舍弃这部分的一线劳作。

我还是觉得自己是大势所趋、因缘际会下跟网络文学结缘的。从小阅读的驳杂使我适应性比较好,能够看到传统的流变,不生反感心。出版社工作则训练了我面向社会文化一线的策划思维、选题关注能力。这些我都讲过。

此外,人文学术带给我的一些理念发挥了重要的作用。一个是对"史实"的重新发现和评估,即对现实历史上发生了影响的文学事实,觉得不应该刻意剪裁,比如通俗文学、网络文学在时代中的实存和作用。由此对精英的启蒙史观所构建的观念历史怀有局部的质疑。我后来在网络文学研究中认可范伯群先生的多元的中国文学现代性,以及参考布尔迪厄的文化社会学探讨精英文学与网络文学的权力场关系,都是这条思想脉络的延展。另一个是"民间性"问题,网络文学这样的大众文艺创作归根结底可以析出时代的新民间性,里面的内涵很丰富,有平民的喜怒哀乐,有周期性的思想意志情感,这个问题我至今还没有专文说明。总之,网络文学给我们提供了重要的当代材料,也是作为学者、研究者的重大学术契机。

采访者:《大神们:我和网络作家这十年 星火时代》是一部随笔式的网络文学史,保留了许多非常鲜活的史料,您基于何种考虑写作这部书? 您认为文学史书写应具有何种学术视野、遵循何种研究路径? 换言之,您认为好的文学史文本应具备何种特征?

夏烈:我写作该书的时候,并不高估它的价值,因为我在里面有很多个性和趣味的存放,首先是为了满足自己的表达。但写出来到现在,终究觉得大家还是低估了它的价值——人们似乎愈来愈缺乏文学的趣味和耐心,也并不谙熟历史中的个人化史述传统了——大家要不就只关心 C 刊的论文,要不就纯粹歌颂获得现世成功的小说作品,从而忽略了随笔化、个人化的史述、记录、回忆的文体与史料及其史识价值,也忽略了这个时代最终得以成功的商业小说并不仅仅是作者的功劳。我们了解时代的文化社会场域的机制细节,才能享受另一种生活和生产之"文本"的乐趣。

我选择了从个人的叙事展开 2007 年以来的中国网络文学史的那些代表性局部,大的线索是时间的线性推进,每一章又布局了人物列传的折子式展开;人物和事件主要从杭州的网络文学事业版图入手,兼顾全国性的人、事。我认为自己在完成一部文学创作,同时也是一次网络文学史述。

网络文学史述从学院派的惯例来看,应该更具理论性和客观性,那样的做法自有一套完整的学术规范可循,当然要花费更加多的时间精力以保证史述的严谨准确、持论的公允。但西方史学理论也提供了后现代的史述方式,那就是如我这本书这样的个人化、个性化历史实录,它映照着多元历史叙述的途径,并以更吻合文学的方式书写文学史。

采访者:"中华性"是您评价网络文学的核心概念之一,您为何会提出这一概念?

夏烈:两个观察促进了我在2017年的文章中提出了网络文学的"中华性"概念。一是网络类型小说中较为鲜明的中华传统文化元素的应用和化用,既有儒释道三教的各层次取用,又有物质与非物质的中华文明广泛地渗透到网文叙事中。甚至一些明明更多西幻色彩的网文,但其功法体系的创建依旧是中华传统术语。二是网络文学的海外传播。由于全球化背景下产业和粉丝的更为自由的散布,网络文学以一种"中国的"大众文化的形象逐渐扩散到全球各地,取得了一定的阅读份额,并进一步形成了与西方的读者、作者、流行文化、二次元文化的交融互鉴。这种由于"走出去"而反顾"中国"的文化身份感,也给我明确的"中华性"示意。所以,我关心的是中华传统文化—当代网络文学—世界文化交流这样一种崭新的"中华"特征和"中华"可能的现场。

提供发表机会的是2017年9月《光明日报》评论部的约稿,我写了近3000字,但因为要发在第二版的"要闻"版上,编辑便删减到了1000字,然后把我开篇的话"是时候提出网络文学的'中华性'了"一句作为标题。这样一删,意思就过于"骨感"了,但我理解编辑选中的标题,这样一句有点口语感、个性化的话作为标题,比较吸引人。之后,不少评论家朋友都跟我说过这个提法很有价值和意思,特别是中国社科院陈定家老师。大家说了后我觉得1000字没有讲清楚,不追加一点论述可惜了,刚好《群言》来约稿,就写了四五千字的《为什么要提网络文学创作的"中华性"》申发所思所想,比如说:"'中华性'不是简单的中国传统文化或者中国古典文化,而是包含了多个中国历史时期的大传统和小传统、古老基因和现代基因;它是中华已经完成和正在发生的文化遗传密码序列的当代体现、当代见证和当代融合。"我在其中不仅论及了开放的世界性、未来性,还蕴含了对网络文学这样的中国民间性所生成的"中华性"的乐观和敬意。

采访者:"网络文学场域论"是您的代表观点之一,您提出这一术语的理论渊源与现实依据是什么?

夏烈:网络文学场域论确实是我一直在提的观点。最早,也是因为约稿——中国作协和《人民日报》文艺部在 2014 年做过多期"网络文学再认识"的系列笔谈,我的那篇是《影响网络文学的力量》。在其中,我根据中国网络文学十五年左右的发展提出了影响网络文学的四种基本力量:1. 受众(读者);2. 资本;3. 知识精英;4. 国家政策,从而初步构建了网络文学的场域论,这应该也是在理论评论界较早以社会——权力结构看待和认识网络文学的文章。之后,我开始使用"场域""场域论""场域理论"的说法描述和建设网络文学的存在与发展模式,逐步探讨其背后的成因、动态模型、权力结构。比如在各种讲座中对此观点的阐述,后来整理为《中国网络文艺的常识与趋势》(浙江工商大学出版社);比如论文《网络武侠小说十八年》《网络文学"无边的现实主义"论——场域视野下的网络文学现实题材创作 20 年》,评论文章《网络文艺的主流化与发展观》对此观点的运用。

有关于此的理论依据,我从本雅明、布尔迪厄那里所获良多,至今仍在学习借鉴。现实依据,在我上述文章中表现得更为充分,那是我转益多"场"的工作经验和调研的结果,可以说是实践促成了我的网络文学场域论。

三、浙江网络文学研究

采访者:您如何评价近年来浙江网络作家创作的文学作品?从评论者与组织者的双重角度出发,您认为优秀的网络文学作品具有何种特征?

夏烈:浙江网络文学的创作真是一个宝藏,我概括过:题材类型多样、男女频均衡、代际结构好、产业转化率高。近年来,主力作者队伍从70后全面过渡到了90后,依旧有很拿得出手的代表作家作品,在全国也仍然实力硬核。既有网络类型小说的主流类型如玄幻、仙侠、言情、历史等方面的佳作,也有现实题材的精品,以及面向二次元和文学性较强的作品。

我比较看重的优秀网络文学作品的特征包括:一、独创性。有个性特色风貌,在庞大的网络写作、同质化繁衍中依旧一眼能看出作者个人的文风气息,即便是玩梗和幽默感,也独具才华。二、基本功力。有靠谱的情节结构能力,文本有韵有度,关键是人物序列塑造合理,不乏令人印象深刻的细节。三、语言修养。语言高人一筹,呈现出良好的语言文学修养,俗中见雅、雅俗共赏。四、超越的层次。难得的思想力、作品的哲学境界有所呈现。你看,这些都是文学性的东西吧!所以网络文学还是文学。然后,要再加几点外部的特征的话,比如:五、可改编度。有吸引影视动漫等改编的魅力,刺激下游改编者的二度创作热情和创意价值。当然这跟原著是否能更具IP化成就,以及不同环境下影视等下游艺术生产的条件、成本有关。六、开发程度。紧接着可改编度,就是这个作品下游、周边、露出的多寡程度。换言之,比如精品化的开发常常会提升小说原著的景气值,让改编产品不断为原著加分,这也是一种经典化,即作为文化产业的头部内容的经典化,这并不是与作品无关的考察维度。

采访者:您对浙江网络文学研究做出了重要贡献,对于这方面工作您可以具体谈谈吗?

夏烈:总体来讲,浙江的网络文学研究是整个网络文学工作中的短板。我做得也不够、也不好,但应该说已经努力了、"撸起袖子加油干"了。

一是 2014 年省网络作协成立后,马上着手创办了《华语网络文学研究》,基本按照每年一册的进度,目前出版了 8 册,邀请了海内外网络文学研究者、作者等就网络文学史、网络文学理论、网络文学作家作品批评、网络文学双年奖专辑等撰稿修论,有了一定的影响力。但由于无法吸引更多高校学者常年担当研究主力(高校的科研指挥棒是以 C 刊、核心期刊为导向的),所以总有点提升乏力,此外由于编辑该刊的是业余兼职的编辑团队,所以也不太可能加大出刊频次,全面服务浙江和全国网络文学一线,我个人是觉得有遗憾的,也觉得需要尽快改版和提升。

二是自己干。评论家的事业是清苦的事业,甚至在社会发展变化的大潮中比较,是极其清苦的。从过去读一部小说 30 万－50 万字写千字或万字评论,到今天读 300 万－500 万字写千字或万字评论,稿费菲薄,成果也不可能成为畅销书。情怀成了所有文学评论工作者的最大信仰和温度。我做文学评论 20 余年了,其中网络文学理论评论工作也已近 15 年,所以需要时常跟自己说,坚持下去,做有爱的事业是可贵的,是自我的完成,不要去和别人比较，不要太慕名利得失。道德修养在这个过程中其实不是润色，而是坚持下去的必须，是给自己行为的一个理由。就这样，我十余年间的上百万字才能凑成几部网络文学专著、评论集：《观念再造与想象力重建》（北京大学出版社）、《网络文学的新传统与未来性》（杭州出版社）——有趣的是，这两部出版社卖完就不会再印了，因为是评论集，脱销绝版就是成功；还有《中国网络文艺的常识与趋势》（浙江工商大学出版社）、《大神们：我和网络作家这十年 星火时代》（花城出版社）、《我吃西红柿与〈吞噬星空〉》（作家出版社）、《天蚕土豆与〈斗破苍穹〉》（作家出版社），以及与师友、学生合著的《浙江网络作家群与网络文学"浙江模式"研究》（浙江大学出版社）。

即便如此，很多重要的想法都没形成满意的文章、著述，有时候很遗憾，有时候很焦虑。同时，我也觉得浙江这样的网络文学大省如此缺乏网络文学研究的队伍和兴趣，不应该！如果有可能，应该兴办一本以省委提出的建设"全国网络文艺重镇"为目标的理论评论 C 刊、大刊、名刊，引领全国、保持先进。

采访者：您认为未来该如何发挥网络文艺评论对网络文学创作的促进作用？

夏烈：2021 年 8 月中宣部等五部门联合印发了《关于加强新时代文艺评论工作的指导意见》，全面规划阐明了新时代文艺方方面面与评论工作的关系，其中包括了很多对网络文艺、新媒体文艺、线上线下协同以及大数据、算法问题的意见要求。我觉得浙江本身就是中国网络文艺创作、生产、消费的最重要的高地，应该就此契机加强文艺评论在网络文学全面提升阶段中的作用地位。

比如,结合已有和即将出台的文件充分考虑新时代新兴文艺的位置,强化和落实网络文艺、网络文学评论的功能作用;比如在立足浙江、放眼国际国内网络文学作品时,利用好文艺评论的前锋作用,形成有效的文化批评、审美批评,建设全国性的网络文艺线上线下评论平台;比如重视网络文艺评论的人才队伍建设,尤其要重视领军人物向国家级水平提升,以及青年梯队的综合能力水平的培养;比如在几所有相关学科依托和代表人物的高校,建立创新性的学科基地、交叉学科和智库中心等,为新时代网络文艺评论与新文科建设充分融合、形成优势做助推;还有就是要在已有的阵地,如作协、文联组织内把文艺评论和网络文艺整合好,培养、培训一批有良好综合素养、有情怀、有岗位伦理的网络文艺评论家。

采访者:段廷军

沈荣访谈录

沈荣,笔名夜摩,1977 年生,浙江杭州人。浙江省网络作家协会副秘书长。多年从事浙江网络文学组织工作。代表作有《骑士的战争》《大唐风云》《良臣别传》等。

一、说说网络作家村

采访者:您为何选择从事中国网络作家村的运营工作?

沈荣:放在第一位的肯定还是自己的理想。我属于最早的一批网络文学作者,1999 年就在 BBS 论坛上发表作品,《骑士的战争》曾在黄金书屋网站排名前三,长期位列幻剑书盟的推荐书目。年轻时候的写作更多来源于兴趣爱好,以及那一点文学梦想,一直想写出能存世的优秀作品。

当时并没有现在网络文学的环境,这个梦想很快被现实"教育"了,为了生计只能更换人生方向,成为游戏从业者,并在这条道路上狂奔了十几年。

突然有一份让我能够重新回到网络文学领域的工作,自然让我欣喜如狂,所以我毫不犹豫地答应了从事相关运营工作,且没有考虑任何经济上的回报。

第二个原因是我看好这个方向,而且跟自己的职业规划有着密切关联。我并不年轻了,不能再做游戏这样高强度的工作,需要给自己谋划一个更长远的工作领域。网络文学是我擅长且有足够积累的领域,而且很多年来在游戏领域的积累都能用到相关的工作中。通过中国网络作家村,我能够构建一个简单的平台,快速连接内容和产业。由于我对经济回报的要求不那么迫切,更多把它当成一项事业来看待,我在构建交易、构建关联平台上就拥有了太多人不具备的坚实基础,说白了,就是我的耐心要远远好于其他从业者,而平台最核心的竞争力就来源于"时间的等待"。

第三个原因是我觉得工作本身有意思。中国网络作家村成立以来,我们吸纳了近300名优秀的网络作家,也认识了很多相关产业的企业负责人。迎来送往之中,你能发现太多的好想法,太多有意思的人。在他们身上,你能清晰地看见文学、文学产业的诸多发展方向,可以说每一天都能给我带来意外的惊喜,不管是人,还是事。

我比较推崇彼得·德鲁克"从未认为哪个人特别无趣"的观点,作家村每天发生的故事都让我有感悟,让我的人生充满了惊喜。

采访者:中国网络作家村已成为浙江、杭州和滨江区的文化地标,每年的村民大会、常态化的"网络文学IP直通车"等活动让它逐渐成为浙江建设网络文艺重镇、杭州建设中国网络文艺之都的一块基石、一个抓手。请您谈谈中国网络作家村在中国网络文学发展的版图中扮演了何种角色。

沈荣：我觉得中国网络作家村在中国网络文学发展的版图中扮演了以下几个角色。

第一个角色是探索者。网络文学兴起只有短短的 20 多年，放眼周边，没有我们可以参考的对象。我一直在说我们非常孤独，因为没有师傅，没有其他人告诉我们作家村应该怎么运营，怎么干得久，怎么干得好。在作家村的运营管理上，我大部分的时间其实在思考，套用一句经典台词就是"路在何方"。

2017 年到 2019 年，我们基本上在做一个汇聚的工作，我们有"好故事训练营"，有"心源计划"（联合了 22 家网站，共同给网络作家买重疾保险，做好相关的保障工作），有"白马荟"（品牌采风活动，到目前已经做了 24 期）。

无数的工作汇聚成了中国网络作家村的好品牌，好的经验被学习观摩了，也在被实践，但是这件事非常依赖政府的长期支持。

2020 年 5 月 3 日，时任杭州市市长刘忻到中国网络作家村考察，提出了三个转化（升级）——从作品转化为产品，从作家转化为企业家，从"造梦者"升级为"造势者"。这个想法推动了中国网络作家村 2.0 版本的出现。6 月 5 日，我们就推出了"网络文学 IP 直通车"，努力搭建文学产业。到目前，我们已经成功举办了 11 期，达成交易 35 项，成交金额突破 6 亿元。

"网络文学 IP 直通车"的成功，进一步推动了中国网络作家村在产业方向的探索。2022 年，我们提出了中国网络作家村 3.0 版本的设想，围绕着产业我们要做好三件事——搞好产业基金、建好产业园区、做好产业保护。从资金、物业、知识产权保护上下手，真正形成可复制的浙江模式，并最终实现生态化。

第二个角色是引导者。我们从来没有忘记创建中国网络作家村的初衷，就是讲好中国故事，传播好中国声音。这么多年来，我们坚持做好思想引导工程，组织网络作家到红色基地去采风，组织网络作家写党史。我们和杭州市网络作协合作，已经创作了八部反映杭州传统文化、红色根脉的作品，并将其转为有声读物，获得了非常好的社会影响力。

我们还积极利用短视频等媒介，用网络文学的内容核心，融合新的传播方式，讲好我们的故事。"故事"是网络文学的核心，而讲"好故事"才是真正打造网络文艺重镇、网络文艺之都的最重要的抓手。

第三个角色是联谊者。村民大会也好、"白马荟"采风活动也好，都是在努力制造家的感觉，让网络作家们能够常回家看看，多联谊互动。我们听听他们的呼声，帮助他们扩大影响力，让他们有一种组织依靠。

我是标准的服务型人格，能够从服务中获得成就感，并乐此不疲。能够帮助网络作家，我特别快乐。

同时，我也坚信，"人"才是所有发展的最基础的抓手，中国网络作家村有了足够多的人，才能有足够多的想象，才能有足够多的创意，浙江建设网络文艺重镇、杭州建设中国网络文艺之都绝对离不开各种各样的人才，中国网络作家村就是要做好这些人的服务，让他们乐意来杭州，乐意来浙江。

采访者：您觉得中国网络作家村的运营面临哪些发展短板或瓶颈？对此有何建议和想法？

沈荣：我觉得中国网络作家村的建设正在逐步推进，但是有几个短板，需要借助外力。

第一是评价。需要联合学者、市场的力量，建立有效的评价体系，真正有生命力的评价体系，有效引导创作。这需要主管部门的大力支持，支持我们进行有益的尝试。

第二是出海。出海是一个系统性的工程，不能完全依托市场力量，需要找到市场效益和社会效益的平衡点。希望主管部门能够支持，在学术、资源和资金上对中国网络作家村进行支持，让我们能够更好地去探索、推动网络文学的出海。

第三是保护。我们目前仅仅在司法服务上有所行动，在立法层面，针对盗版、侵权，我们希望能够获得更强有力的支持，更有力地打击盗版者、侵权者。

二、村里的那些作家们

采访者：近 300 位作家成为中国网络作家村村民，其中不乏粉丝上千万的大神。您跟这些村民有着密切的联系，请给我们讲一些您印象最深的作家和故事吧。

沈荣：印象最深的还是村长唐家三少。他作为中国网络文学的代表人物，让我感觉确实很钦佩。举个例子，他身高 1 米 9 以上，所以一般出行他都是定商务舱，经济舱根本不能让他坐舒服。而且，他有很严重的颈椎病，是疯狂码字留下的病根。他出行的时候，如果没有一个宽敞的空间，对他简直是一种折磨。每次村民大会，他都自己掏钱定商务舱，不让我们为难，这让我分外感动。

对副村长管平潮印象也很深。管平潮很健谈，也很敬业，可以说，作家村成立后，管平潮撑起了接待任务的半壁江山，非常好地履行了副村长的职责。

还有蒋胜男，她先是全国人大代表，后转任全国政协委员，每年都有议案提案，敢于为网络作家发声，很有担当。平时她非常和蔼，喜欢帮助年轻作者。

其实作家村里有很多有意思的作者，每一个人都有很多可以说的故事，为什么把村长、副村长特意拿出来说，主要还是他们承担了一般村民不需要承担的责任，付出了很多。

采访者：中国网络作家村以网络文学为核心，联动各方面的资源。我们在签名墙和照片墙上看到很多领导来参观、视察，作为接待者和讲解员，哪些细节给您留下了深刻印象？

沈荣：我接待过很多领导，有些讲解估计都讲了有一千遍了。每个领导都有自己的特质，但是给我留下最深刻印象的就是，每一位领导都很有耐心，非常细心，而且有很强的好奇心。他们会仔细询问细节，了解情况，然后颇有建树地提出自己的设想。有些设想激发了我，让我能够更好地规划中国网络作家村的未来。

采访者：网络文学与文化产业紧密相关，您作为文化产业的从业者，为作家做了不少穿针引线的工作，有什么好作品、好 IP 是由作家村做媒的？

沈荣：太多了，我就不一一举例了，具体情况就敬请大家搜索并关注中国网络作家村的微信公众号，我们常常更新，有不少案例故事在那儿有详细介绍。

三、作者夜摩的故事

采访者：您以笔名夜摩创作网络文学作品，以战争与玄幻类网文见长，对那段创作岁月，您是否有些话不吐不快？

沈荣：其实我觉得在我最初的创作岁月，真可谓无知者无畏。回过头去看看以前自己写的东西，确实有点不忍直视，在文学性、艺术性上都让我不满意。

不过我想网络文学创作对我来说是一个尝试，我在大学的时候就爱在笔记本上写写东西，当然投稿到出版社无一入选。如果没有网络的存在，可能这个爱好没办法存留那么久。

我至今还记得我通过第一部小说《骑士的战争》赚到第一笔稿费的时候，那种幸福和兴奋。是网络文学让我第一次获得了真正意义上的认可，让我找到了自身价值的坚定锚点，这是在未来的生活中再多的困难、挫折都不能击垮我的原因。

"我是一个可以依靠自己就能创造财富的人。"这个朴素的想法，一直伴随我到现在，让我永远能够乐观地看待这个世界。

采访者：您当时为何搁笔转行？现在是否依旧对网络文学创作不能忘情？

沈荣：主要还是因为穷。入行太早了，在网络文学刚刚呱呱坠地的时候就一头扎进去了。此外，创作本身是一种修炼，其实也是一种折磨，任何一个创作者不可能忍受不断重复自己，所以对自己的要求可能会让自己很快陷进一种忧郁和压抑的生活状态中。

不过早期的网络小说写作，还是让我获得了一种被认可的感觉,让我在文化产业阅尽千帆之后依旧不能对网络文学创作忘情。

采访者:听说您在日常工作之余又开始创作了?

沈荣:这个要感谢夏烈老师,其实是他一直鼓励我回归写作,比如鼓励我尝试写党史故事。在这些写作过程中,我突然对挖掘历史、寻找历史脉络中的细节产生了兴趣。

主题创作对我来说是一种再学习的过程。我以前的创作太天马行空,主题创作,特别是挖掘历史遗存,从中找到亮点的创作对我来说是一种特别好的训练。

我不能和年轻人拼字数,所以搞不来网络文学了,但是对文学的爱好,加上这么多年来在社会上的历练,让我对人性有了特别深刻的认知。当把这种认知带到历史研究中去的时候,就会产生"为什么这个人当时要这么做"的探索精神,然后就愿意花时间去琢磨历史资料。

这条路径对我而言,就是一种修行,从历史中汲取养分,重新构建一个真实故事的可能性。

采访者:您从网络小说的创作与文化产业的运营两个视角来审视当下乃至未来网络文学的发展时,对发展趋势有何判断?

沈荣:我个人觉得,网络文学的发展已经到了瓶颈期,这可以从最新的数据看出来,付费用户和新用户增长乏力,而短视频的兴起占据了年轻人更多的时间,短视频的月人均使用时长超过 35 小时。

更直观的娱乐方式导致阅读时长的下降,已经成为不可逆转的方向。但是,网络文学作为内容源头的地位是不会动摇的。

网络文学依然是最简单、最经济的市场试验手段,一部网络文学作品只需要一个人、一台笔记本就能完成,而且它的未来是无限的。这种最好的商业模式,也可以说是最好的灵活就业的模式,可以促使更多的人源源不断地进入网络文学这个领域,在激烈的竞争之下,能够通过筛选的作品都是符合市场预期的作品。网络文学有其自然的生存法则。

网络文学未来会更专业化。这二十年,基本的题材都已经被写了一遍,专业化必然成为网络文学的发展方向,其实现在已经有了端倪。比如专门写检察官的作品,专门写医生、律师的作品,专业性是有效区分优秀作品和一般作品的重要指标。

网络文学的产业化也是必然,一定会形成职业化分工、团队化创作的产业生态。网络文学不仅基于个人创作,而且基于专业团队的配合,最终的目标就是形成网络文学的产业化。

我们有理由相信,网络文学将成为中国文化工业化的重要组成部分,形成我们的文化输出、文化生态的重要基石。

采访者:夏烈　段廷军

荣荣访谈录

荣荣，本名褚佩荣，1964年生，浙江余姚人。著名诗人，浙江省作家协会副主席。曾获《诗刊》《诗歌月刊》《人民文学》《北京文学》等刊物的年度诗歌奖，第四届鲁迅文学奖获得者。任宁波市作家协会主席时，推动成立了浙江省首家市级网络作家协会。

一、第一个吃螃蟹的人：
成立浙江省首家市级网络作协

采访者：2014年3月，宁波在浙江省内成立第一家市级网络作协，同时也成为全国范围内第一个吃螃蟹的人。想请您回忆一下成立宁波市网络作协的来龙去脉。

荣荣：记得当时是从省作协臧军书记那里得到消息，说浙江作协率先在全国成立了网络作协，当时曹启文副书记也在场，他们与我聊起宁波网络作家的情况，正好出现了一个大神级的人物叫苍天白鹤，也有一批网络写手，聊着聊着就有了在宁波成立网络作协的动议。对此我是极力赞成的。后来，在省、市两级宣传部门与文联的支持下,宁波网络作家协会就成立了,是浙江省乃至全国第一家市级网络作协,当时弄出了好大一拨宣传。

采访者:宁波是浙江省内社会、经济、文化处于领先地位的城市,这种优势在网络文学的组织工作中已经有所体现。在网络作家创作上是否也具备领先的优势?您能谈谈宁波网络作家的情况吗?

荣荣:宁波网络作家队伍一直还算稳定。网络大神苍天白鹤现在是宁波网络作协的主席,当时他带着一帮网络写手,有专门的写作基地,写作基地获得了市(区)的一些经费支持。所以当时成立网络作协我们还是有点底气的。但随着省会城市杭州在网络作协这一块的强势崛起,宁波网络作家队伍出现了流失,但总体来说还算稳定,尤其是宁波本土的网络写手。这两年风头很健的紫金陈,就是宁波本土的网络写手。

采访者:浙江省委明确提出打造"全国网络文艺重镇",浙江省作协将此确定为工作目标。您对此有何评价和期待?

荣荣:浙江省这几年打造"全国网络文艺重镇"是很成功的,在我看来,这样的打造,强力带动了全国网络文学的整体有效有序的发展。网络写作人才大量涌入浙江(主要是杭州),就是很好的佐证。期待相关部门今后继续做好网络写作有效有序发展的外部支撑或者说保障,同时进一步推动网络作品更好地进行各种市场转化。

采访者:宁波市网络作协成立之后,为宁波网络文学事业、网络作家的发展提供了哪些支持?

荣荣：宁波成立市级网络作协后，又成立了全国首家县级网络作协。与省作协合作，省市县三级联动，成功举办了每两年一届的"网络文学双年奖"，共举办了三届。宁波还在市文联、市科协的支持下，成功举办了三届（每年一届）科幻小说大赛，这个赛事还得到了企业家贺财霖先生的大力支持。这些赛事包括网络征集、专家评审及隆重的颁奖活动等环节，有效地推动了网络文学创作，同时也为宁波的网络文学带来热度。网络作协每年还搞一些采风，与省内外的网络作协互动，让网络作家有机会多出来走走。

二、从文脉看网络文学

采访者：您是当代著名诗人、鲁迅文学奖获得者，可以视为纯文学的代表。很多抱有纯文学观的作家、学者并不认同网络文学，这是不是一种文学观的冲突与较量？您对此有何看法？

荣荣：我与网络作家的交往也仅限于本地的一些优秀写手。从他们嘴里我听到最多的词是"开脑洞"。这是文学的想象力与创造力的另一种说法，也是网络文学作品得到大众喜欢热爱的一个最重要的因素。我觉得当下的纯文学作品普遍缺失的恰恰是想象力与创造力。我读过不少网络文学作品，我的阅读体验是轻松愉悦的，对于一向认为文学不是教化的我来说，这样的阅读体验是我喜欢的。其实网络文学与纯文学并没有什么严格界线，主要是呈现的方式不同而已，相信若干年后，几乎所有人都会习惯网络阅读。那时，只有好看的好读的与不好看的不好读的，好的文学作品与劣的文学作品。现在的网络写手，若干年后也许会成为被文学批评家认同的文学大师。大家都能回归文学的初心：记录生活（心灵生活与真实生活），表达现代人各种复杂情绪与体验，传递作家对世界的看法与人心的尺度等。

其实，你所说的不认同也让网络写手对所谓的纯文学界有一种抵触。这样相互排斥是无意义的。纯文学界有一大堆专门写烂东西的作家，网络写手中有不少让人震惊的好作品。"写而平等！没有谁比谁更高明。"这句话我想对网络写手与纯文学写手说。

采访者：您认为中国网络文学目前的主要问题是什么？如何进一步发展？

荣荣：网络写手的生存方式决定了很多人有意识地无原则地拉长文本，大量灌水，粗制滥造几乎成为当下人们诟病网络作品的惯用词。我觉得这些都是可以改的毛病，只要他们始终保持"开脑洞"，在写作中自觉地"艺术"起来，网络作品相对于纯文学作品，还是有优势的。

采访者：浙江有悠久深厚的文脉传统，宁波自近代以来形成了富有本土特色而又大气开放的风格基调。在通俗文学大家中不乏宁波籍作家。宁波的网络文学在您看来是否具有这样一种历史的传承性与创造性？

荣荣：需要时间让宁波的网络作家展现才华。我与他们接触时，感觉到其实他们有这样的写作雄心。让我们期待吧。

采访者：您阅读网络小说吗？如果阅读过，能否以其中一两部为例，给我们讲一下您的阅读感受？您对上一代的通俗小说有所涉猎吗？请您讲一讲您的阅读感受。

荣荣:我是一个杂食性的读者,啥都读,就是记忆力不好,随读随忘,不记作者。上一代的通俗小说中我最爱金庸,他的小说人物的成长模式与现在很多网络小说打怪升级的套路类似。我读过一些仙玄类的网络小说,也读过一些穿越类的,改编成电视剧的宫斗本子不太感兴趣。我还读过一些戏说历史的,觉得那样的写法特别有意思,"太能写了""很好玩""真敢想",这是我的阅读感受。阅读这些小说,一定程度上丰富了我的想象,也让我的白日梦多了很多内容。比如很多网络小说里写到的随身空间,让我这个理科出身的总会止不住地想:科学发展到一定程度后,这样的随身折叠空间,说不定真的可以实现。我读这些网络作品,大多在旅途中、地铁上、公交车上,有时在开车途中,也会边开边听,可以防止开车打瞌睡。总之,开卷有益。唯一遗憾的是,阅读收费贵了些,我读起来又一目十行的,太费人民币了。

采访者:夏烈　段廷军

产业者说

汪海英访谈录

汪海英,1969 年生,浙江杭州人。浙江华云文化集团董事长兼 CEO,浙江省网络作家协会副主席,上海视觉艺术学院兼职教授。专注于 IP 培养、挖掘、开发和运营工作,是国内较早从事数字版权开发和运营的专家,成功运营唐家三少、天蚕土豆、辰东、风凌天下、鱼人二代等大神作家的数字版权作品,并策划"浙江有意思"系列等精品图书。

采访者:您觉得网络文学行业在您从事相关工作的这些年里有哪些比较显著的变化呢?

汪海英:第一就是被主流认可。我认为这是一个非常重要的变化,网络文学从原来普通的一个文学类型,到如今发掘出深度版权价值,得益于政府、社会各界对网络文学市场价值及社会价值的高度认可,并且投入很多资源推动其发展。近些年,由于各级政府的重视,各地还成立了网络作家协会,网文作家们纷纷加入作家协会,担任职务,在创作的同时参与社会事务,更深入地了解社会,关注民生,参政议政。

第二,作家的自我成长的意识更强了。经历过这几年的主流化发展后,网文作家的作品被社会认可,作家也有了一定的知名度,他们也愿意承担更多的社会责任。

第三,作品的题材更丰富。之前网文作品比较偏向穿越、古代言情、玄幻等题材,这几年涌现了大量现实题材的作品,也出现了许多有思想、有影响力的优秀作品,在创作方面还是有很大进步的。

第四,网络文学作家的整体培养。从原来通过网站的运行机制不断筛选作家及作品,到现在各级政府的政策扶持、社会各界的支持,网络文学作家有了更多的机会将优秀作品呈现出来,这也是一个比较大的变化。

采访者:你们公司主要负责网文作家的全版权运营?

汪海英:对,我们主要负责作家的全版权开发,包括对许多知名作家作品的影视游戏版权进行代理分发,现在我们也在着力于新作家的孵化培养,比如去发掘一些有潜质的年轻作家,在签约后共同开发一些作品,包括从选题策划到后续的创作过程都会有编辑进行一对一沟通,还会针对他们的创作内容去安排采风、专业领域学习等。

采访者:您这些年可以说一直走在行业前端,包括您刚刚提到的各种运营模式,都是非常具有创新性的。您认为不同行业的工作经历,给您提供了怎样的帮助?

汪海英:我当过老师,在浙江日报报业集团工作了近十年,这些工作经历对我后来从事内容工作帮助很大。纸媒的工作培养了我对内容的敏锐度,老师的职业经历对内容的逻辑组织很有帮助。

在盛大文学工作的后期，是我职业生涯比较有成就感的阶段。因为整个数字阅读的运营模式都是在盛大文学的努力下，慢慢磨合出来的。手机阅读作为一个新兴的产业形态，从 PC 端向手机端转化，在内容组织、计费模式、页面呈现方式等方面都没有可参考的模板，需要我们去摸索和创新。我特别要提一下我们当时跟中国移动合作推进的阅读基地，我们是最大的内容供应商，在那个阶段应该说对推动国内手机阅读的发展还是起到了比较大的作用。因为中国移动有着广泛的用户，盛大文学有海量的作品，所以当时的合作可谓强强联手，好内容分发到好平台，效果显著，真的改变了很多人的阅读习惯。

随着技术的发展，又出现了很多阅读 App，当时我们团队还运营起点中文网的 App，以及 WAP 网站，那个阶段见证了技术带来的变化，真的是天翻地覆。

我有一段时间担任"榕树下"文学网站的负责人，如何让老牌的文学网站"焕新"是我当时的一个课题。我们通过版权跨界合作的方式，让文学网站焕发了新的生机。比如和姜育恒先生一起做了"那年再回首"的主题创作，和民谣乐队做了"文学在路上"一系列活动。其实我们很希望能够让"榕树下"的品牌重获生机，让更多爱好文学的创作者能加入进来。

采访者：华云文化选择了一条新的路径——作家经纪模式，您能详细为我们介绍一下吗？

汪海英：一说到版权经纪，可能会把它想得比较简单，以为就是买进卖出。所以当时成立华云文化决定要做版权经纪的时候，我们找了一种不同于以往的经纪模式，我们不仅签约作家创作的内容，而且帮助这些作家，让他们能够第一时间了解市场，或者说在尊重创作主体的同时，从一开始就推动创作市场化。

我讲个例子。浙江台州有位作家何堪，她当时在晋江文学城发文，写的是竞技题材，编辑觉得她的作品文风、写作能力都很不错，但是市场化推进效果不是很好，是默默创作型的作家。所以，跟她签约以后，我们根据她的创作风格，和她共同策划选题，为她找了几个创作方向。当时正值北京冬奥会前夕，编辑就建议：你既然写竞技内容很不错，可以往冬奥会相关题材上靠。在得到作家的认可后，我们跟她一起来做这个选题。讲述花样滑冰内容的《冰刃之上》，在大纲及部分章节完成后，我们就推荐给了几个影视机构和视频平台，及时获得了影视化创作的反馈，编辑再和作者沟通做出调整，最后这部作品的出版以及影视、动漫、有声读物的版权销售全部完成，成为一部比较有社会影响力的作品。

我们说作家经纪的新模式，一方面是替作家赋能，另一方面其实是市场化的运作概念。

何堪还有一部作品叫《赴你应许之约》，是讲述民间救援的，因为她的老家发生过许多次水灾，有很多民间救援团队参与抢险，民间救援的力量越来越强大，提供的社会帮助也越来越大，何堪敏锐地捕捉到这一现象，很想写这个群体。我们就联系了厦门的民间救援队进行采风，何堪和编辑一起去厦门集中学习和采访了一周时间，比较系统地了解民间救援的流程和知识，包括专业设备的使用，甚至包括警犬怎样接受训练并完成任务。这次采风让她有了直观的感受，对她的创作帮助很大。

因此，我们的作家经纪不是简单地帮作家卖作品，而是带动或指导作家创作出更好的内容。这对我们团队也是个考验。首先,你得了解市场需求;第二,你需要了解作者的创作动机;第三,还要有能力帮助作者完成创作。所以它是综合能力的汇集,这也是华云文化的核心能力。

采访者:就像您所介绍的,这种作家经纪的新模式和作者联系非常紧密,在精选作者时不仅要参考大数据,还要看作者的思想和人品。您能不能具体说一下,在选择作者时比较看重哪些条件?

汪海英:我觉得,第一是创作的初心:为什么创作?我们经常说:因为热爱,你可以把事情做得很好。如果作者的出发点只是为了赚钱,我可能不会签这个人。

第二是价值观,比如对市场或一些社会现象有比较正确的判断,我们觉得这样的创作是不会偏离主流价值观的。

第三,我们也看市场价值。如果一部作品完全没有市场空间可操作,我们可能也不会签,我们其实是有一个评选机制的,作者和作品在我们这里会分出等级,然后根据各种指标进行判断。以往作品的成绩,创作频率,还有以往创作过程中发生的一些问题,行业评价等,都会作为评判标准。在综合数据下,我们的编辑以及市场运营团队都有投票权,比较全面地判断一部作品的未来价值。

采访者:现在网文创作很流行套路化,您怎么看待这种现象?

汪海英:套路化创作早就存在,其实就是模式化,一个题材受欢迎,很多网站就一拥而上,大家千篇一律。比如说写打怪升级,所有主角都是逆天改命,都会模仿游戏式的开局。我觉得网文在初期野蛮生长时会有这么一个模仿阶段，大家觉得这个东西好像能赚钱，就模仿着写，还是挺普遍的。

如今文学网站很多，尤其是一些免费的新媒体网站，为了博眼球，快速增加用户量和阅读量，会去签约作者创作一些比较套路化的作品，一旦通过市场运营使这些作品卖出好的价格，又会大量地去复制。

我个人认为，这种现象要杜绝是不太可能的，因为网络文学市场是一个开放的市场，大家都有市场化运营的需求。但这一类现象对行业的生态发展来讲是不利的，毕竟我们还是希望出现有深度的创作。经常有人会讲，你老说这些，你难道不想赚钱？我们做企业确实要赚钱，要盈利，但是我认为创作者还是应该坚持自己的思考，毕竟有深度的作品更能引起共鸣。

有些题材经常在新媒体里被放大创作，因为有的网文爆了，大家就都去写。虽然这些作品可能有一定的市场收益，但我认为这种东西不能长久。我觉得现在的市场是比较开放的创作市场，肯定会有好的作品，也会有难登大雅之堂的作品，在这点上，我觉得应该去接受后者的存在，但我不太能接受大家都以后者作为标准进行创作。

采访者：现在移动阅读发展迅速，盗版的问题越来越严重，您可以结合自己的经历谈 谈吗？

汪海英：盗版让人深恶痛绝。盛大文学曾花大力气打击百度上的盗版。因为当时在百度上搜索某一部网文，出现的不是正版网站，而是那些盗版网站，但是取证工作量非常大。百度搜索的盗版问题，有很多公司和作者打官司，都没有赢过。我们当时下决心一定要去打这个官司，主要是要告诉大家，盗版行为对我们行业的损害是非常大的，必须去制止。

当时有一个数据，《斗破苍穹》数字阅读，我们一年拿到近3000万元版权收入。但是在百度上搜索《斗破苍穹》，第一页全是盗版网站，以流量来换算每一页的搜索量，包括它引导到作品页的数量，可能是正常收入的三倍，相当于正版网站损失了近6000万元的收入。

盗版对我们整个产业发展是非常不利的。互联网文学发展初期，很多企业投入是非常大的，既要支付作家稿费，又要做网站运营，还要去做一些品牌推广等等。如果百度再这么纵容下去，对整个行业损害非常大，所以我们坚持不懈地打击盗版，也跟百度去做了很多次的沟通，最后我们打赢了这个官司，虽然当时一本书的赔偿上限只有50万元，但是这是非常有代表意义的胜利。我一直从事网络文学的管理和版权运营，发现盗版好像是打不完的，原来是机打一组，现在有人手打一组。虽然现在技术已经很先进，在水印等防盗版技术上也有了很多进步，但是盗版还是有，比如笔趣阁，继续以盗版为生，这是非常可恶的。

我相信很多作者都不希望自己的作品被盗版，国家也颁布了相关条例，我们也打击过盗版，通过法律手段维权，但是总有人会铤而走险，因为总还是有利益在里面。所以无论政府也好，我们行业单位也好，一直在呼吁大家支持正版，呼吁读者使用正版，这是对作家劳动成果的尊重，需要全社会共同关注。

采访者：现在有越来越多的优秀网文作品被改编为影视作品，根据文本质量和市场反馈等，您觉得什么样的网文作品更受改编的青睐？

汪海英：最初我们肯定是去找头部IP，因为它的数据比较好，又有粉丝的基础。很多影视公司也都会去找头部。有很多网络大神的作品，比如烽火戏诸侯的《雪中悍刀行》，唐家三少的作品，在没有改编前大家就很期待，我觉得这对于 IP 改编来讲是毋庸置疑的，大家都希望有更多的读者、更多的粉丝可以进行转化。

这几年我们也发现了一些小而美的作品，比如《小美好》《太子妃升职记》等等，这些小说从数据上看并不是一个大爆款，但是故事还是比较有吸引力的。网络文学作品有一个非常好的特点，就是它被市场早早地检验过了。因为在互联网上发布，你能看到评论，不像传统作家的作品，可能要等到出版以后才能看到大家的反馈，要通过获奖来证明这个作品是不错的。网络文学其实只要上传了，在评论里就能看到大家对它的喜欢，评论里的评价有时非常高，也是很中肯的，这些都是我们可参照的依据。

至于什么样的网文作品适合去做影视改编，当然大 IP 是首选，这样还是为了保证成功率。但是我们在筛选作品的时候，也会考虑故事的核，它是不是能引起共情，未来是不是会吸引大家去关注，这些点也是我们去筛选作品进行 IP 开发的时候会考虑的。网络文学海量作品中，除了白金作家外，还有一些很有特色和风格的小说，适合做影视化开发。

采访者：网文作品和它的改编呈现，是相辅相成的，但是网文改编很容易遇到比如说选角不当、情节魔改等问题，会引起许多原著粉丝不满。您是怎么看待这种现象的？

汪海英：将影视版权卖给影视公司，让他们去开发，这其实是二次创作，是在原有小说基础上的提升，其好坏跟影视行业的创作团队很有关系。

前段时间就出现了知名网络作家对改编的作品不满意，觉得改得面目全非。

我觉得原因有几点。一个是从影视创作团队的角度。如果仅是为了买个大 IP 吸引粉丝，然后把故事改得面目全非，那么我认为这是不尊重原著。因为你买的时候应该是看中了原著的故事，看中原著的影响力，结果上映的作品和原著内容没有太多关系，挂羊头卖狗肉。

第二个角度是市场的变化。影视公司要做好市场调研，既要尊重作品，又要能过审，创作要求是很高的，也考验影视开发的能力。

这里介绍一部我认为改编得很好的，紫金陈的《坏小孩》。如果你只看小说，可能就觉得不大可能搬上荧幕了，因为里面的人物很极致，这么小的小孩这么坏，然后感觉上也比较阴暗。但是爱奇艺的创作团队拿到作品以后做了修改，把主要故事从孩子身上转到了大人身上，我们看到事件发生的同时，也看到孩子的反应，然后思考这样的事件对孩子的影响。电视剧《隐秘的角落》抓住了小说里面最核心的社会问题部分，同时保证故事的完整和可看性，这样的二次创作就是非常成功的，也是我认为比较好的一个案例，既抓住故事本身的核及人物，又能赋予它更多的内涵和思考，让这个作品的人物更丰满，让故事更能被大众接受。

有很多网络小说需要做深度改编，比如说《择天记》，因为这个小说体量太大了，于是编剧就只能提取其中的一点——逆天改命，电视剧做了这样的调整，我觉得尚可。

影视化创作，如果你的初心是想改好它，比如买来以后因为政策原因做些调整，这是可以的。但不要就为了名字好听，只要个名字,里面的内容完全跟它没关系,这样的创作就走偏了。

我们对接影视公司时也会要求,二次创作中哪些部分是需要作者认同的,或者作者参与度要达到什么程度,尽量保护原创作品的核心内容。

前几年对网络小说创作约束较少,放在当下的政策环境下可能过不了审,所以版权的选择是双向的。从作者的角度来说,你当然要尽可能地在创作的前期就规避那些可能碰到的雷,更面向当下的一些社会需求进行创作;从影视公司的角度来讲,你要在尊重作者和原著的基础上做你的二次创作。这是有很多案例的,比如阿耐的《大江大河》,里面也有很多极致的人性的东西,在改编的时候就选择通过人物成长来呈现改革开放成果,把那些极端的坏的东西去掉,大家看到的还是正能量,我觉得这就改得很好。

采访者:那么您建议还没有成名的网文作者直接以改编目的进行创作吗?

汪海英:这倒也不一定,因为创作还是很多元的,现在有一些作者是面向影视开发去创作的,比如写职场的,写年代故事的,他觉得我这个作品以后就是要去拍剧的。还有一部分作者没有考虑影视化,就是为了数字阅读,就是为了看网文的人写的,所以怎么让读者喜欢他怎么写。

创作初期的出发点就是不一样的,所以作品到底适不适合影视改编,到底能不能改编成一部好的影视作品,其实是多维度的。从作者来讲,创作出发点不一样,创作的内容肯定不一样,所以还是要具体问题具体分析。

采访者：近年来，对网文、网剧的监管力度越来越强，不管在题材还是呈现方式上都有很多的规范和限制。您觉得网文作者应该怎么找准自己的定位，适应这种变化？

汪海英：这是目前大家都在思考的一个问题。就华云文化来讲，我们会更多地引导作者不要去写极致的文，什么叫极致的文？就是你写出来的小说本身就是越"雷池"的东西，我觉得这种就不要写了，因为这种碰红线的创作完全没有必要。

我觉得作者就是要考虑自己的作品到底往哪个方向写。不写极致的文，但是要尊重自己的创作个性。比如说建党100周年，很多网文作者都去写红色题材，可是这个题材很多作者写不了，他们硬要写，我开玩笑地说，那就是胡编乱造了。我不建议这样的创作。创作还是应该写自己擅长的、身边发生的或者说能驾驭的内容。比如原来专写历史的作家，现在说历史不能写了，因为这也不能写，那也不能写，那么是不是就完全不能写历史了？也不是。比如说现在在讲宋韵，在讲大运河文化，你完全可以研究宋文化，去写跟宋朝相关的作品，去写当年开凿建设大运河的这些故事。网络作家运用充分的想象力，去写科幻，去写三生三世，一个家族的变迁，或者说穿越到宋朝，我觉得既要贴合当下的政策导向，同时也要尊重自己的创作风格和能力。各级作协、各级宣传部门都鼓励网络作家去写现实题材，更多地去观照当下，比如民生问题，比如改革开放成就，很多故事可以创作。整个社会发展出现了很多新职业，比如说快递员、外卖员，还有保安、电商，这些都是我们的身边人，你就可以写这么一个群体的群像。所以我们还是要鼓励作者，不是说不能写，而是不要凑热闹瞎写，要深入生活，用心创作，其实能写的题材和故事还是很多的。

在创作的过程中我们也要求作者进一步学习,因为原来很多网络作家就关在家里对着一台电脑天马行空,脑子里的东西都是想象的,或者百度来的,有的人甚至没有工作过,从大学毕业就开始写,根本没有社会经验,也没有人际交往,人和人怎么相处也不知道。为什么大家都很喜欢看宫斗?因为平时想骂人都不敢骂,但在文章里能,还能一怒就动手把人杀了,大家就觉得很极致很爽,但这些带来的负面影响也很大。我们说文学创作源于生活,高于生活,作家要走进社会,走进生活,去了解当下。我是浙江省网络作协的副主席,网络作协会组织作家去采风,去体验一些别样的生活,让他们更多地了解各个行业发展的情况,真正把创造力用于这些行业已经出现的优秀的事迹、优秀的人物上,这样才能产生好的作品。

传统作家的创作就很扎实,他们每年有采风,有学习,回来就要思考,创作周期也很长,一稿二稿三稿。网络作家就相对随意,今天写了 3000 字,一发就完了,他还可以挖坑,写不完就扔了,重新起个名又来过。这样严谨度就是不够的。在这方面我们的签约作家基本上还是比较稳定的,因为在签约之前对他们的创作能力都是评估过的,能保证每年有一部作品的产出,或者有些作家速度比较慢,两年一部作品的产出,也没有关系,但是质量要保证。

所以我觉得其实真正的好作者是不会被政策问题困扰的,好的作家一定会找到适合他的点,然后主动去寻找方向,结合这个时代的需要去创作。

采访者:现在的网文越来越追求快节奏与强刺激,您如何看待这样的现象呢?

汪海英：我觉得就像一个人会审美疲劳一样，或者说眼界越来越高了。我记得，当初网文作者我吃西红柿很火，他的作品好看在他写打怪升级，主人公从小遭遇家庭变故，然后他就要复仇，复仇过程中他偶然得到一个宝物，然后就会有一个机会让他的武功登峰造极，最终他逆天改命。但是这种故事看多了以后，可能读者就不买账了，已经不新鲜了。这几年这样的作品实在是太泛滥了，已经没有新意了，所以现在就会出现一些比较独特的手法，比如开头先把结果告诉你，再慢慢去讲过程。我觉得是蛮正常的。大家看惯了某类题材或者内容、节奏以后，也希望换一些形式。

为什么猫腻的书很好看？我记得我去盛大文学工作的时候，被推荐了两本书，一本是猫腻的《庆余年》，这是陈天桥非常喜欢的，第二本书是《史上第一混乱》。因为我在报社工作了十年，又是传统媒体，我当时脑子里想的是作者可真敢想，也真敢写，但是确实很有趣啊。

可这样的题材如果放到现在，你还会觉得有趣吗？或许就不会觉得像当时那么惊艳了，因为现在这类故事已经太多了。为什么现在会有越来越多的作者进行"爽文"创作，就是因为大众审美或者说阅读群体的需求。因为在网站的运营机制里，作家都是靠各种各样的榜单月票去赚钱的，他如果得不到这些东西，也就无法实现后期的商业价值，所以他会去讨好读者做这样的创作。那么这些创作是不是一定不好？我觉得不能太绝对，只要没有违法乱纪的东西，如果读者喜欢，不妨作为一种新的类别，可以让它产生自己的读者群体，或者在数字阅读上产生它的价值。

采访者：您是否鼓励新人作者踏踏实实地去写一些比较有深度和审美价值的作品？

汪海英：当然鼓励。网站也不希望自己旗下的作品千篇一律。我很了解网站运行机制，一个新人作者要快速地冒出来，想要签约，怎么让编辑在茫茫书海里面找到你，发现你？还是需要数据说话。我觉得这个就跟演员是一样的道理，有些演员为了让人记住，就去拍一些极致的片子。但是网站的运营机制其实是很全面的，比如像起点中文网的编辑团队就很庞大，几百人的编辑团队，以尾号制的方式在运营，所以每个作者其实都有被发现的机会，关键还是看你的创作能力。

采访者：现在国内已有高校开设了网络文学与创意写作专业。您对此有何看法？

汪海英：说实话，我对此持保留意见。因为我在上海视觉艺术学院授课，我认为有这种专业是很好的，但是就目前的授课老师来看，还是传统的偏多，和中文系没什么区别。

其实在中文系，你也可以跟学生讲讲网络文学。现在的问题是，开了这门课，但是讲课的不是懂网文行业的老师，不是像我们这样在一线工作过的人，他是很理论化的，他可能就给不了学生很多实操性的建议和帮助。

比如说我上课，我问学生："你们知不知道网文行业的运营机制是什么？"学生说不知道。我问："你们知不知道网文行业现在的市场价值有多大？"也不知道。所以我觉得重点不是有没有网络文学这个专业，而是应该让学生了解网络文学，接触网络文学的创作和运营。

其实网文创作跟其他文学创作没有区别，只不过网络文学更偏娱乐性,传统文学更偏文学性。如果有的学生觉得自己擅长娱乐性的作品,那么就去做网络文学的创作。如果有的喜欢严肃文学,喜欢纯文学,就去做纯文学的创作。现在最大的问题是缺乏专业师资,让一批不懂网络文学的老师讲网络文学,全是理论,效果完全不一样。

我在上海视觉艺术学院上课时,连上海外国语学院的学生都要赶过来听课,为什么? 就冲着我在阅文当过副总裁。有个学生特别逗,他说,我认为你是在一线做网络文学的理想案例,讲创作要比我的老师讲得更生动。我觉得院校开设网络文学专业当然好,说明大家都关注网络文学,也愿意培养更多的网络文学的创作者,但是要面对一个很现实的问题,很多学生选了这个专业,但是成为作家的很少。所以要搞清楚这个专业到底要培养什么样的人才。如果想培养网络文学的市场运营人才,我觉得应该安排市场经营方面的内容。如果是纯粹的创作班,我觉得现在的课程其实是有问题的。

采访者:您对网络文学相关专业的设计有什么建议?

汪海英:我觉得现在高校还没有办法实现给网文行业输血的良性循环,因为没有跟文学网站等平台打通。如果相关专业是和文学网站打通的,打个比方,学生每年必须有作品在网站发布,双方能够结合在一起,学生的作品才能不断地被网站被市场检验。上课不能只教一些表面的东西,比如什么叫网络文学,这个问题百度一下就知道了。应该把行业里核心的深层的东西教给大家。

采访者:最后请您给有志于网文写作的年轻朋友们提一些

建议。

汪海英:我觉得愿意加入网络文学的创作队伍里来是非常好的,特别是年轻的创作者,因为你们有想象力,你们有热情,你们有对时代有自己独立的思考,我觉得这是创作的基础,在这个基础上我相信会有更多优秀的、生动的、鲜活的作品呈现给大家。同时也希望年轻的创作者多思考,多实践,多关注当下的生活,不能只在自己的想象里面创作。创作需要有想象力,但是创作更需要脚踏实地的源于生活的积累。希望更多的年轻作家们能够在网络文学的赛道上展现自己的风姿,能够产生更多优秀的作品。

采访者:赵芷那　邓舟洋　许轶力

发飙的蜗牛访谈录

发飙的蜗牛，本名王泰，1987年生，浙江台州人。浙江省网络作家协会副主席、杭州若鸿文化股份有限公司董事长。代表作品有《妖神记》《九星天辰诀》。知名的动画编剧、漫画制作人、影视导演、制片人。

采访者：您是网络文学行业的元老级大神作家，2008年发表了网络小说《网游洪荒之神兵利器》。是什么契机让您走上网络小说创作的道路呢？

发飙的蜗牛：现在看，《网游洪荒之神兵利器》非常稚嫩，讲述的是一个人戴着头盔进入游戏世界冒险的故事，创作的灵感来自一直玩的几款游戏。

从小便喜欢看小说，自从看了网络小说，便一发不可收拾，看多了便慢慢萌生了自己想要创作的念头，于是开始创作小说发在网上。后来有幸被起点中文网的编辑签约，开始有了第一份收入，这样就坚持了下来，成为职业作家。

采访者：听说您在创作《网游洪荒之神兵利器》前曾经写过七八本小说，都没能签约。当时是一种什么样的创作状态？

发飙的蜗牛：2008 年的时候写了很多文字，没有被签约，累得腰酸背痛，几乎要放弃了，最终还是舍不下自己内心创作的欲望。听到了周杰伦的《蜗牛》，"我要一步一步往上爬"，"小小的天有大大的梦想"，于是便想要以蜗牛作为笔名激励自己。不断地尝试新的题材，不断地创作，接受读者的反馈，对故事进行一些调整，然后慢慢就走了出来。

采访者：《贼胆》和《重生之贼行天下》是您得到好评最多的两本游戏小说。两本小说都与《魔兽世界》的世界观有一定联系，并且主人公都是盗贼。您能谈谈创作过程吗？

发飙的蜗牛：很多时候，其实是脑海里闪过了一个有趣的念头，然后就把这个念头记录了下来，不断地找资料，不断地修改完善，然后慢慢地有了完整的故事。

采访者：您作为网游小说的大神作家，认为游戏类小说的创作难点主要在哪些方面？什么样的作者适合创作游戏类小说呢？

发飙的蜗牛：主要还是你得先喜欢这个题材，看过很多同类作品，有自己新鲜的想法，有自己创作的欲望。游戏类小说对逻辑严密性要求比较高，会有很多的数据，这些数据都要设计得合理，所以比较难。喜欢就可以创作，创作是没有门槛的事情，但是想写好就得坚持，才能不断进步。

采访者：您在创作生涯中遇到的波折，对您的写作态度产生过什么样的影响? 从《独裁之剑》到《九星天辰诀》的题材转型,是否也与此有关?

发飙的蜗牛: 转型到玄幻,主要的原因是觉得自己很难在游戏类题材里面有所突破有所创新了,换一个类型的题材是一个不错的尝试。至于说生活的波折,每个人都会有吧,不要丧失对生活的信心,坚持下去,终有收获。

采访者: 您在网游小说和玄幻小说的写作上都取得过出色的成绩。您认为网游题材和玄幻题材有什么共通之处? 最大的区别又在什么地方?

发飙的蜗牛: 共通之处是,两者都需要有一个非常完整的世界观,对世界观的架构要求比较高。区别在于,一个是更数据化的世界,一个更重情节。

采访者: 现在网络文学的发展速度非常快,现在的网文环境与您创作巅峰期的环境也大有不同。您认为最大的变化体现在哪些方面?

发飙的蜗牛: 现在故事的节奏越来越快了,因为都是在手机上阅读的,很多作品火得特别快。只要是好看的故事,总会有出头之日的。

采访者: 2015 年,您发表了玄幻题材的小说《妖神记》。之后,您又组建了漫画团队"踏雪动漫",对《妖神记》进行漫画改编,在全新的领域开始了探索。为什么会做出身份转型的决定?

发飙的蜗牛: 作为一个作者,最朴素的梦想就是让自己的作品被改编成漫画、动画或影视作品,我卖出去版权的几部作品都没做好,只好自己做了。

采访者:在《妖神记》的创作过程中,您曾向读者透露过自己的身体状况不佳。在您看来,身体不佳对创作的阻碍体现在什么方面?有什么行之有效的应对措施?

发飙的蜗牛:身体的疲惫和损耗是持续的,会导致创作很难跟上。平时创作的时候多多锻炼吧,虽然锻炼这个事情,很难坚持。

采访者:现在,越来越多的年轻人投身网络文学创作中。但有不少人卡在了签约这第一道门槛上。您能提供一些指导性的建议吗?

发飙的蜗牛:我当年也是卡在签约上,需要一遍一遍地修改,一次次地联系编辑。现在签约的门槛比以前还是要低很多的。

采访者:漫画团队成立初期遇到过哪些困难?

发飙的蜗牛:没有遇到特别大的困难,就是大家一起努力把作品做好,有了好的作品之后,自然而然就有好成绩了。最初我们的作品发出去没人要,后来我们就全平台发,结果在十几家平台都跻身前三,在四五家平台都拿到了第一。

采访者:目前主流的动漫单集长度在 18 分钟左右,稍短一些的也有 12 分钟左右,而若鸿文化推出的《妖神记》《万界神主》等,时长都在 7—8 分钟。这个时长的设计是出于什么考虑?

发飙的蜗牛:因为成本方面的考虑吧,为了压缩成本。因为做动画太贵了,成本太高,很难盈利。分钟数少,单集成本就低一点。

采访者:我们都能看到,若鸿文化出品的动漫作品质量逐渐提升,无论画质、建模、剧情还是配音方面,都有很大的进步。您认为是什么造就了这种进步?

发飙的蜗牛:花钱多,制作质量就慢慢上去了,因为平台认可我们的作品,愿意出更多的钱买我们的片子了。我们尽可能在可控的成本里面,做得更好吧。

采访者:很多人评价,若鸿文化的飞速发展和您多年的网络小说的创作经验有着密不可分的关系。一部动漫作品要想出彩,把控剧情质量是非常重要的环节。您认为网络小说改编成动漫,是该忠实于原著,还是在原著的基础上稍加改编呢?

发飙的蜗牛:肯定是需要改编的,因为动漫和小说肯定是不一样的,按照小说的节奏拍是很难的,当然,剧本得在小说的基础上优化,不能改得差了。

采访者:若鸿文化目前推出的动漫作品,比如《妖神记》《九天玄帝决》《武神主宰》《无上神帝》《万界独尊》等,有一个共同点,就是都属于玄幻类型的作品。您在选择 IP 进行作品改编方面有什么标准?是否钟情于玄幻类型,目前也只进行玄幻类的改编呢?

发飙的蜗牛:我们有很多其他类型的作品在制作,只是先做了玄幻类型,有很多已经完成上线了,我们还有一些科幻、都市异能类型的作品在创作。只要故事好看,适合改编,我们都会去做。

采访者:在若鸿文化推出的动漫作品中,有《万界神主》《万界独尊》《万界仙踪》《万界奇缘》《万界春秋》《万界法神》六部以"万界"开头的作品。未来是不是有可能将其打通,做成类似于"漫威电影宇宙"的模式?

发飙的蜗牛:现在谈这个还有点太早了。"漫威电影宇宙"是先有一系列大火的作品铺垫,才可以做到的。我们现在还太嫩了。

采访者:您是少有的同时涉足网文创作和动漫改编的大神作家。从您的角度看,什么样的作品更适合进行动漫改编? 网文作者如果希望开发自己作品的 IP 价值,您有什么建议?

发飙的蜗牛:故事有意思,就适合改编。有一些作品,剧本改起来比较困难。创作之前,需要多关注相关政策,很多作品不适合改编,是因为在题材方面被限制。

采访者:您对公司未来的发展前景有着怎样的展望? 对国内动漫行业的发展又有什么样的期盼?

发飙的蜗牛:做中国传统文化的传播者,做中国文化产业的变革者,我们朝着这个目标砥砺前行。希望未来中国动漫更多地走出国门,走向世界。

采访者:随着若鸿文化的发展,势必需要招揽更多的人才吧。若鸿文化需要哪些方面的人才呢?

发飙的蜗牛:需要既懂故事、又懂技术的人才。这样能够将故事和技术完美地结合在一起。

采访者: 浙江传媒学院文学院设立了网络文学与创意写作专业,您对专业设计有何建议?

发飙的蜗牛: 首先要教会学生如何去阅读,去创作,不断研究优秀的作品。我觉得可以组建一个群,让大家多聊一些创作方面的问题。

采访者:杨羽丰   王海彤   李雪敏

柳明晔访谈录

柳明晔，1969 年生，祖籍河北河涧。时任浙江文艺出版社副总编，畅销书策划人，浙江网络作协理事。策划、运营了网文畅销精品《后宫·甄嬛传》《芈月传》《沥川往事》《剑来》等，树立了网络文学图书的品牌标杆。

采访者：我们了解到您在大学时期学的是古典文献专业，而您上大学的时候正值文学阅读的黄金时代，请问在大学期间您都喜欢读一些什么样的作品呢？

柳明晔：我工作这么多年，1994 年到现在，快 30 年了。再回顾我当初读大学的时候确实是恍如隔世。我读大学的时候跟现在真是有很大的不同，那个时候是 1987 年。我读初中高中时，远没有现在这样丰富的图书资源，更没有这么发达的媒体技术。那是一个阅读饥饿的年代，而且我们家不是那种精英家庭，就是很普通的平民阶层，没有那么好的阅读条件。

等到上了大学以后，那就是报复性反弹式地阅读，也是在那时候才得到了阅读的满足感。我从小就热爱古代文学，所以上大学期间,除了完成每一门课老师都会给的相关的延伸阅读书目之外,还经常会找一些别的书来读。那时候最幸福的事就是杭州大学古籍所有一个图书室,有很多书,我们经常下了课或者有时间就会进去读书。那个时候除了专业书之外,另外的书都是自己随性阅读的,有时候看到一本书,先翻一翻,感兴趣了就看下去,是一种没有目的性、非功利性的阅读。这反倒让我发现了很多我以前不知道、不了解的东西,后来也变成了我非常喜欢的东西。

我读的书里面古代文学占了很大一部分,而对我影响深远的有两本书。一本是陈端生的《再生缘》。陈端生是杭州人,杭州才女,她是在闺阁中写出了这极富文采、故事性又极强的作品,而最珍贵的,就是陈寅恪先生赞许的它所表达的独立自由的精神,这也深刻影响到我后来做书、做古典言情的志愿。我们对古人常常有后来者回望的轻慢,实际上有很多我们不知道的作家,作品中包含的思想深度已经达到很高的水平。只是我们现在对那些了解太少了。我再说回陈端生的《再生缘》。如果不是因为陈寅恪先生的高度赞许,郭沫若把它翻出来再看,后面也许都不会有人去看的。但它其实是被淹没在时光岁月里的珠华。一个清末的闺阁女子能有这样的独立女性意识和创作才能,是非常珍贵的。另一本书是《西游补》,这本书用现在的话来说就是《西游记》的同人文,它是续写《西游记》的,想象非常瑰奇,可以说是明朝的意识流小说,当我看到这样作品的时候,简直如入宝山,让我看到了另外的世界。还有朦胧诗,在 80 年代很流行。反正诗歌、外国文学、古代文学,我对什么都有强烈的好奇心,都去了解学习。

采访者：能谈谈您工作最初那段时间的情况吗？

柳明晔：20世纪80年代，有一种全民阅读的热情，有一部作品出来，大家会连夜排队去买的。所以出版社出什么书都很好销，那个时候编辑的日子还是蛮好过的。那时候编辑的工作量每年只要60万字就好了。现在每年基本上要做10本书，一本书二三十万字。而且那时候是不担心销售的。但是等到我工作的时候，90年代，就开始变了，书多了，大家就会有竞争。那时候就要考虑哪些书是大众更能接受的，就有了对"名家""名牌"这些概念的认知。90年代浙江文艺出版社在国内名家的散文、小说和外国文学的译介两个领域很有影响力。说到外国文学，那时候我们是没有版权意识的，所以想出啥就出啥。后来有了版权意识，知道必须得购买版权，再加上那时候外国文学领域有别家出版社来竞争，所以就有了很大的压力。

采访者：各家出版社如何竞争版权呢？您可以简单说说吗？

柳明晔：这个流程比较复杂。跟外方版权代理公司去谈版权的时候，要让人家看到你的出版实力，比如印量、版税是多少，然后人家会看你以往有没有相关图书的出版经验。如果是竞争特别激烈的，我们要附上一个说明，向他们表达我们的决心。还会有图书的营销计划，告诉他们我们会怎样来运营这个作品、保证能达到多少销量、在中国会形成怎样的影响等。

采访者：您毕业之后去了浙江古籍出版社工作，请问是什么契机让您选择从事出版工作呢？

柳明晔：我们那时还是国家包分配的。我的专业是古典文献，刚刚也说过我非常热爱我的专业，那么在找工作的时候就希望找那种能学有所用的工作。那时候我们主要还是去报社和出版社。我本科时候在出版社实习过，我的老师和浙江古籍出版社的很多人都是认识的，我实习就是在浙江古籍出版社，实习的时候他们就对我印象比较好，基本上是顺理成章地留下了。

采访者：那么可以说您是从一个看书人转变成了一个做书人，在这个转变过程中您有什么特殊的体会吗？在适应这一身份的过程中做过哪些努力呢？

柳明晔：读书是很自由的，但是出版人就有很大的不同。出版首先是一个企业行为，你不是为自己做书，而是为读者来做书，你要考虑读者的诉求是什么。要架起一个信息交流、情感认同的桥梁，然后你才能把书卖出去。当时浙江古籍出版社处于经济不景气的状态，自主盈亏，有经济压力了。我刚开始对出版工作的理解是去了就能读很多书，编编稿子就可以了。但实际上不是，最主要的还不是案头工作，而是你要策划项目。

出版社要求编辑去自主策划市场选题，这对刚刚从学校走上社会的年轻编辑来说是很有挑战性的。所以当时我的压力挺大的，不知道该策划什么样的选题，有一个比较痛苦的转型过程。你不能只是从自己偏好的角度去思考，你得考虑销售量、市场定位，就是一个思考角度转换的问题。你得先有认知然后才能转换到位。我是一边工作一边摸索。

采访者：那在摸索过程中，您碰到过一些记忆深刻的案例吗？

柳明晔：我记得当时有一个姓潘的副总编，古籍社要做一套影印书，影印一套最经典的经史子集，我和潘副总编在想法上有一点分歧。我在封面设计上更倾向文学化、年轻化,但他不能接受。其实我从一开始就希望能够创新,能够与众不同。他没有强令我听从他的意见,最后反而听从了我的意见,后来这套书获得了比较好的评价,我一直很感谢他。一个新编辑刚到工作岗位,如果能逐渐摸索出自己独特的经验来,肯定离不开领导的包容和支持。后来,很多读者跟我反馈说这套书做得好,版本选择、内容设计和封面设计都很好。

出版是一件很有意思的事情,做出版是对一个人的综合素养的考量。这件事情我回想起来,有一种我的职业生涯由此开始被塑造的感觉。从那以后,我就知道了不同的人对这个职业有不同的诉求、不同的认知,就看你怎么做、怎么定位,这是很有意思的。

采访者:您认为出版人最重要的素养是什么?

柳明晔:要有专业素养和市场判断。这个说起来很容易,但是根据我这么多年的工作经验,并不容易,这也是我带年轻编辑时教他们的首要的一点。

采访者:您后来去了浙江文艺出版社,浙江文艺出版社和浙江古籍出版社偏重的方向有何不同?

柳明晔:一个是小众的、偏学术的,另一个是偏大众的,这就是最大的不同了。当时我其实有很多选择,我可以到学校去,也可以到其他的出版社,但我选择了浙江文艺出版社。我有一个执着的坚持,就是我的专业,我很喜欢我的专业,我首要的考虑就是要做跟我的专业相关性强的事。

采访者：所以您一直坚持着那颗初心？

柳明晔：对，因为我实实在在地热爱。我当时有多种选择，因为那时候企业改制了，年龄大的可以提前退休，像我是可以到高校去的，但我最后还是选择坚守在出版社。因为我还是喜欢出版，我热爱这个行业，我觉得做书让我快乐，让我有价值感、成就感，所以就到了浙江文艺出版社。其实去浙江文艺出版社是更有挑战性的，那时它正好处于经济的低谷，刚去的时候的收入比浙江古籍出版社的收入还要低。因为我热爱，我喜欢，我不以此为苦。

采访者：所以您是见证了浙江文艺出版社从低谷慢慢发展起来的过程？

柳明晔：是的，我见证，我参与，我贡献。

采访者：除了您刚刚提到的热爱与坚守，您认为还有什么可以概括出版人的精神吗？

柳明晔：我觉得出版人的精神包括两个方面：一是要有自己的精神追求。就比方说我，当时在浙江古籍出版社不是做学术出版，主要是做传统文化的普及。我觉得传统文化被毁坏得太厉害了、断层得太厉害了，但我们其实是离不开传统文化的，中国的文化自信离不开优秀的传统文化。我后来读冰心的散文，她那时已经成名了，在病中读到《孟子》，她惊讶地发现孟子有那么多深刻的思想。我看张维迎也是，他去读《史记》中的《平准书》，才发现司马迁的经济思想是很深刻的。所以我觉得我们对自己的传统文化其实是有隔膜的。二是要有自己的出版理想。那时候我就想尽我所能为青少年做一些普及读物，但是当时古籍社里有些老先生就瞧不上,他们觉得做学术才是重要的。我认为,普及、启蒙和向大众传播有更大的价值,这是我的出版理想。一个坚守的出版人,必须有持久的内生动力,而不是空泛的热情,我始终心怀理想、念兹在兹。总之,我认为做出版人最重要的就是有出版的理想和情怀。技术层面的话,你有了这个愿望,是很好解决的,我觉得这个不是难题。

采访者:在您看来做一名好编辑要具备哪些素养?

柳明晖:首先专业素养肯定是要有的。如果没有相关专业的素养就会面临专业壁垒。而且如果不具备相应技能的话也没法操作具体的工作流程,文稿也没法把握,也没法跟作者去进行有效的沟通,就不可能很好地胜任工作,所以这是一个必要条件、先决条件。然后我觉得跟其他行业的工作一样,要有激情、热情,就是要有那种发自内心的想把工作做好的原生动力。因为出版工作有一个比较长的流程,不是你一个人就能完成的,你要协同各个部门。如果没有主动性、积极性,没有真正的热爱,你是做不好这个工作的。我参加过一个国际影视论坛,《功夫熊猫》的导演来演讲,有人问他成功的经验是什么,他说激情和热爱。其实不光是他,很多有所成就的人,都说成功的第一要素是激情和热爱。没有热爱和激情作为原生动力,一切都是零。我们现在在面试新编辑,除了考察他的专业水平外,我们的第一要求一定是热爱阅读,而且除了自己的专业外,必须还涉猎其他专业的内容,热爱阅读就意味着有激情,然后才有学习能力。热爱阅读,有专业素养,有了这两个先决条件,才可能有后续的培养和发展。一般我们招聘新编辑进来,我都会带他们做书,让他们开窍,让他们有一种成就感,然后他们就容易找到后续的自发动力。

采访者：在实践中摸索经验？

柳明晔：对，是的。出版是一个很奇妙的工作，得靠师傅传帮带，然后要靠自己去实践摸索，这样才能有所体味，有所突破。

采访者：出版业是一个实践性很强的行业？

柳明晔：是的，我曾经遇到过很多理论高于实践、很会卖弄概念的人，但是他们做不好书。出版图书其实跟很多实际情况有关联，你必须去实际操作了才行，不是只靠理论就行。没有实践经验，只是套用一些概念，是不会成功的。

采访者：您能给我们简单地讲讲一本书的出版流程吗？

柳明晔：最开始要提出一个选题，就是要想好做什么样的书，这个要由编辑来提，当然在提之前得先有市场调研，还要根据自身的经验进行市场分析。市场调研、市场分析就是考验一个编辑的能力。如果市场定位定好了，明确地知道这是给谁做的，并且思考得成熟了，那通过率就会高一些，因为后续我们会有层层的研讨筛选。在提出选题的同时要去找好相应的作者，有时候也可以先提出一个意向，然后再去找相关的作者。接下来是组稿，一般来说选题策划跟组稿相关性很强，你在策划的时候一般最好就有组稿的动作，最好已经跟相关的作者都沟通好了，这样会更有保障一些。

组稿完了以后呢，要签合同，然后得到书稿。书稿到了以后，就要开始做案头编辑工作，一般的要求是三审三校。不做出版的人，常常会有一个误解，觉得他们的稿子写得很认真，应该没什么问题,所以交给编辑差不多两三天就能出来。稿子交到出版社编辑手里,首先要初审,初审要把所有的知识性、常识性、语言规范等方面的差错都一一查核,予以订正。修改的部分还要经过作者确认。作者确认以后,稿子要交给有副编审资格的部门主任来复审。复审完了之后再交给总编或副总编终审,主要是由总编或副总编来考察政治导向、意识形态有没有问题,这就是三审。三审以后,编辑去找美编沟通进行排版设计,这时候就需要责任编辑跟相关的领导一起明确开本大小、产品尺寸、页面设置、字号大小等一系列具体的信息。然后发到制版公司排版,把编辑改动的改好,之后进入校对流程,至少三个校次,如果是重要的稿件,有可能超过 3 个校次,更多的校次也都有的,甚至有超过 7 个校次的。

跟文字打交道,需要非常仔细。很多的细节,比如一个字、一个标点都需要严格地把关。还要考虑美观,比如脚注,要不要居中、跟正文空多少距离,这些全都是要编辑去设计的。这个过程叫编校,这是最考验一个编辑的专业素养的。从内容到形式,每一个环节,编辑都要贡献脑力。比方说外国文学译本有很多翻译的地名人名,编辑在校对的时候要列人名表和地名表,比方说有的是"斯戈特",有的是"斯科特",这些都要弄清楚,全书要统一。这还只是前期,后期做封面设计、封面文案创意设计的时候,我们就要考虑怎么进行有效宣传。等封面文案确定并且三校结束之后,就可以去付印了。会有专门的部门去找合适的印厂印刷装订。出版以后我们要针对图书的特点到不同的渠道去铺货,把图书运到各个地方,比方说线上的当当、京东等电商渠道,线下的新华书店。铺好货后会跟媒体对接做相应的宣传。所以整个流程会很长。我们在做重点图书的时候,还会组织作者开讲座、做签售活动。这些都是责编跟营销编辑以及其他部门一起配合的，是整体联动、协同性较强的工作。

采访者：听您说完感觉出版一本书真的是大有学问。

柳明晔：对。它包含很多人的心血在里面，所以说现在新书一上架就打对折是非常糟糕的一件事情。

采访者：不利于图书市场的健康良性发展？

柳明晔：俗话说"谷贱伤农"，而我们现在真的是"书贱伤文"。中国的书价在全球来说相对是偏低的，它的价格和书的作者以及出版社编辑所付出的劳动不匹配，更何况一进入销售渠道就被迫打折，且打折幅度越来越大，实在是恶性循环。出版是创意劳动，和制作游戏、制作电视剧是一样的，是很耗费精神的劳动，但显然现在大家对这个行业没有足够的认识与尊重。

采访者：现在大家都越来越习惯于通过网络进行阅读，您认为纸质书的发展前景如何呢？

柳明晔：浙江文艺出版社出版的文学作品有一个天然的大众市场，大众市场的特点就是通俗性、娱乐性。现在的新媒体也是一个大众市场，纸质图书的娱乐性功能被新媒体所代替，久而久之，就形成了分流，所以纸质书的销量会减少，市场会细分，纸质图书会变得少而精，趋向求质而不求量的高质量发展。未来的出版会趋向品牌性的运营，无论是学术还是非学术，虚构还是非虚构，出版一定会趋向于少而精的状态。但纸质出版业一定还是会存在的，因为它所蕴含的价值是始终不变的，我认为是这样子的。

采访者：您对网络文学的看法是什么？

柳明晔：我觉得网络文学从一开始就是一种大众化创作，它跟明清时期的通俗小说是衔接的，我并不认为它是一个新事物。但是它的载体是网络，相较于明清通俗文学传播性更强，有更加广泛的大众基础，所以从市场的角度看来是很值得出版的。我做网络文学就跟以前做通俗文学一样，我要做的就是排沙简金，从中挑选精品。

对于网络文学，我尊重这种从民间来的通俗文学，它有那种原生的生命力；它自有其内在价值，而很多人对此还没有足够的认知。就比如《后宫·甄嬛传》，其实现在还有很多人没有真正地理解它，只是简单地认为它写的是宫斗。实际上，它写的是一个中国女性对抗男权社会和男性历史书写，是女性意识的觉醒。历史上后宫的那些女性形象都是很模糊的，而《后宫·甄嬛传》就是当代女性对那个时候女性命运的一种反思，揭示当时制度的阴暗和扭曲，提倡女性自我意识的觉醒。对网络文学作品，我们要去真正地理解，而不能盲目地贴标签。

采访者：您最早策划出版的网络文学作品是什么？您当初选它的原因是什么？

柳明晔：《迷宫蛛》，上中下三册。作者叫马雨默，是个写情感悬疑小说的女性。我有一个朋友比较喜欢网络文学，算得上是大众阅读喜好的典型代表，所以我能够通过她比较精确地了解读者市场。她向我推荐了马雨默的《迷宫蛛》，觉得她那一系列情感悬疑作品写得都挺好，后来我经过进一步了解觉得确实不错，就跟作者联系沟通出版事宜。

采访者：那么您对网络文学作品的选择标准是什么？

柳明晔：我挑选作品跟资本市场的标准还是有差别的，除了大家公认的点击率、收藏率、排行榜这些硬性的指标之外，我更看重作品的思想性。我从一开始做书就是这样，追求思想性，文学作品要有思想价值高度才更容易被认知、更容易感染人。所以我做网络文学也是基于这个理念来做的，要做网络文学精品。那时候是 2013 年，网络文学还没有形成很大的热度，我就提出来要坚持精品理念，所以我在这方面是走在前端的。然后一直坚持，慢慢地就变成一个大家都认可、在全国比较有影响的品牌产品线。

采访者：您最近策划出版的一套网络文学作品《剑来》，我们了解到已经出了 28 册，这类玄幻仙侠题材的网文篇幅一般都很长，动辄十几册甚至二十几册，会有市场销售方面的顾虑吗？

柳明晔：《剑来》的市场反响还是比较好的。但是始终是有顾虑的，刚开始我跟作者谈的时候我问，大概预计写多少字。我考虑的是如果故事篇幅太长了，读者会觉得购买有压力。然后我问作者是否有把握很好地把这个故事完结掉，因为还在连载是有一定的风险的。作者说预计 500 万字完结。500 万字超出了我们以往出版过的网文的体量，但是我跟作者深入沟通以后，他的理想情怀和思想表达非常打动我，再加上我对这个小说做过前期的调研，知道作者的粉丝量是很庞大的，所以经过综合考虑之后还是决定签约。

采访者：有没有在网络上反响一般，但获得了您的青睐，并且出版之后反响不错的案例呢？

柳明晔：清枫聆心的《掌事》。《掌事》在排行榜上位居100名开外，我们一般都是按排行榜、点击率、收藏量来判断作品的受欢迎程度，《掌事》是不被看好的，但我认为它的内容很好，出版以后反响很不错，有一家影视公司看到了很喜欢，非常愿意购买影视版权。

采访者：您策划出版的网络文学作品大多以独立女性的成长为题材，请问您为什么对此类作品那么看重，您认为这种女性题材书写的价值在哪里呢？

柳明晔：首先，我自己是女性，所以天然地就会对女性意识、女性权益的表达抱有一种认同的态度。其次，因为我阅读了很多的外国文学作品，比如《简·爱》中塑造的光辉的女性形象，我认为中国的文学作品里应该多一些这种女性形象，这是我做出版的一个小小的理想，所以有这样的作品我都会关注、支持。我认为中国古代历史文献也有这个问题存在，史书基本是书写男性的，中国历史上有很多优秀的女性没有被书写。所以我认为我们非常需要书写过往的、当下的以及未来的女性。关于女性的文学作品我一直很关注，我认为中国的女性是很优秀的，但是主动地、有意识地书写女性的作品还不够多，熠熠发光的女性形象也不够多，所以这是我追求的目标，希望未来有更多这样的作品产生，由我们来出版。这是一个互相促进互相成就的过程，我这边出版了，然后我给影视方推荐，影视作品出来了，反过来又会促使更多作者和读者关注这方面的作品，这是很有意义的良性互动。

采访者：我们来聊聊《芈月传》，这应该算是您职业生涯中比较有代表性的一部作品。您负责了它的图书出版，而后还参与了改编电视剧的审片工作，请问您是因为什么契机参与审片的呢？

柳明晔：审片也像出版一样，一层一层地审核，有一个专家团队，从多个角度来把关，出版方面关联最直接的就是浙江文艺出版社。当时社长就推荐了我。

采访者：网络文学作品改编成影视作品是现在的趋势，您对这种趋势怎么看呢？

柳明晔：我其实从一开始做网络文学，就秉持两个理念，一个是要坚持网络文学精品的出版，另一个就是要加强跨界融合，尤其是与影视互动。最早做网络文学的时候，男频小说是热点，点击量很大、读者很多。我选择女频古典言情而没做男频，是因为我认为男频大多是自我修炼打怪升级的模式，做影视转化很难，也很难通过影视作品转化为有效的价值唤醒观众、引起共鸣。但是古典言情就不一样了，它有家国情怀、男女感情等多重情感的互动和矛盾，转化为影视作品可看性是很强的，也很容易成功。所以基于这个考虑，我先做古典言情。而且，图书是微利行业，营销宣传的力量远比不上影视行业。影视改编相当于给这个小说、这个作品打了一个很好的广告。因此从《后宫·甄嬛传》开始，我就觉得应该从全产业链来运营网络文学作品。但很可惜，我们中国的整个市场生态还没有发育好，作者一般会很仓促地对自己的作品进行分授权，没有把作品的影响力聚合在一起发挥到极致。像迪士尼，它是采用全产业链运营的模式，容易聚合能量，放大能量，成为一个有全球影响力的IP。分授权的一个坏处是,不同的平台会扯皮,再加上资金、创作等方面的问题,就导致了它不是协同作战的状态,是单兵作战。

采访者: 一个时代有一个时代的热潮,如今,人们对网络文学的阅读热情早已不如最初那般高涨,您如何看待读者阅读兴趣的下降? 您认为文化产业或者文学阅读领域下一个风口会在哪?

柳明晔: 人们的空余时间是有限的,随着技术的革新,大众受到的视觉冲击更大,现在很多人用短视频的娱乐代替了文字的阅读,这点在我看来弊大于利。因为大家对于文字的敏感性、文字方面的修养是在衰减的。我觉得这确实是很值得关注、很令人忧虑的一件事情,但也是势不可当的。尤其是 VR 技术、5G技术等不断发展,我觉得未来视觉娱乐会是个大趋势。因此未来市场会更加细分,阅读成为一个小众的精品市场,肤浅的视觉娱乐终究代替不了存留在纸上的阅读。

采访者: 所以在您看来,图书市场未来的发展会趋向小众?

柳明晔: 对。我认为图书一定会存留,但同时会出现越来越多别的娱乐形式。我认为最后留下来的就是真正热爱阅读的那一部分读者。未来的图书市场会呈金字塔形,所以我们出版社现在做图书有很明确的市场定位。如果是面向大众的话,就一定要考虑它的下沉市场,考虑它的娱乐性,以及怎样才能让人们更好地接受。

采访者: 最后请您简单地谈谈对中国图书市场的展望吧。

柳明晔: 中国是人口大国,但我担忧的一点是我们的国民还没有养成全民深度阅读的习惯。出版业还没来得及培育市场就已经遭受了短视频这种更快、更受欢迎的媒介形式带来的冲击。所以,国民综合阅读素养的提升还是需要国家从整体战略角度来进行规划。这必须得从孩子抓起,加强习惯养成,现在国家大力推动全民阅读也是从这个角度考虑的。另一方面,我觉得物极必反,视觉娱乐太多了以后,人们会感到疲劳,会重新渴求文字阅读,所以我们现在可以看到有一些回归经典阅读的现象,这也是大势所趋。我觉得人们对精神方面的追求是永远存在的,所以我相信图书未来的发展一定能找到自己的一片天空。

采访者:尹芸霜　黄玉鑫　吴梦雪

胡晓翀、周云峰访谈录

胡晓翀,1981 年生,浙江衢州人。毕业于天津外国语大学,主修法语和法国文学专业。赴法国留学期间,参与中法文化交流活动的策划和翻译工作。2017 年在法国创办中国网络文学社区 Chireads。

周云峰,1986 年生,内蒙古自治区巴彦淖尔市人。阅文集团海外项目起点国际(Webnovel)的联合发起人,并任全线产品负责人。Chireads 联合创始人。

采访者:胡老师您好,您是在什么契机下开始做 Chireads 的?

胡晓翀:我其实是从读大学开始看网文的。我本科是学法语的,来法国留学,就把看网文的爱好带到了国外。刚来法国我就发现,法国人是非常热爱阅读的,他们很多人家里都没有电视机,闲暇时间主要是看书。周末和法国人出去的时候,我们带着电脑看网文,而他们是拿着实体书在看,有的时候会交流,他们会比较好奇,问我们在看什么书,我们就说,在看网文。他们觉得挺有意思的,就想要了解一下我们看的这种小说,是什么样的题材,好不好玩。这个时候,我们就开始在国外的网站里面去找,看有没有人在把中国的网络小说翻译出来。发现有一些很小的网站、论坛里面会有一些中国的网文爱好者,在做这方面的翻译了。但是翻译质量相对来说比较差,翻译的速度也很慢。我回国之后,刚好遇到一个在中国生活了很多年的法国朋友,就是我们另外一个合伙人 Charles。我回到中国一段时间后,他回到了法国。我们在聊天的时候,我得知他也是个网文爱好者,所以就决定一起做点事情。

这个事情,实际上是我们想把共同的爱好再往前推进一点,于是我们就做了 Chireads 这个站点,希望能把一些中国的优质网络小说,以一种比较标准化、规范的方式呈现出来。这个标准一方面是在翻译的质量上,另外一方面是在翻译的速度上。网络小说比较容易让人上瘾,我今天看完这一章,就想很快看到第二章第三章……就好像我们在看连载一样,以前的那种报纸的连载,它基本上每一期都会有,所以说它的节奏是可以期待的。但是当时国外的中国网络小说翻译网站,实际上节奏是非常乱的。那么我们就希望能够在节奏上面也能够有一个相对的标准。

采访者:站点做起来的初期,法国用户是一种什么态度?

胡晓翀:我可以讲两点。第一点,法国人喜欢阅读,但是他们的青少年读物这一块相对来说是比较匮乏的。这也是为什么有这么多接触过中文的法国人会主动地去关注中国的网文,甚至把它翻译出来,给其他爱好这种题材文学的同龄人来看。网文的主要受众还是中学生和大学生,以及刚刚进入社会的年轻人。

第二点，他们对 Chireads 这样一个站点的期望就是，我们能够说到做到，给一个更新节奏上的承诺。比方说，我们定好一周两更，一周一更，甚至日更之后，我们就把更新频率也发布在作品下面。这种更新的频率和节奏，我们是所有网络社区里面唯一一个能给出的。我们是做得最标准、最规范的一家。这样，整个用户群很快就被我们吸引过来了。

采访者：你们这个团队是怎么分工的？

胡晓翀：是这样的。首先选题，我们是中国团队和法国团队联合做选题。选题确定之后，涉及网站技术以及版权方面的工作，是由我们中国团队来完成的，因为需要跟国内的版权方去谈、去签约，同时站点的技术性的开发和维护等，也是我们在做。但是涉及作品的翻译与校对，以及日常的上架，这些工作都是由法国团队来完成的。

采访者：您刚刚说到选题，如果想要引进一些新书，会从哪些方面考量呢？

胡晓翀：第一，我们要知道这本书的故事是否对法国人的胃口，因为我们网站的绝大多数用户都是法国人。这一块主要是法国团队在负责。第二，我们会共同评估一部作品的整体翻译难度和翻译成本。是不是特别耗时，或者说是不是会有一些特别晦涩的地方。我们会给作品做一个翻译难度分级。之后，还要确定版权在谁手上，我们还需要去跟版权方确定一下版权能不能授予。总共有七八个维度需要去整体判断。

采访者：周老师，您觉得法国人最喜欢的是哪些题材的网络文学作品呢？

周云峰：在我看来，国内外读者喜欢的题材正在趋于一致。国内在火什么，其实国外也在火。就比如国内火《诡秘之主》的时候，海外也很火，在英文世界很火，在法语世界很火，在西班牙语世界也很火。

采访者：也就是说文化方面的隔阂感觉不是很大？

周云峰：可以把它看成流行文化嘛。比如好莱坞在火什么片子，肯定全世界都在火。日本漫画在火什么类型，全世界大概也在火同样的类型。其实中国网文已经达到这种程度。

胡晓翀：我们的网文作品的"脑洞"，一定是全球第一的。再加上它本身是比较偏娱乐性的和故事性的内容，因此本身就比较有吸引力。

周云峰：全世界的网文读者的爽点都是一致的。儒释道的思想外国读者接触多了，也都能理解。

胡晓翀：大体来说，外国的读者看完一两部网络小说，如果里面带有一些儒释道的思想，他们就基本上完成启蒙了。接下来，他们在看其他类似作品的时候，就会很有感觉。我们一开始会放一些世界观比较简单、文笔比较简练的作品，我们称为"预科级"作品。他们先看这种作品，其实就是打了一个底子。打完这个底子之后，我们再上一些更复杂、更有深度的作品的时候，他们也能接受。

像家国情怀，个人的成长奋斗，遇到挫折的时候应该怎么样去面对等等，我们网站上的作品是有很多正能量的。比较爽，比较热血，扮猪吃老虎的情节，打怪升级的爽感……在我们的小说题材里面,也是比较有共性的点。

采访者:网络小说中有很多独特的东方名词。在翻译它的时候,有没有遇到什么困难?在翻译的时候,会去适应法国的市场对它进行改编吗?

胡晓翀:我们曾经做过尝试,把一部作品里面中国人的名字改成法国人的名字。但是试了一段时间之后,读者的反馈是觉得没必要,反而容易出戏。因此我们现在基本上都是遵照原作的名字来翻译的。

至于特殊用语这一块,我们会尽可能地把不同小说的不同系统做一些统一。读者如果有疑问的话,我们会在论坛和社区里面,或者是小说下面的留言里面,给出一些提示和回复。这样的话,实际上就形成一个术语系统和名词系统。

周云峰:在小说每一章的后面,如果这一章涉及一些新的名词或者一些术语的话,其实译者会酌情加一些备注,详细地解释一下这个词到底是什么意思。还有,多年来,网络小说不仅仅被译成法语,也被译成西班牙语、英语等,慢慢地已经形成一些约定俗成的翻译的方式,比如"道""斗气"等等,其实是有相对规范的标准翻译方式的。

另外,维基上其实挺全的,超出我们的想象,牛人还是挺多的。

采访者:在翻译中有没有遇到不同文化的差异性?

胡晓翀:界限感是不一样,这也就是为什么我们的翻译工作以法语母语者为主导。比如说,中国的小说里面出现"壁咚"这种情节的时候,有可能被认为是性骚扰。在法国文化里面,如果有这种情节的话,他们可能会把它描述成一个比较浪漫的动作,不会把它描述成一种带有压迫感、违背女性意愿的感觉。

我们说翻译要做到"信""达""雅"。做到"信"已经越来越容易了;做到"达",在我们看来,需要法语母语者,他们才能够相对比较忠实地把意思表达出来;要想做到"雅",则是相当难。

采访者:中国网文出海最开始是在英语区做起来的,那么法语区的读者口味和英语区的读者口味有什么区别呢?

胡晓翀:首先,英语区这一块我们要切割成两个市场,一个市场在欧美,另外一个在东南亚。东南亚有比较大的人群是说英语的。而法语市场,主要在发达国家,包括法国、比利时、加拿大的魁北克,还有欧洲一些小国,瑞士、卢森堡等。另外就是非洲,有将近一半的区域是法语区。后来我们发现,我们在美国也有读者,在英国也有读者,因为这些国家双语家庭比较多。这部分读者对我们帮助很大,因为他们同时在看英文和法文的版本,可以比较,会给我们一些意见和反馈。

采访者: Chireads 的互动还是比较多的,对吧?

胡晓翀:对,因为我们目前主要还是为爱发电,初心也是出于对这件事情的爱好,我们并没有很强的资金实力。从这个角度来说,我们就没有把它当成是一个商业的阅读网站来看待。社区里面是有很多为爱发电的文学爱好者的,他们无偿帮我们做很多工作。

周云峰:这就跟国内早期的网文社区是一模一样的。人们自发自愿地参与里面的每一个环节。还有搞原创的。他们看了很多,就自己来写了。写了之后,就来咨询能不能放出来。我感觉挺好的,就放出来了。

胡晓翀:我们现在有大概十来部作品,是法国人在我们社区里面看了很多部中国的网络小说之后,产生了写作的欲望,然后按照他们的世界观,结合在我们中国的作品里所受到的影响写出来的。他们甚至会把对儒释道特别有意思的理解加入到情节里去。

采访者:这些法国作者的作品,国内读者会关注吗?

周云峰:还是取决于作品的质量。如果写得特别好,肯定就是爆款;如果还在学写作阶段,可能就没多少人看。当然也会有天才,比如天蚕土豆,19岁的时候就能够写出《斗破苍穹》,但多少人里才出一个?还是比较困难的。

胡晓翀:法国人基于我们的社区,开始写一些原创性的作品,现在只是一个萌芽的阶段。但是我相信,一定会有一个从量变到质变的过程,肯定会有人横空出世。我们现在很鼓励这件事。

采访者:社区现在的主要盈利方式是什么?

胡晓翀:目前我们还没有像国内的阅读网站一样,采用按章收费的方式运营。主要是为爱发电。前期主要是我们拿自己的钱来投。

周云峰:有一些作品,线上有"打赏",金额非常小的打赏,或者捐赠,我们基本会分给译者。因为很多译者是无偿翻译的,读者希望他们多翻译一些。给他一些报酬,他们才更愿意持续做下去。

胡晓翀:来打赏的年轻人比较多,但一般法国的年轻人也比较穷。给个一欧元,或者给个五欧元,都是这种零钱式的打赏。其实对于译者来说,这点钱与他们的劳动是不匹配的,更多是一种精神上的鼓励和认可。简单地说,我们社区还在烧钱的阶段。

我们原先做这个项目的时候,也是思考过商业这一块的,但是我们当时的商业路径是,跟大出版社签订正式出版协议,等出版之后,我们就会有版税的分成。

采访者:《武极天下》这本书通过你们翻译出版,是一个比较大的肯定?

胡晓翀:对,一个里程碑。这是完全按照我们的初心做的,因为对我们来说,当时就希望:第一,我们翻译的质量要到位,要被主流的阅读人群认可;第二,只有被主流的阅读人群认可,才有可能被主流的出版社认可。跟法国出版社的编辑聊了之后才知道,其实他们圈子里面,有好多人都在看我们的东西。这一部《武极天下》,就是他们主动找我们的。我们本来就希望我们的作品能够吸引主流的阅读人群,同时也能够吸引专业出版机构。专业机构愿意出版,对我们来说是求之不得的事情。他们会把这部作品放到几千家书店里面去销售。跟法语世界顶级的、主流的出版社签约,这在中国网络文学中应该是第一次。

采访者:对社区的未来发展有什么畅想呢?

胡晓翀:我们目前处在势单力薄的阶段。虽然我们在法国建了一个桥头堡,而且在这个阅读人群里面,我们已经是最大的社区和站点了,但是总体来说,跟国内一些特别大的阅读网站相比,我们的规模还是非常小的。我们希望未来能跟国内的阅读网站有更紧密的合作。不管是在团队的扩张、优秀作品的翻译上,还是跟出版社合作进入主流的出版市场,都有很多事情可以做。但是目前,迫于我们的资金实力、团队的规模,实际上有很多地方受限。

社区是根基,所以接下来一段时间,我们可能会扩大社区规模,同时增加互动性,来帮助法国的读者更好地了解中国网络文学,这需要更多人力物力财力的投入。

还有,我们也希望能够跟国内主流的出版机构有更多的商业化的合作,当下中国的很多作品,在按照传统的版权代理的方式出海的时候,海外只能看到简介,但事实上对于完整地、准确地了解作品而言,所给的信息实在是太少了。

这里我再补充一点,我们现在通过 AI 算法以及之前翻译中积累的近万个章节储备,已经做出了一个基于语料库的一套 AI 翻译系统。用这个系统翻译的作品尽管无法直接上线被阅读(因为 AI 翻译系统会有很多的小差错,影响文句通顺),但也有好处,即参与编辑校对的小伙伴,由于对这类题材的熟悉程度非常高,能够直接参与到对 AI 翻译初稿的校正工作。在此基础之上再来做一些修饰,使得它文句通顺。哪怕达不到"雅"的程度,但是至少可以达到"信"的程度。这个方面使得我们整个社区的互动性变得更好。另外也使得我们的章节数量变得更多,更新的频率更高,作品的数量也更多。这一块其实也是我们比较大的一个突破。我们相当于用人机结合的方式来完成更多章节、更多作品的上架以及更高的更新频率。

采访者:技术的发展确实对社区的规模壮大提供了很大的帮助。

胡晓翀:对我们来说,这真是一个巨大的突破。我们有两个突破：第一是我们拥抱了法国亚文化社区，使得他们能参与到我们的日常工作里面来；第二是我们证明了这套工作机制是非常领先的，否则我们的作品不可能被出版社看中。

采访者：杨羽丰　王海彤　李雪敏

作家自述

蒋离子：从生活中来，到生活中去

蒋离子，本名蒋达理，1985年生，浙江丽水人。浙江省网络作家协会副主席，丽水市网络作协主席，茅盾文学新人奖·网络文学奖得主。代表作品有《婚迷不醒》《糖婚》《老妈有喜》等。作品曾被国家新闻出版署和中国作协联合推介，作品曾获网络文学双年奖、泛华文网络文学金键盘奖等。

我是从2005年开始写作的，一开始是在网络上写一些散文、随笔、中短篇小说等，后来才开始长篇小说的创作。第一本长篇小说出版后，被定义为青春文学。为什么我要讲这件事呢？其实，写作十几年，我本人也好，我的作品也好，总是被贴上各种标签，总是被定义。我一度很疑惑：我到底是谁？我写出来的是什么？直到有一天，我发现自己似乎不再执着于这些标签或者定义了。我告诉自己，先不要急着去定义自己写的到底是什么题材，不要急着去追赶热门题材，应该根据自己的实际情况，根据自己的喜好，去选择自己擅长的题材。

说到题材，在网络文学发展的二十年里，我们可以看到，题材很多样也很广泛,几乎每个阶段都有新的题材被开发,但我们也要承认,同一题材里存在着很多同质化作品。所谓的同质化作品,就是内容上大同小异,甚至,我们还能看到很多熟悉的梗和桥段。

这几年"精品化"这个词高频次地出现在网络文学领域。怎么把自己擅长的题材写得更好,怎么才能让我们的作品既有故事性也有文学性,如何应对 5G 时代的到来和短视频的冲击,这些问题是当下整个行业在探索的。

数字阅读发展到今天,是平台,更是介质,也早已演变成大众普遍接受的阅读方式,改变了人们的生活。那么,作者如何创作精品,行业如何推动精品化项目,都是值得我们思考的问题。而网络文学作为类型文学,在数字阅读时代,它的定位已经不仅仅是快餐文学。对网络文学而言,挑战和机遇都来自"精品化"。面对网络文学的百花齐放,想要做出精品,要让读者"有梦可做",比如幻想、仙侠、言情等题材,也要让读者了解他们身处的这个伟大时代,带来更多时代气息、生活气息,也就是现实题材。

我们在决定创作现实题材作品之前,先要了解自己是否擅长这一题材,对这一题材有怎样的了解,做了哪些准备。

那么,我所理解的现实题材创作是怎样的呢?用最简单的话来说,就是讲述时代背景下人物命运的故事,它必须是从生活中来,无限贴近生活本真的。比如,长篇小说《平凡的世界》就是现实题材文学作品,也是一个非常经典的作品,热播的电视剧《都挺好》,其原著也是现实题材文学作品。大家可以注意到,相比其他题材,现实题材更容易引起共鸣,也更容易引发热议。当然,对现实题材创作也有不同的声音。比如,在某次作品研讨会上,有一位老师提出,现在社会新闻比小说精彩多了,难道小说创作还能比社会新闻更有趣吗？我的想法是，小说当然可以更有趣。一则社会新闻，我们从各个角度去看，它所反映的现实问题都是不同的。小说有趣的地方在于，我们可以深挖其中的某一个点。举个例子，我在创作《糖婚》时，就是受一则关于离婚率的新闻启发，在乏味无趣的数据调查中，我看到了时代背景下婚姻关系和男女情感面临的新的挑战，那就是伴侣如何在琐碎的日常生活中实现自我成长和共同成长。

再比如电影《夜色撩人》，是根据须一瓜老师的小说《淡绿色的月亮》改编的，讲述了原本过着美满生活的一对夫妇，由于遭遇入室抢劫时，丈夫未能挺身而出保护妻子，他们的婚姻关系逐渐失控的故事。作者在创作小说的时候，灵感就来源于一则入室抢劫的社会新闻。作者抓住了由事件引发的夫妻之间情感变化的隐线，引发了读者的思考。须一瓜老师非常敏锐地找到了看待这则社会新闻的独特角度，事件当事人，也就是这对夫妻，他们之间的情感在共同经历事件后所遭受的考验。可见，在现实题材的创作上，切入点和角度是十分重要的。

接下来，我来聊聊什么是我所理解的女性视角下的现实题材文学创作。相比男作者，我们女作者的创作特点在于情感细腻，相对来说也更感性一些。我们观察生活和创作故事的视角，也就更容易与真实情感对接。以我的作品《老妈有喜》为例，就是借助两位女主人公——母亲许梦安和女儿李云阶，来探讨原生家庭、亲子关系、高龄产妇、二胎、男女平权等问题。所以，我所理解的女性视角下的现实题材文学创作，是以女性意识为出发点，以女性人物为主，探讨女性与社会、与时代的关系的一种创作方式。

那么，在女性视角下，如何进行现实题材创作？这其实是一个很大的课题,我也只能根据自己的实际创作总结和分享一点经验。

　　首要的一点,当然就是观察生活,深入生活。前面也说了,我们可以从社会新闻中找灵感,还可以观察生活中各个群体的生活状态。可以按职业划分,也可以按性别或年龄等划分,每个群体的状态都不一样,走进他们的生活,也就走进了他们的故事。在现实题材的创作中,一旦脱离生活,就会飘,就会假,就会空。其次,就是我们塑造的人物要具有一定的表征性,她不仅仅是她,她还代表着她们。最后,现实题材作品是客观、冷静的,要尽可能地去还原生活。所以,在这样的创作中,客观地刻画笔下的人物是十分重要的。

古兰月：梦想与坚守

古兰月，本名胡毅萍，1980年生，浙江兰溪人。金华市网络作家协会主席。代表作品有长篇小说《南方姑娘》《在遗忘的时光遇见你》《青木微雪时》，散文集《你不慌，世界不荒》等。网络小说《冲吧，丹娘》获中国作协网络文学中心重点扶持。曾获得浙江省"五个一工程"奖、冰心散文奖等。

人生，总有许多偶然性，许多事往往在看似不经意间发生。我常常在想：如果没有和那本书偶遇，我的人生会不会是另一种样子？

上初中时，从表姐手中接过《乱世佳人》的那一刻，我就注定和写作结下不解之缘。随手翻阅后，我对它爱不释手，一遍一遍地阅读，深深被那血雨腥风中的爱情、丰富细腻的情感、跌宕起伏的情节所震撼。我一度将自己想象成斯嘉丽，感受着她在乱世飘零中的不幸、无奈和坚持。从此，我也开始尝试文学创作，一开始只不过是自娱自乐，写的东西也是五花八门，有诗，有散文，还有短篇小说。写多了，便想与人分享，于是就开始投稿，哪怕偶尔能有"豆腐干"见诸报纸杂志，也让我欢呼雀跃。

从发表"豆腐干"到书架上放着十本个人作品，春秋几度，冷暖自知。我开始彷徨，仿佛自己正站在写作的十字路口，左顾右盼，进退两难。这时，我发现身边越来越多的年轻人喜欢捧着手机看网络小说，这引起了我浓厚的兴趣，我决定试试。得知我在写网络小说，有好心人给我泼冷水：你这个年龄去写网络小说，晚啦！可我偏不信，一直坚持自己的梦想。2017年初，得知即将举办首届两岸青年网络文学大赛的消息后，我就抱着试试看的心情，将言情小说《青木微雪时》投了出去，它竟在500多部作品中脱颖而出，获得了大奖！这更加坚定了我在这个领域深耕不辍的信心和决心。

从此，我在这条道路上一路前行，每天坚持写作4000字，甚至在母亲住院需要我照料期间也未曾间断过。回望我的创作之路，虽没有什么惊涛骇浪，但酸甜苦辣一应俱全，也积累了一些创作体会。

艺术来源于生活，只有汲取了生活的给养，才能使作品内涵更加丰富，更有时代气息和现实意义，更能触及读者心灵深处的那份柔软，更能吸引人、打动人。我在创作以新冠疫情为背景的网络小说《踏月归来》时感受尤为深刻，无论是海外游子踊跃捐款捐物助力战疫的场景，还是国内坚守抗疫一线的逆行者，包括侨联干部在机场迎接侨胞时的肺腑之言，都来源于现实生活。

网络文学虽然通过网络来传播，但并不意味着与现实脱节。它直面的是千千万万真实的个体。作者通过网络这种特殊的形式和读者交流，期待产生思想的碰撞与火花。能否使这种缘分得以维系，取决于你是否能用文字架起桥梁，走进他们的心里，了解他们的所思所想，知晓他们的所念所盼。只有这样，才能得到他们的接受和认可，也才能使你的作品更有感染力和生命力。

网络文学的创作者可以运用自己丰富的想象力天马行空，但绝不意味着可以胡编乱造。成功没有捷径，天赋固然重要，但更多依靠后天的努力，持之以恒的阅读，孜孜不倦的耕耘。只要做个有心人，那些别人看来司空见惯的生活琐碎，都可以是生动的创作题材。

当前，营造清朗的网络空间，已成为大家的共识。作为网络作家，我们要立足主旋律，传递人世的真善美，给读者以信心和鼓舞。为此，我在刻画世间百态、抒发个人情感的同时，更加注重讲述文化传承，演绎人间大爱，诠释家国情怀。《踏月归来》的创作灵感，就来源于我撰写抗疫报告文学时的采访经历，我有责任把基层工作人员的闪光点和人性光辉展示给大家，用我的笔传播爱和温暖。

当你将生命融入创作时，就开始了孤独前行的脚步。镁光灯下的流光溢彩不过是短暂的繁华，苦行僧般的生活才是真实的写照。当别人早已进入梦乡的时候，强打精神的你或许只有一盏孤灯相伴；当别人觥筹交错的时候，饥肠辘辘的你或许只有一碗泡面充饥；当别人悠闲地喝着咖啡的时候，疲惫不堪的你或许还在采风路上颠簸……把它作为一生的追求，绝不是一句简简单单的话，即使你已有所收获，也要把奖项当作起点，把荣誉当作鼓励，把读者的赞誉当作动力。只有甘于寂寞，坚持不懈地努力，才能跟得上网络世界的瞬息万变。

我走上网络文学创作之路，虽看似偶然，但如果没有对写作的这份热爱和执着，我想我一定不会坚持这么久。网络文学创作，让我变得更善良、更快乐，也更有力量。我相信，只要坚守初心，以满腔的热爱去拥抱这个伟大的时代，就一定能为读者奉献更多优秀作品，也一定能在网络文学的世界里实现自我。

善水:我的码字生活

善水,本名朱乾,1980年生,浙江温州人。温州市网络作家协会副主席。代表作品有《宅妖记》《逼良为妖》《召唤大领主》《史上第一妖》等。获第四届茅盾新人奖·网络文学奖。

收到约稿邀请的时候,我很认真地算了算,2023年刚好是我敲键盘写网文的第15年。

其实觉得挺不可思议的,作为一个有拖延症的懒散家伙,我都没想过我会15年坚持不断地做同一件事。

不过,我现在是不是可以把自己称为网络文学的半块"活化石"?因为我以自己的个人写作体验,见证了网络文学的兴起,也经历了网络文学的几个重要发展时期。

1998年夏季,我从温州来到杭州,到杭州大学中文系就读。因为家庭环境从小耳濡目染,那时候我的理想是成为作家,没想到短短几年间,随着互联网时代的到来,完成了一次预料之外的转身。

读中文系的时候,同学们经常会互相开玩笑说"中文系不培养作家",但实际上我觉得,中文系的四年生活,对我后来码字为生还是颇有帮助的。

那个时候,我在图书馆里读了大量的作品,也在很多老师的课上感受到了文学之美,这其实为创作打下了良好的基础。我记得大三的时候,还得到了"新叶·广发文学奖",这给了我一种"我可以靠码字吃饭"的自信。

至于说,为什么我会从传统文学创作转向网络文学创作,其实跟大学生活有着很大的关系。

那时候,学校后门有很多盗版书摊,我印象里都是黄皮的,十块钱三本,全都是早期的网络小说,比如《风姿物语》。

我第一次无意间买到这些书的时候,大受震撼,心里的念头就是——原来小说还可以这样写?

不过,那个时候我只是读者,只能说这些网络文学作品在我心中种下了一颗种子,至于种子真正发芽,是我毕业后去温州地方高校任教之后的事情了。

毕业工作以后,比较清闲,在网上看的网络小说又经常断更,有一天我突发奇想:既然作者们写得那么慢,不如我自己来试试。

我那时候也不懂怎么投稿,傻乎乎地先埋头写了100万字,直到第一本小说写完了,这才想起一个问题:我该怎么投稿呢?

好在这个时候遇到了一位前辈,很热情地把我介绍给了起点中文网的编辑,然后……稿子没通过!

其实也在预料中,因为当时完全不懂得怎么写,不过编辑鼓励我,说很久没有看到这样有毅力又傻乎乎的新人了,然后就开始指导我,带我入行。

说起来,满满都是回忆,然后我就在这个行业里一直到现在。这中间其实经历了网络文学的重要转折时期,比如起点中文网的兴盛,无线阅读时代的到来,IP的改编热潮,资本的进入……

如今,网络文学越来越内卷,新生代的作者越来越有创意,创作的速度也越来越快,一天更一万字已经是常态,而且还能保证质量。

我经常会想到李宗盛的那句歌词"后面还有一班天才追赶",但我还会继续写下去,因为我很喜欢讲有趣的故事,让大家能够在忙碌的生活中会心一笑。

至于说我在这十几年的创作生活中有什么样的心得,其实心得谈不上,不过我倒是有一些感受,可以分享给大家。

第一个感受,就是读者的审美和阅读习惯其实一直在变化,比如现在的Z世代读者,往往对脑洞、群像人设、创新性有着很强的偏好。

这对作者是个考验,也要求作者不能刻舟求剑,而必须不断进行自我更新。因为网络文学创作从一定程度上来说,是一种商业化的创作,了解市场变化,了解受众需求,是每个创作者都应该做的。

第二个感受,就是网络文学的创作要跟现实生活、中国传统文化深度结合,只有这样才能出精品,才能够走得更远,才能兼顾市场价值和社会价值。

以我个人为例,我喜欢用幽默风趣的方式,对传统文学、传统文化进行创新解读,用Z世代读者喜闻乐见的形式表达出来,这既是我的创作特色,也是我能够在细分领域中立足的基础。

第三个感受,就是网络文学的本质一定是讲故事,这不仅是网络文学的本质,同时也是小说创作的本质。

创作者的任务，其实就是讲故事给大家听。你的故事讲得是不是生动有趣，你的人物塑造得是不是有血有肉，你能不能让读者沉浸在你创造的新世界中，其实是很考验作者的创作功力的，也是一部作品成功与否的关键所在。

我会继续我的码字生活，讲好每一个故事，期待着能给大家带来更多的乐趣。

疯丢子:伪凡尔赛生涯

疯丢子,本名祝敏绮,1990 年生,浙江杭州人。代表作品有《战起 1938》《生化! 星际外援》《同学两亿岁》《百年家书》等。作品多次被国家新闻出版署和中国作协联合推介。

每次被人问起我是怎么开始写网络小说的,仿佛就是在逼我凡尔赛。

我说,闲的。他们笑。

我说,真的,因为初三保送了,放假八个月。他们不笑了。

或许是运气好,初三那年刚好碰上保送扩招,成绩中上的我抓住了别人放弃的机会,在初三第一学期确定了高中的学校,即使把我安排在了最后排垃圾桶旁边,老师依然担心我影响军心,于是为了剩下的同学的未来,我得来了一个学期加一个寒暑假的空闲时间。

一个初三的学生在家能做什么呢? 我忘了我那八个月到底怎么度过的,但回头一看,我因为一本还说得过去的小白文,成为一个貌似还可以继续写下去的网络作者了。

我觉得我成长过程中经历的一切，都在潜移默化地让我走上这条路。小时候，为了蹭空调，天天去泡家门口的新华书店；长大了一点后，电子潮人爸爸比别人家更早地搬来了一台电脑，又联了网；搬家后因为离学校太远，就有了手机；之后因为家里太小放不下书，我开始在网上找书看；喜欢的题材看完了，我鬼使神差地打开了 Word……

至今想来还是觉得不可思议，在这个据传网文作者日更八千的年代，那时候的我完全没有这个概念，可能在有一腔激情的时候，我确实有着日更三千的效率，可是在住校的高中三年，我是正儿八经的周更，即使如此，我竟然在如此激烈的竞争中活了下来。

只能说专注冷门题材让我获得了一批黏性客户，他们很支持我，也很庆幸我生而逢时，在网文竞争还不是那么激烈的时候迈入了这个世界。

后来，我又不得不凡尔赛了。

有人问我，你真正被市场关注到的书是在什么契机下写的？

我说，闲的。他们笑。

我说，真的，因为高三提前批了，放假八个月，我可以高产了。他们不笑了。

但这依然不是凡尔赛，提前批并非保送，我只是恰巧抓住了别人觉得没希望的机会，参加了那所大学的提前批考试，因为恰好只考我擅长的英语和语文，我在高三第一个学期被确定录取。

提前批考试成绩出来了，因为排名第一，我可以在八个语种中任意选择。因为刚好在看《第三帝国的兴亡》，我在没有做任何调查的情况下，毫不犹豫地选择了德语。可大学开学的时候，德语学院院长开场的第一句话让我眼前一黑，他说："同学们，跟你们说个事,德国人英语都挺好的。"

虽然还不至于从此摆烂,但是德语真的好难,最终我的大部分同学都没有从事与德语相关的工作。而比较庆幸的是,作为学渣的我,在学习期间竟然利用语言优势看到了很多二战相关的资料,帮助我写出了让我正式出圈的小说《战起 1938》。因为这部小说的热度,很多读者半开玩笑半质问地说,你一个中国人,既然写了欧洲的二战,为什么不写我们自己的抗战?

于是后来,我又写了《百年家书》。

很多人说大学是一个人走向社会的过渡期,是从孩子到成人的关键阶段。而对我来说意义不仅于此,大学不仅是我人生的转折,还是我事业的转折,我的写作风格、基调和生活习惯,几乎都是在那个时候养成。从我的专业,到我学校独特的环境,我可爱的室友甚至那个城市都在帮助我走上这条路。

以至于每每想起我熬夜写书,我的两个作息规律的学妹室友在幽幽的灯光和打字声中入睡;我的同学加室友在我沉迷码字时笑骂我不陪她出去玩,却还是给我带饭带零食时,我还是忍不住感恩戴德。

若干年后,我跟着网络的某股风,分别给这三位室友发了消息:谢室友不杀之恩。

她们说,亲爱的,带着我们的份一起辉煌吧。

我想,我的大部分成就,其实是被她们宠出来的吧。

大学毕业后我回到了杭州,在一些老师的引荐下加入了作家协会。

这是一个很新奇的体验,写书从来都是我一个人的事情,是我不需要跟任何人交流就能进行的活动,可当大学的好友已经五湖四海,周围只剩下不知道我在写书的同事时,我却逐渐进入了瓶颈期。

我不知道问题出在哪，我以为我兼顾不了工作和写作，抑或我年纪大了，江郎才尽？而就在最迷茫的时候，作协开始拉我去采风。神奇的是，几次以后，我居然度过了瓶颈期。

说来好笑，在那时我写作已经七八年，居然才知道世界上有采风这回事，而恰是那些采风让我明白了，原来即使光靠脑洞写作，也是需要社交的。

我以为虚头巴脑的作家协会，居然真的有用。

而一切的开端，只不过是因为一个老师给我递了一个申请书，我如初三申请保送，和高三申请提前批考试一样，抱着"宁错杀不放过"的稳定执念，认真填写并提交了上去。

所以，妈妈说得对，事在人为。机会只有抓住了才能看到结果，不抓那连翻页的资格都没有。

不过有时候我也会想，我保送的高中只是我们城市排名靠后的重高，我的大学虽然不至于名不见经传，但也确实不是大家趋之若鹜的"985""211"。如果我不去抓住那些机会，我自己努力，是不是有可能更进一步，考到更好的高中，考到更好的大学，走上另一个人生巅峰，抑或汲汲无名？

但人生没有如果，而我对现在的人生，还挺满意。

梅子黄时雨：我和我的网络言情小说写作

梅子黄时雨，本名杨月文，1981 年生，浙江嘉兴人。嘉兴市网络作家协会副主席。代表作品有《最初的爱，最后的爱》《遇见，终不能幸免》《似曾识我》等。

我是浙江嘉兴秀洲区油车港镇人，生于 20 世纪 80 年代。

因为父母忙于生计，奔波劳碌，从来不管我和妹妹的学习，所以我是放养长大的孩子。

我看第一本闲书是在小学六年级的时候，看的是金庸先生的《射雕英雄传》。

初中的时候，我从邻居姐姐、女同学那里借了琼瑶、岑凯伦等的言情小说来看。印象最深的是初中同学杨春借给我看的席绢的言情小说《交错时光的爱恋》，从此我便疯狂地爱上了言情小说，一发不可收拾。

到了高中，因为学业繁重，学习压力大，每个星期天一放假我就跑去学校边上的租书店租口袋言情小说看。我通常一借就会借四本书，在放假的这一天内全部看完，然后还掉。这在当时对我来说是最快乐、最解压的事情。至今想起,依然觉得那是高中三年生活中最明媚快乐的时光。

从初中到高中到大学,我看遍了当时能找到的所有言情小说。

2000 年后,随着我国互联网的兴起,网络上开始有了各种言情小说,因为写的人很少,当时的我一下子又看遍了所有的网络言情小说。

写作的契机是当时我看了一部悲剧言情小说,一时又找不到别的好看的言情小说来缓解悲伤的情绪。

没得看了。怎么办?

当时写网络小说门槛很低,只要在网站上注册笔名,然后发表就可以了。

于是,在 2006 年 11 月份的时候,我萌生了"随便写点东西,安慰一下自己受伤的心灵,圆一下自己的言情小说梦"的念头。

我想反正是用笔名写,写得差也不怕,谁知道谁是谁,就当玩玩吧。

决定后,我就在网站上注册了"梅子黄时雨"的笔名。

为什么会取这个名字呢? 其实仅仅是因为在想名字的时候,脑中闪过了贺铸《青玉案·凌波不过横塘路》的最后一句:"一川烟草,满城风絮,梅子黄时雨。"很奇怪,那个时候脑子里突然就闪过了这一句。"梅子黄时雨"这五个字不错嘛! 于是,几秒钟的时间就决定用这个五字做笔名。

我就这样抱着试试看、玩玩看的念头,开始了网络言情小说的写作之路。

我写作的时间比较早,当时阅读网文是不收费的。从 2006 年到 2009 年,我在网络上写了整整三年,一共写了六本言情小说,没有一分钱的收入,所有书都免费给读者看。那个时候的我,白天上班,晚上利用别人逛街、看电视、看电影的时间,埋头写作,完全是因为我对言情小说的喜爱。

2006年开始写网络小说,我从未想过自己某一天会出书,也从未想过自己某一天会通过写网文赚钱,更从未想过某一天自己会成为全职网络作家。

2009年的时候,我决定不写了。这时候,磨铁图书的编辑找到了我,说想出版我的小说。当时自然是喜出望外的,瞬间觉得人生圆满了。于是就签下了《人生若只初相见》一书的合约。

人生总是有很多意外的。没想到我的第一本书《人生若只初相见》居然卖得很好。这本书出版一个月后,编辑跟我签了另外几本网络言情小说的出版合同。尽管又签了几本书,我还是没有想过要做全职作家。只是想把这几部作品修改后交给编辑,然后就不写了。

在《江南恨》这本书的出版过程中,有一天我因为工作不顺利,在办公室忙得昏天暗地,一整天都没有喝过一口水。编辑在QQ上找我(当时还没有微信),我很烦,不想理她。当时还想:以后再也不写书了。但是编辑找我,其实仅仅是把《江南恨》的封面发给我。那是一张非常漂亮的封面图。我被惊艳到了,整个人打了个冷战。当时我耳边有个声音对自己说:"你这么轻易就出书了,还出了几本。这么好的机会,你居然不好好珍惜,不好好把握! 你是不是个傻子?!"

于是,从2010年开始,我正式从兼职写作转为全职写作。

之后,就一路狂奔到了现在。

迄今为止,我已经出版了16本言情小说,正在写第17本。

当年打算写着玩玩,从来没有想过玩着玩着,某一天会玩出一片天地,从来没有任何计划,也从来没想过要到达什么目标。如今亦是。

人和人之间是讲缘分的。缘分尽了,便散了,强求不得。

人和书之间,人和工作之间,人与万事万物之间俱是如此。

不知道自己可以写到什么时候,希望在能写的时候,可以写各式各样的爱情故事,写各种爱情里的状态。

祝自己可以如愿。

李异:一个网络时代的特别笔友

李异,本名官锦华,1976 年生,浙江台州人。台州市网协作家协会副主席。代表作品有《迷离之水》《十二颤栗》《中央警卫》等。《中央警卫》获首届 773 悬疑推理文学原创大奖赛特等奖、最佳故事奖、最具影视改编奖。

十年前一个闷热的午后,我接到了一个广西的陌生电话,电话那头是一个中年男人,语气有点兴奋,说终于找着我了,他是我的书粉。为了找我,尝试了好几种方法,才辗转通过浙江省作协得知了我的联系方式。他曾在网站上给我留了言,但我并未及时看到。

身为写作者,有这么热情的书粉,自然开心。但他说,他这么着急找我,是为了他的父亲。

原来,他得知我的《中央警卫》出版,就买了一本,没想到被他 80 多岁的父亲看到。老先生花了几天时间,很认真地读完了书,然后,就要他非得找到我。

从他的简单介绍中,我听出老先生的身份不一般,应该是广西某位退休老领导，不由有些忐忑，这是本以 20 世纪五六十年代沿海反特故事为主题的悬疑小说，是不是什么地方有问题？

果然，当老先生和我通电话时，用严肃的语气，问我有关创作这本书的情况。我不敢隐瞒，告诉他我是在参与编辑《路桥区军事志》的时候得到的灵感，而且我的伯父就是当年反特剿匪的公安战斗英雄，我从小就经常听父辈说他的英勇故事。

老先生听了我的介绍，才缓缓说，他年轻时也参加过沿海的反特斗争，读我的故事，让他感觉回到了过去，还夸我写得不错。

有了他这句话，我的心一下子放松了。毕竟，这个故事的历史背景不是我们亲身经历过的，虽然做了大量的功课，有出入还是难免，但如果被读者拎出来，特别是被老先生这样的亲历者否定，那还是惶恐至极。

老先生让我留了通信地址，就挂了电话。本以为这件事就过去了，没想到，十几天后，我收到了一封厚厚的信件，打开一看，竟是这位老先生寄来的，洋洋洒洒写了五六张之多，全是针对我的这本小说的一些细节，说明哪些写得不错，哪些还有小错误，正确的该如何等等。

读着这封手写的信，我很感动。这位老先生无疑是我写作以来遇到的最认真的读者。

可以想见，一个 80 多岁的老人家，拿起笔来写这么多字，是多么不容易。也许是我的书勾起了他对那段隐秘战线上鲜为人知的青春回忆。我知道，他是带着自己的感情去看这个故事的，书中有他和战友们过去的影子。

老先生不会用网络，我给他回了手写信，对他表示感谢，针对他提出的错误，如果以后有机会再版，我会改过来，还告诉他我正在写《中央警卫》第二部，出版后会寄送给他。

就这样,我们成了网络时代的忘年笔友,想起来还真有点魔幻。

后来,《中央警卫》第二部出版后,我依约给他寄去一本。没想到,过了大约一星期,我收到了一份快递,竟是他托儿子寄送给我的当地特产茶砖。

他儿子说,老人认为书不能白拿,他必须回礼。

我不禁对老先生肃然起敬。

虽然现在,我们已经没有联系,但我常常会想起这位最年长的书粉。

是他让我明白,写作不能糊弄读者。网络文学可以天马行空,但对历史和现实题材,一定要严肃认真。因为,我们的书里不只有自己构想的世界,也许还有别人的青春热血。

凌晨：每一个阶段都是一次成长

凌晨，本名陈虹焱，1991 年生，浙江绍兴人。代表作品有《第二次初婚》《越吟之下》《寻茶缘》等。多部作品获中国作协、浙江省作协扶持。

我写网络小说将近 10 年了。

从一开始因为喜爱阅读尝试着写，到拿起笔一笔一画地写完给杂志社、报纸投稿，到如今已经用键盘熟练地敲下近八百万字的故事，对写作的热爱一如最初的模样。

在加入网络文学大军最开始的时候也被不良网站坑过，那时候网络文学市场并不是那么规范，也没有足够的分量被外界重视。很多作者就算被坑了，因维权成本大又麻烦，就选择忍气吞声。

加入浙江省网络作家协会以后，协会里的律师专门给我们普及维权意识，文联、作协和中国网络作家村还共同为我们建立了和杭州互联网法院的联系。我们这才了解可以在互联网法院建立区块链，证明作品的版权属性，为将来可能被侵权准备足够的证据。

虽然被坑了很多次,但是从来没有想过要放弃网络文学。

我至今还记得我第一本书上传平台的时候,第一个读者给我的留言,她说:"写得不错,什么时候更新?"

话很少,对我的鼓励却非常大。

我喜欢这种被人认同,被人肯定的感觉。

后来求更新的人多了,写作的欲望就更强了,和读者之间的关系也更好玩了。

有时候读者留言女主角应该怎么样,我偏偏另辟蹊径,读者一看不一样,又留言互动,很有意思。

和读者互动的感觉就像猫和老鼠,作为"老鼠"的我生怕读者发现了我的思路,可是如果读者发现不了,我又生怕"猫"对我不感兴趣了,忘了来抓我。

真是又爱又恨,有趣极了!

和书中男女主角的感情,那就更复杂了。有时候要代入女主角,恨得咬牙切齿;过会儿又要代入男主角,爱得死去活来又要隐忍爱意;下一章又要代入反派,得一脸奸笑着策划折磨男女主角……简直是大型精分现场,堪比谈了一场八点档的虐恋。

但,真的更有趣!

虽然创作的过程是有滋有味的,但是坚持的过程还是挺不容易的。和我当年一起开书的小伙伴有不少人因为稿费太少选择去了别的领域,不过她们依然保持着阅读的习惯,也许有一天,她们还会回来。

我想,人生总有分岔路口,不管道路多么孤独,热爱本身就是一把火,足够点亮前进的希望,同时,也需要组织的鼓励。

能进浙江省网络作家协会,是被很多同行羡慕的。

全职写作以后最担心的就是身体问题,但咱们协会很贴心地为作者们提供体检服务,从作者最关心的角度出发,实实在在为作者提供福利。

网协也组织过作者采风,采风能让我们网络作者了解更多浙江的地方文化,为今后的写作道路奠定更坚实的基础。

平心而论,写作者还是需要开阔眼界,这样才能写出更加大气的作品。

采风过程中我也遇到了很多志同道合的小伙伴。很多人好奇网络作家聚在一起是不是就是一堆人抱着电脑拼手速,其实不然。

大部分网络作家比较纯粹,讨论最多的是作品相关的问题,比如我这样写张力够不够啊,读者爱不爱看啊,人设有没有立住啊,情感会不会不够啊……

有时候兴趣来了,大家甚至能直接现场创作个小剧本,几个人一块儿跟着演,又反过来去推敲人物这么说话到底符不符合剧情的发展。

每一次的脑力碰撞都是一次次薅头发的过程,所以网络作家是植发生发的重点推广对象,也不是没有道理。

写着写着,我也越来越喜欢挑战自己,18 年开始我一直努力探索着更多的可能。

从古言转到现实题材是比较艰难的一个过程,现实题材的写作需要大量的素材和储备知识,需要付出更多努力。

但,难又怎么样?克服困难才是成长的勋章,要是不难,还不尝试了呢!

就是秉承着初生牛犊不怕虎的精神,我写了两本现实题材作品——《第二次初婚》和《越吟之下》。前者是以新兴行业为切入点，是关于女性成长的故事，得到了中国作协的扶持。后者植根于家乡文化，是关于越娘子的故事，得到了浙江省的扶持计划。

与此同时，我的《一见皇叔桃花开》《毒后天下》也改编了有声剧，上线以后反响很不错。

这在很大程度上激励我更加勇于突破自己，于是我开始创作《中国芯未来》，以一个文科生的角度进入理科的知识世界，这将是新的一次遨游。

今年也想尝试着将作品输出海外，让读者能够更加多元化。

写作的同时我也没有放弃从事多年的志愿者服务，以前是在养老院、敬老院、福利院帮助老人和孤儿，也得到了中央电视台、中国网等多家媒体的关注。现在我也依然尽自己所能，帮助战斗在一线的医护工作者做社区防疫的配合工作。

每一次的困境和收获都是对成长的馈赠，我喜欢成长带来的一切，好的、失败的、不甘的、无奈的、勇敢的，都是很美的。

人生只有一次，烈马青葱，何不畅快地写，潇洒如歌呢？

雁无痕:做一个快乐的造梦人

雁无痕,本名陈慧燕,1975 年生,浙江宁波人。宁波市网络作家协会副主席。代表作品有《凤开新元之孟丽君传奇》《夫水难收》《惊宫之裹》等。

最早编故事,应该追溯到初中的时候。那时候看了很多梁羽生与金庸的小说,晚自习不做作业,就弄一个小本本编武侠故事。编了,却不敢给人看,只能自己翻出来复习一遍又一遍。

初二那年夏天双抢,弟弟与妹妹年纪小,干着干着就跑到田埂上玩蚂蟥抓田鸡了。于是就招呼弟弟妹妹:过来,一边割稻谷,一边听我讲故事!

那是我的武侠故事第一次"公开发布",听众只有两个。反响呢,很不错,有武侠故事支撑,弟弟妹妹和我三个人,帮着妈妈收割完至少一半的水稻。

那时候写过很多个武侠故事的开篇,但是没有一个是写完的。唯一算是还囫囵的故事,就是给弟弟妹妹讲的那个。

但是有一个故事,我最终还是写完了,那就是《凤开新元之孟丽君传奇》。最早有想法是在小学时候,邻居家请人来唱书,连唱了好些天,其中印象最深的一个故事,就是孟丽君连中三元。但是对结局很不满,初二的那个夏天终于偷偷动了笔,打算改一个结局。断断续续写了几千字,就丢一边了。

高中读的是师范,学业相对来说不是那么紧张,我看了很多闲书,最重要的是终于找到了《再生缘》的弹词原本。于是就想起初二写过的那些文字,捡起来又写了一个故事提纲,但是提纲没有写完。

20 世纪 90 年代正是文学热的时候,班级里很多同学都有文学梦,我也不例外。但是对于天赋普通的学生来说,想要在报刊上发表"豆腐干"都不容易,更何况是长篇小说。之后十来年,我断断续续写了很多短篇武侠故事,但是从来没有发表过。

当然,读者还是有的,偶尔也给给最要好的同学看几眼。

不敢给更多的人看,怕被人笑话。

文学梦依然有,但是我知道,这个梦想是很难实现了。

一直到 2005 年。突然知道世界上有一个东西叫互联网,很多人在上面发表小说!

瞬间发现了新大陆。

网络是一个好东西,我可以毫无顾忌地把我写的内容给大家看,又不担心被人指指点点。

于是上网写故事了。当然,写故事的时候,我没有忘记给自己的故事穿上当时最流行的"穿越"外衣。

那段日子,是我最快乐的日子。每天都在书评区和 QQ 群里与读者讨论情节设计,研究各种社会现象,探讨陈端生(《再生缘》作者)最初的设想。

2009 年,我写完了《凤开新元之孟丽君传奇》,终于给初二时候动笔写的故事画上了一个圆满的句号。虽然最早的故事开头已经全数抛弃，原始的故事提纲也早就找不到影子，然而我依然可以骄傲地告诉别人，我编织完了一个 20 年的梦。

当然还有一点也很重要，那就是在造梦的同时，我也得到了一点稿费收入。

在我看来，网络文学的意义在于，它给了更多的人造梦的机会。在纸媒条件有限的情况下，它让更多天赋一般的写作者有一个展示自己的平台，给了他们一个完成梦想的机会。

之后几年，我陆陆续续在网上写了一些作品，有了实体书，有了改编的影视剧，但是现在想起来，最难忘的依然是最初在网络上造梦的时光。

蒋话：写作者

蒋话，本名蒋嘉骅，1990 年生，浙江嘉兴人。嘉兴市网络作家协会主席。代表作品有长篇小说《乾坤》《斋冷》《少年那多手记之角》，中短篇小说《朝阳升》《苏戏墨探案笔记》《七年》等。

我的文学创作始于高二。学生时代，我在课内外读了不少中外名著，那些优秀的文字成为充满感染力的号角，引领着我开始了文学创作的尝试。当时最喜欢的作家是莫言，于是就给自己取了个笔名蒋话。那时候，我每周都会去文具店买上许多方格纸与签字笔，利用课余时间和自修课"纯手工"写作，一支满墨的签字笔一般撑不过一两天就会被用尽，每次经过文具店都会感受到老板"爱"的目光。

大一那年，我出版了第一本小说，是本格推理结合武侠元素的类型小说。这给了我继续创作的动力。随着网络文学的发展，我也开始在网络上发表作品。大学周末时，常常一杯茶就能在电脑前坐上一天搞创作，废寝忘食。寝室同学常常说我像务农者，在电脑屏幕前遣词造句，宛如耕种庄稼般辛劳。而我却觉得键盘更像钢琴键，每一次敲击，仿佛都有旋律从指尖流淌。最高产的时候一天可以写一两万字。和无数有着英雄梦的男孩一样，我的作品里也有星辰大海与万里间关。那时候的创作条件其实是蛮艰苦的，寝室每天晚上12点断电断网，为了不打扰寝室同学休息，我搬着电脑到走廊上写作，冬天时常常写到双手手指冻僵，夏天更惨，如果蚊子会写感谢信，我相信我的信箱会因此爆满。

　　一晃就是多年，我的许多兴趣爱好都随着岁月一去不复返，每日写作的习惯却一直跟随着我，最终成为我的工作，我享受着这份工作，并把它当作一种修行。实际上，写作使我处于一种奋斗的状态。中国传统文化推崇"慎独"，意思是在独处、没人监督的情况下也能做到谨慎不苟。写作正是达到慎独状态最好的钥匙，写作时的我时刻专注，逻辑与想象不断地碰撞，逐字逐句品读与反思，与其说写作是一种对外的创造，我觉得它更像是对内的修身与自省。在外奔波几年后，我回到了故乡浙江嘉兴，开始了自由撰稿人的生涯。虽是自由撰稿人，我却从来没有觉得孤独，因为在浙江有无数志同道合的创作者，他们虽然活跃于各个不同的平台，却因为浙江省网络作家协会时常聚集在一起。浙江省网络作家协会是全国首家省级网络作协，成立于2014年1月。在这里，我们共同研修文学技巧，面对面分享创作心得，更重要的是，浙江的网络作家从此有了一个温馨的家，原本在电脑前孤军奋战的我们有了心灵的慰藉，有了最强大的后盾（比如，作协聘请常驻律师替我们维权）。

　　我的创作已进入第15个年头。与当年的洋洋洒洒不同，这些年我的创作更注重打磨，有时候推敲字句，一天最多写上一两千字，而写作的内容，也从星辰大海的遥远想象，回归了现实题材创作。收集身边故事,讲好浙江故事成为我创作的重点。

"志之所趋,无远弗届,穷山距海,不能限也。"我坚信,写作就是我到达理想彼岸的那艘渡轮,扎根生活,笔耕不辍,方能不负韶华,不负时代。

刚过完年的一天,我像往常一样打开微博,视线却停留在一条微博私信上。私信来自一位成都的读者,他过年时和相识五年的女友结婚了。他告诉我,他和新婚妻子当年相遇的地方就是我的家乡,这是他们爱情的开端,而五年前来浙江嘉兴的原因,正是我的一本小说中的描述吸引了他。

我想,创作的魅力不仅来自写作本身,更迷人的是它给你带来意料之外的惊喜。

郭羽、刘波：时代赋予文学鲜活的生命力[①]

郭羽，1970年生，浙江杭州人。中国十大创业新锐、浙商大会创新大奖获得者。代表作品有《第四项修炼》《营销宣传策划：企业如何借媒体之力打开市场》等。曾是活跃的校园诗人，出版了个人诗集《我要白发苍苍地爱你》，长篇武侠小说《江湖》《大唐风云》等。

刘波，1968年生，四川泸州人。九歌万派（中国）策划机构创始人、全国工商联福建省住宅产业商会副会长，浙商全国理事会常务理事。

由郭羽和刘波共同创作的《网络英雄传》系列作品先后获得中国出版政府奖、浙江树人出版奖、第二届网络文学双年奖银奖，入选"中国好书榜""优秀网络文学原创作品推介名单""十大数字阅读作品"等。

很多朋友都没有想到，我们居然会加入网络文学的大军。

---

① 此文由郭羽撰写。

有好友说，你们这样做是对传统文学的"背叛"。有朋友问，你们企业做得那么好，为什么要去以年轻人为主的网络文学作家群里当一名新兵？对我们来说，走上网络文学这条路，缘起于校园诗人的浪漫主义情怀，秉持了多年经商的现实主义精神。

2014年，我和刘波第一次见面。上大学时我们都是校园诗人，虽然从未谋面，但熟悉彼此的文字，也时常从朋友口中听到对方的名字。诗人见面总有聊不完的话题。我们发现在从商数十年后，居然萌发了一个共同的梦想——写一部有关商业的小说。

刘波是房地产商人，他想写地产风云，我从事互联网行业，想写互联网商战，但是由于各种原因，我们都迟迟没有动笔。刘波是个特别有激情的人，他的激情彻底点燃了我心里的那颗种子。于是，就在第一次见面那家店，我们一拍即合，决定一起写一部关于创业的小说。

"创业"这两个字被赋予的浪漫主义色彩太浓，每个出现在公众视野中的创业人物，都带着传奇的光环，蛊惑着每一个对现状不满的人反叛、逃离、革命。我们想写一部现实主义的创业小说，用我们多年的创业经历告诉正在创业或者想要创业的年轻人，创业中到底有哪些坎坷，有哪些成功的秘诀以及失败的教训。在我们看来，这比心灵鸡汤更有意义，在大众创业万众创新的年代更具价值。

选择文学形式的时候，我和刘波有过挣扎，毕竟我们是传统文学的信仰者，但我们不能忽视，网络文学是距离年轻人最近的文学形式。现在的网络文学之于年轻人，就像是20世纪90年代的校园诗歌之于我们。多年的从商经验起了作用，我和刘波一致决定尝试网络文学，就当是一次从零开始的创业。

2014 年底,我们以一种创业的精神进入网络文学,开始《网络英雄传 I:艾尔斯巨岩之约》的创作。这是一种带有"实现感"的写作——将自己试图表达的东西,去展现出来。身处这个超速的时代,曾经历过的生活,回头再看已变得似是而非,正飞速地从记忆里逃之夭夭,根本无法抓住。

我们回忆发生在自己身上的各种商战故事和一些特别难忘的经历,像穿越澳洲无人区、公司遭遇黑客攻击、商标官司等等,这些都被我们写到了小说里,大概有 95% 的内容都来自我们的真实经历。

小说中,我们多次把主人公折磨到濒临绝境,多少次眼看主人公就要成功,却被各种各样的意外打入深渊。现实就是这样,意外总是在眼看就要登顶的时候接踵而来。

2015 年 6 月,小说在咪咕阅读上线,短短三天,点击量就排到了第一,创下了 3 天 100 万、10 天突破 1000 万、两个月突破一亿的阅读量纪录。小说还获得了中国出版政府奖。

我和刘波并不满足于只创作一部作品,开始构思并着手创作一系列商战小说。讲述在线旅游行业商战的《网络英雄传 II:引力场》应运而生,并入选了 2018 年度"中国好书"。《网络英雄传》系列还衍生出了以网络安全为主题的《黑客诀》系列(《网络英雄传之黑客诀》《黑客诀 II:使命》)。

商人和作家身份的奇妙结合,促使我和刘波在开始文学创作的同时,成立了一家文化公司,取名万派,是英文 one point 的音译。我们希望通过《网络英雄传》,撬动整个产业链——电影、电视剧、网剧、舞台剧、网络游戏等等,以财经小说为切入点,建立中国财经类影视作品的策源地。

目前,《网络英雄传 I:艾尔斯巨岩之约》和《网络英雄传之黑客诀》正在进行影视剧的改编,公司也培养了几位年轻的作家,开始参与不同题材的创作,我和刘波与这些年轻作家的合作,令我们更深刻地感受到网络文学的活力与魅力。

跋

访谈录这一形式，是学术研究中常见的方法体例，无论是为了探究作家作品背后的缘由，还是更为生动地展开和延伸作者甚至访问者的思想，都非常有效、很是必要。而近年，随着我做文学工作时日渐长，愈发觉得文学研究中"史"与"真"的重要性和难得之处。换言之，稍微拉开点时间距离的研究者，他们的论文就有可能看不清当时创作底部的草蛇灰线，逐渐偏离发生发展的细节之真和解释之真，造成一些似是而非的理解谬误。那么，包括访谈录在内的即时的实录、对话和回忆文章、作家自述等，多少有调校历史坐标、精确现场情形的关键作用。

对中国网络文学而言，近 30 年的发展亦有写史的可能了。浙江作为中国网络文学最繁荣兴盛的地域板块，光彩不可谓不夺目。早点留下网络文学上下游相关代表人物的口述，可为固定一手材料、积累史述基础做学理的准备。而这些，都是源远流长的人类学术经验教我们的，也是从我们熟悉而敬仰的现当代文学方法体例中学习过来并作为该学科依旧有生命力和工作伦理的表现与表达。

谢谢叶炜教授和周敏副教授给我的具体的支持，他们的专业性和工作能力是我邀请二位作为副主编的原因。杭州师范大学文化创意与传媒学院和浙江传媒学院文学院的一批研究生在他们的引领下投入了本书的所有工作环节。此外，来自其他院校的王喆副教授、姜悦老师、段廷军老师也承担了指导学生采访、亲自参与访谈的工作。在此一并向本书工作团队的师生以及浙江省网络作协秘书长叶凯、本书责编牟琳琳女士表示感谢！

是为跋。

夏烈

2024 年 6 月 16 日